尚册文化 | 策划出品

打开世界之页

稻浪千里

曾平／著

中国书籍出版社
China Book Press

图书在版编目（CIP）数据

稻浪千里 / 曾平著 . — 北京 : 中国书籍出版社 , 2022.7
ISBN 978-7-5068-9075-5

Ⅰ . ①稻… Ⅱ . ①曾… Ⅲ . ①散文集－中国－当代 Ⅳ . ① I267

中国版本图书馆 CIP 数据核字 (2022) 第 110143 号

稻浪千里

曾　平　著

责任编辑	王志刚　刘　娜
责任印制	孙马飞　马　芝
封面设计	尚册文化
出版发行	中国书籍出版社
地　　址	北京市丰台区三路居路 97 号（邮编：100073）
电　　话	（ 010 ）52257143（总编室）　（ 010 ）52257153（发行部）
电子邮箱	chinabp@vip.sina.com
经　　销	全国新华书店
印　　刷	济南精致印务有限公司
开　　本	710 毫米 ×1000 毫米　1/16
字　　数	244 千字
印　　张	16.25
版　　次	2022 年 7 月第 1 版　2022 年 9 月第 1 次印刷
书　　号	ISBN 978-7-5068-9075-5
定　　价	68.00 元

一窗昏晓送流年

自从在高中时被逼写些快板书、三句半、小演唱之类的小玩意，从此便与所谓的"文学创作"扯上了边；高中毕业之后在逼仄的小山村煤油灯下熬出发表的第一篇作品，是《和平文艺》油印的一份小报；得到的第一份稿费，是当时《惠阳报》寄来的2元钱。

于是，苦也好，酸也罢，严冬酷暑，寒灯之下，笔耕不缀。如那旋转的陀螺，没有停下来的节奏。

1998年，出版了第一本薄薄的小册子《放牧乡思》，著名作家张永枚、陈俊年为我作序，为有些怯场的我撑腰。受宠若惊之际，也迈着战栗的步子，开启了自己的文学之旅。

2013年，又出了一本《岭外春声》，斗胆请了两位身居京华的作家刘虔老师和孙立仁社长为我作序，在文学长辈的鼓励和亲友文友的吆喝声中，迈出的脚步似乎没那么胆怯了。

十年前，我忽然爱上了钢笔画，并出了一本钢笔画集

《钢笔生画》。有人问"何以移情别恋"？其实，我并没有偏离重心，也可以说是双笔齐下。画画的笔，终日不辍；为文的笔，仍在挥写。今年夏收时节，我将过去十年的文学作品盘点了一下，似老农民将仓库里的陈年稻谷拿出来翻晒，发现好像已可以装满一个箩筐，够出一本书了。

也不是想凑什么热闹，也自知作品的档次和斤两；没有太多的企图和不轨，就是给自己一个交代，为一段文学途程立下路标。其实，于我而言，还有一个小夙愿，是对部分读者真情的回报。

《岭外春声》出版后，接到一位陌生读者电话，问我是否在十几年前出版过一本叫《放牧乡思》的书？在得到肯定的回答后，他说当年曾在新华书店买过一本，看过之后却被同事顺走，他又去买了一本，又给另一个朋友拿去。几年后他在新华书店上班的家姐清理仓库时，又发现还有一本，马上买下来送给他。但书已脱页，他小心贴好，模糊的抄正，有些喜欢的文章还打在电脑上。他告诉我说喜欢得不得了（我说你注意措辞哈），日夜吟诵阅读，很多句子都能背诵下来，还打算用英语将整本书翻译出来。深圳一位朋友告诉我，说她有个亲戚平时看书翻一二下就放下，但那天晚上看到我的书，看了两三个小时还不放手，后来干脆将书拿走了，他说他不懂农村，想看看农村人是怎么生活的。有位读者说，她将书带回家中，她父亲看到后，爱不释手，说要带回北方老家去，让亲友们分享。还有一位是全国一级战斗英雄，他很认真地看了《放牧乡思》后，嘱咐我，如出新书，首先要送他。也有人说，看我的"我娘的苦俭生活"看哭了，说边看边流泪，联想起了她的苦命妈妈。也有人说，我们看你的书，是一会儿哭一会儿笑，看写你母亲的时候是哭，但看你的"我的从厨之路"却又窃笑不止。也有许多读者看了我的第二本书后，问还有没有第一本书？

我心里比谁都明白，我的书没有那么大的魅力和功能，没有那么高的境界和理想，能让人又哭又笑，我是万万没有想到。有人看我的书我已谢天谢地，能看出眼泪和笑声，我得感谢读者。因此想到艺术的力量，也想到作家的责任，作品是有温度的，是倾注了作者感情的，如何让人产生共鸣，感情得到升华，这才是文学的本旨，也算是我的初衷。

收入《稻浪千里》这本集子中的文章，没有惊天动地的高雅之作，都是自己人生经历一些事情的回顾；有些是为参加征文的应景之作，还有幸获奖了的作品；在报社工作期间，由于工作原因，采访了二三十个文艺明星，都先后在《惠州日报》《南方日报》发表了，但众所周知的原因，不能全收拾在集子中，这次选取了两位有特色的著名老艺术家专访；还有一部分是应文友之邀，为他们的新书作序，这不是我的强项，也没有太合格的资历为人作序，但人家热情相邀，也就勉为其难斗胆上阵，同时还会写下一些对作品的评论感想。写这类文章，我也不会随意应付，要通读作者的全部文章，要了解作者的人生经历，甚至还要实地采访。虽然自己的文笔不咋的，但认真还是需要的。

"万卷古今消永日，一窗昏晓送流年。"我觉得自己的人生，就在我的笔下慢慢流逝，写尽浮华，磨走岁月。我没有后悔，没有抱怨，也谈不上很大收获，更没有什么渔利，只是一种本能释放，一种自觉行为，也不敢奢望读者在看完我的书后，有什么感悟，有什么收获，你能愉快读完，我已欢天喜地。

在编辑出版过程中，得到不少文友和亲友的指导帮助，尤其是尚册文化公司的大力帮忙，令我万分感激，在此一并致谢！

惠州东江之滨云岭书屋

2022 年 6 月 15 日

目　录

第五辑　浅评片语

乡思细语

建县五百载 山花烂漫时

——为和平建县 500 年而作

那是一个多事之秋。

明正德十三年的五月初一，和平峒上，山风骤起，乍暖还寒。

都察院左佥都御史王阳明，荡平浰头池仲容"山中贼"凯旋之日，兴奋难捺夜难入寝，黄卷青灯间拟就了《添设和平县治疏》上奏朝廷，建议于"地方宽平，山环水抱"的和平峒筑城立县，取名和平。

明武宗朱厚照阅过奏折，发旨恩准。天庭玉音传来，臣民一片欢腾。开县之日的锣鼓声中，踌躇满志的王阳明，在县衙大院种下一棵榕树后，手捻胡须，眺望东山，嘴角掠过一丝不易觉察的微笑。

一部波澜壮阔气象万千的历史长卷，自此在阳明先生手中庄重地翻开封面。

事件的发端往往起于毫末，假如没有"池大鬓"的生事，假如没有王守仁的南来，和平的历史肯定是另一种写法。

但是历史没有假如，因了那场战事的"蝴蝶效应"，和平应运而生，横空出世。应当惊服我们祖辈的睿智和先见，于峒上预留一方风水宝地，并予以吉祥地名，让满腹经纶的阳明先生一眼相中一锤定音。时常令我置疑的是，王阳明分割图都立县而治并恩赐美名，这块土地此后是否"夷险为易，化盗为良……百姓永享太平之乐矣"？

当我翻开厚重的《和平县志》，五百年间王朝更迭的背影里，触目皆是：战乱频仍，山河破碎，黎庶倒悬。无数的刀光剑影，无数的盗匪肆虐，无数的饥荒天灾。多少人茅屋为秋风所破，多少人妻离子散欲断魂，多少人流离失所漂泊异乡……任意按捏哪一块伤疤，都是椎心泣血、撕心裂肺的痛。

毋庸讳言，数张薄纸的三千字奏折，难以预测未来的波谲云诡，更无法深究历史的盘根错节。仅凭祥和县名，从此万世太平，实非当初的阳明先生目光所及，也远非明朝政纲所能。

人民才是创造历史的真正主人。此后的五百年，扯开每一个历史皱褶，随处可闻和平的志士仁人为争取和平而用和平土话发出的高声呐喊。喊得堪称最响亮而又最悲壮者，当属 1932 年那场震惊中外的"一·二八"淞沪抗战，和平籍 49 名将士血洒疆场为国捐躯。而在九连山上，热血青年方华、曾源、林镜秋等，点燃了熊熊的抗日烽火。那把高高扬起的火炬，一直燃烧到新中国成立的那天拂晓。

"华丽转身"发生在 1949 年 5 月 23 日。"忽如一夜东风至，千树万树梨花开。"获得新生的土地，瞬间变得如火如荼。九连山下，浰江两岸，旗如海、歌如潮。鼓足干劲，力争上游，兴修水利，扫除四害，办起了新的中学和扫盲夜校，让流浪辍学的孩子和目不识丁的农民携手走进课堂。逢山开路，遇水架桥，修筑了通往外县和各地的砂土公路，开办了属于自己的工矿企业，举全县之力建设了河明亮电站。一穷二白的悲怆之地从此旧貌换新颜。

当改革开放的春风驱散了"风吹蝴蝶"的山岚雾霭，和平人民开始播撒春天的种子。京九铁路和粤赣高速从北而至"双龙出海"，福和工业园敲响

"和平的钟声","猕猴桃基地","温泉之乡",翠山竹海,兴隆古村,粤赣古驿道,林寨古村落,每一张和平新名片,都异彩纷呈引人入胜。"粤北边远山区"的称谓早被摒弃,"入粤第一县"的美誉正声名鹊起。阳明先生如泉下有知,也应对今日之和平扼腕击节,重赋新词。

我在家乡彭寨仙女嶂下生活了二十个冬夏,又在阳明先生手植榕树下供职十圈年轮,人生履历书里"和平"两字墨痕永在。1988年春节过后,我背起并不青春的行囊,沿着浰江走向河源,三年后又顺着东江来到惠州。我已面朝大海,仍没走出大山。

离家的距离越来越远,乡愁就理由十足地经常敲门。每当夜风拂去喧嚣的尘埃,月色推开半掩的窗棂,记忆中的家乡便会溢出淡淡的稻香,不时牵拽梦的衣角。

当思念瘦成薄薄的月光,我会说走就走奔向家乡。喜欢家乡沿途稻菽千重浪的遍地夕烟,喜欢家乡青山逶迤间的明净旷远。喜欢走进林寨古村落,叹闾巷斜阳处"何人不起故园情";喜欢开车走进风光旖旎的河明亮电站,看鱼潭江畔的"白云生处有人家";喜欢驱车来到古寨嶂下的"九连小延安",缅怀"激情燃烧的岁月";再一路往北,经古寨贝墩、优胜长塘、下车上陵,一路驰骋"在希望的田野上"。

我喜欢回到故乡,一弯新月下,一壶老酒中,静听父老乡亲在一片蛙声里的高谈阔论或浅斟低唱。说道五百人的小山村出了五十多位大学生的那份得意忘形;说道从村口直至村尾都是水泥硬道和照明路灯的那份轻描淡写;说道家中新房设置与城里宾馆相差无几的那种不屑一顾;说道家中有房有车才是新农村标配的那种波澜不惊。

如今村里的年轻人,也许不再关注节气农谚,不再扶犁西岭锄草溪东,他们不一定有诗,却有远方。山村已从为稻粱谋的简易农耕,迈向小康之家的美丽乡村,在"一去二三里,烟村四五家"次第空巢背后,是城镇化的时代变迁和必然走向。

喜欢在仙女石下栉比鳞次的高楼大厦旁，触摸经纬纵横的时光纹理；喜欢在变得陌生的街道马路边，追寻过去与未来相交的最新坐标；喜欢徜徉在城西小巷的斑驳门店间，品读业已泛黄的线装古书；喜欢沿着护栏栈道的河湾，看羊子埔上不断衍变的日新月异；喜欢在枝叶葱茏的古榕树下，体味先生"种树者必培其根，种德者必养其心"的哲意独白。

喜欢在初夜沿着 666 级台阶，登上东山岭瞻仰开县鼻祖阳明先生。他率领的千军万马都回北方去了，唯独留下他还端坐在大明的月色中……朦胧氤氲的夜幕下，我分明看到先生已喜形于色——"格物致知""知行合一"阳明心学的智慧心灯，已经照亮了和平人的心灵世界，主导着和平人的精神境界，延续着和平不熄的文化香火。

大江东去水悠悠，桃红又是一年春。2018 年的 5 月，和平将迎来建县五百周年，这注定是一场盛世大典。蓦然回首，历尽蹉跎并没有让和平风烛残年，正被五百年的时空过滤一新。和平人民在史称"山林深险之所，盗贼屯聚之乡"，筚路蓝缕，砥砺前行，早已脱去明朝的青衫长袍，用真丝领带将如烟往事打了个结。勤劳勇敢的和平儿女，已经幸福地走进春暖花开的新时代。

放眼今日和平，山花烂漫，姹紫嫣红。

青山依旧在，几度夕阳红。五百年的漫长岁月，如风地吹向了我们的身后。回眸间，建县已是五百年，这何尝不是一道时空交接的金色分界线？和平人正将传唱了数百年悲愤哀怨的客家山歌，重新填词谱曲，推敲韵律平仄，吟成时代史诗，向天再借五百年，而今迈步从头越，续写出一个壮丽辉煌云蒸霞蔚的千禧之年！

（此文获 2018 年和平建县 500 周年征文作品大赛二等奖）

河明亮往事

一

河明亮为人类能赐予自己一个高亢激越的名字兴奋不已，它雄踞在和平县东北角的鱼潭江上，兴风作浪，惊涛拍岸，历经千年而不息，等待着那个绽放光芒历史时刻的到来。直至二十世纪七十年代初，当那支最先踏入河明亮电站工地的民工大军，点燃开山第一炮，河明亮的名字终于在全县瞬间炸响，闪亮登场。

也许是前生注定，也许是先人慧见，河明亮，真的是由河水带来闪烁大地的光明与亮辉。

河明亮的名字第一次叫醒我的耳朵，是在1970年桃红柳绿的春天。那时我才上初中二年级，是个混沌初开的懵懂少年。一天，学校一位女老师向全校传达上级会议精神，说我们县要在河明亮修一座很大的水电站，她激情飞扬地说了一句令我至今难忘的话：

"河明亮不知何时才能明亮起来？"

因"河明亮"三个字不太像地道纯正的地名，孤陋寡闻的我当时还一脸狐疑，这河明亮是地名吗？到底是以前起的名字，还是现在起的名字？

其实，古人对地名的确认并不图吉利而离题万里，只是实事求是地量身定做。后来我查阅资料才茅塞顿开：河明亮，因鱼潭江河流迂回，水流击礁，浪花飞溅，历史上叫河鸣浪；老园，原叫老渊。渊者，深渊也。都与水沾上了边。何时改为河明亮和老园？则未见记载。

上了高中之后，河明亮电站在全县已成为铺天盖地的热门话题，河明亮的名字，总会于大会小会反复在我们的耳鼓盘绕上好几遍。我们村生产队里的青年民兵，也有不少人抽调前往河明亮的崩凶电站参加劳动，他们带回来有关电站工地的故事，比之于各种会议上得到的信息，更具体而真实，鲜活而生动。看过我们县文艺宣传队演唱河明亮诗意化、艺术化的文艺节目，更让我浮想联翩：河明亮，你到底是怎么样的一个所在？

有朝一日我们是否能前往河明亮？

二

终于，1971 年 3 月的一天，在四联中学全校师生大会上，校长黄林华宣布了一个振奋人心的消息：我们学校高中两个年级的同学，也要到河明亮电站参加义务劳动。

梦想中的有朝一日，焉知竟在今朝！

我们几百号人，当然只能动用"11"号车去。既然是步行，必然得抄近路。老师早就为我们设定了快捷的行军路线，从安坳公社进山，走小路经过尖石下，穿插到优胜公社的鱼溪大队，前往电站工地。那天早晨，我们这支浩浩荡荡的队伍，挑着被席粪箕，带着菜干大米，高举红旗，迈出校门，步伐虽不甚整齐，歌声却是格外嘹亮，那些稚嫩嘶哑充满朝气的音符，穿透群

山，回响山谷。

不知爬过多少座大山，跨过多少条小溪，我们年轻的身影，终于出现在梦寐以求的河明亮。

我第一次看到仙女嶂陡峭的山峰，鱼潭江湍急的河流，走在狭窄曲折的江边小路上，我还一直在问，为什么要在如此险要的地方建水电站？来到老园大坝工地，只见无数红旗呼啦啦地迎风在飘。到处人山人海，人们都在挑着泥土小跑，广播大喇叭传来高亢激越的革命歌曲，几里路外都能清晰听到。雄伟壮观的劳动场面，我是第一次看到，看得我们热血沸腾。我们翻过大坝，沿着河道直往大山深处走去，在一个大山窝的半山上，老师指着一个大木棚子说，这就是我们的宿舍。我们看着四面透风、茅草盖顶的木棚，新鲜黄泥上面垫着厚厚稻草的地铺，都感到新奇和兴奋，赶快打开行李铺好我们的床。

走出木棚放眼望去，漫山遍野都是这样的大棚子。往山下不远处，就是我们的厨房和厕所，全是木棚。我看到厨房就在小溪边，做饭的师傅在舀那溪水烧水做饭。我顺着小溪往上望去，发现上游不远处就是另一个工棚的厕所。当天我看着手中的饭盒，还真有点吃不下去。过后几天，这种尴尬在强度劳动后的狼吞虎咽中变得荡然无存。当天晚上还放电影，当然要走很远的路去看。我们大部分人买不起手电筒，在朦胧的夜色下，只能深一脚浅一脚，跟着前面的人走，不少人踩到烂泥或屎坑，只能为其他同学制造出一片响亮而快意的笑声。

我们就这样，夜晚，清风明月相伴；清晨，鸟语花香相闻，在充满诗情画意中野外露宿。现在回首往事，这次竟是人生唯一的特殊享受。

工程指挥部分配给我们学校的主要任务是挑泥筑坝，在一个山窝里装好泥土，爬上一个山嘴，将泥挑到大坝上去。由于人多，也可能须赶在汛期筑好大坝，我们有时还会安排在夜间作业。工地上，只有一台压土机，来来回回地将我们挑来的泥土压实。我看到我们倒下的每担泥土，比之于庞大的大

坝，是那么渺小那么微不足道，有如小时候看到的蚂蚁搬家。但就是这样，大坝在我们的脚下天天长高。当时我自豪地想，我们真的可以人定胜天！

有天中午，老师说有个县上的大官要来做动员报告，大会会场就在那座大坝工地上。我们便放下手中的活，来到大坝上聆听报告。那个大官声音很洪亮，讲话很有气势，不断挥舞有力的大手。后来才知道，他就是当时的工程总指挥刘仕杰县长。想不到，我后来在县政府工作，每天都能见到他，后来还跟着他下乡一个多月，竟与他同睡一张床。在我与他接触的几十年间，他对河明亮感情极深，一直记挂着那片土地，这是他在和平工作二十年间的一大杰作。他曾在寒冬腊月，脱掉棉衣，带头跳入刺骨的鱼潭江中挥锤打桩，也曾忙碌得连续两个春节在工地上度过。他在惠州市盐务局离休后，还专门前往河明亮旧地重游。

我们在工地上大约干了两个星期，才打道回府。离开工地时，我们还真有点恋恋不舍。我喜欢这里的木棚夜话，喜欢这里的红旗歌声，喜欢这里的如火如荼，期盼还能重来河明亮。

三

人的生命历程并不全是直线，有时是曲线，有时还会在一个地方划圆弧，我在河明亮这个点上，就反复画了很多圈。

数年后参加工作，先后在县农业局、县政府农办、县委办公室供职，我去河明亮的机会慢慢多了起来。此时当然不是挑着粪箕、锄头去参加劳动，而是带着相机、笔记本，陪专家和领导去指导建设河明亮；有时是陪省城来的大报记者或者陪外地工作回老家的老革命。因为河明亮是个革命老区，解放战争中在鱼溪等地曾经有过几场不小的战斗。曾经参加过那些战斗的老干部们，重访旧地，谈起当年的战斗场面，总是情不自禁、眉飞色舞。

我们大部分是当天来回，但有时也会在电站住上好几天，甚至一个星期。

有一次在电站晚饭后散步，我很好奇，还专门去寻找当年我们住过的工棚和劳动的工地。我凭记忆沿着大山一直往前走去，发现当年我们所住工棚的位置，现在已开辟了一条沿山公路，通往河明亮电站山上的茶场，直通到长塘镇。我们当年挖泥的工地，就是现在的泄洪道。我站在大坝顶上，想到自己曾经洒下年少的汗水，为大坝也曾添注青春的泥土。这些泥土和汗水，已经灌注在大坝深处，永远耸立在祖国大地上。看着高压线塔沿着起伏的大山延伸山外，将电送往祖国各地，想到自己有幸为电站奉献过绵薄之力，面对层峦叠嶂的青山大川，不禁得意地嘿嘿了几声。

那几年，和平宾馆宴会大厅挂有一幅巨画，就是河明亮电站。我当时亲耳听到广州的一位中年女专家对着那幅画说，这幅画画得真漂亮，去看了才知道，河明亮比画还漂亮。不过我没告诉她，我也在这幅真实的图画里，曾涂抹过那么轻描淡写的几笔。

从《河明亮水电站志》提供的疆域简图上看，以老园为中心点，东部为长塘河，西部为优胜河，两河汇合后为鱼潭江。老园电站处于长塘河上，聂子石电站居于优胜河，崩凶电站则在鱼潭江上，三个电站呈犄角之势。在此之前，我们县水力发电仅为 750 千瓦，基本上是个空白，建了三个电站之后，装机容量达 7490 千瓦，翻了将近十倍。三个电站中，老园电站装机容量最大，且是泥坝，又高又大，需要大量的劳力，当时为了抢在汛期前将大坝修筑起来，动员了全县所有的生产队强劳力参战，并动员县政府机关干部和公社干部，还有驻军部队，以及全县所有高中学生，都前往工地大会战，谓之工农商学兵齐上阵。

此时我才幡然醒悟，当年投入修坝劳动的，是全县千千万万个劳动者，我只不过是他们之中的沧海一粟。

四

可以毫不夸张地说，我在和平县工作十年，河明亮可能是我去得最多的地方，并不是我多么热爱河明亮，而是当时的河明亮在全县多么辉煌耀眼。其实，河明亮也为我的新闻写作带来不少好素材，为我的工作业绩捎来一点点闪烁的星光。

我们县有位离休干部何友达，1947 年参加东江纵队，1954 年复员回到家乡鱼溪，办起了全县第一个林业社，"文革"时受迫害回到乡下。落实政策重新工作后，担任了老园电站的副站长，在他的倡议下，办起了河明亮林场。1983 年，何友达办好离休手续，但没人接任场长，他原本可在县城建房，但他想到自己走后林场就可能垮掉，于是，他毅然决定，将自己的家安在林场，并选定党生日这一天，搬家扎根在大山沟里，为建设林场奉献余生。这种精神感动了其他年轻人，其中一个青年勇敢地挑起了场长的重担，林场也得以继续发展。当我走进何友达的青藤小屋，也走进了他不平凡的世界。我采写的通讯《何友达三进林场》，发表在省委组织部主办的 1985 年第 12 期的"支部生活"杂志上，新闻特写《不恋闹市爱青山》，则发表在 1986 年 4 月 23 日的《南方日报》。我至今也在怀念他，他将自己的淳朴、执着、豁达，写在大山深处，体现出一位老共产党员的高尚情怀。

1986 年 4 月 19 日，我陪广东电视台通讯员、惠阳地区电视处的吴学锋记者到河明亮采访，他为了选取电站全景镜头，爬上了电站对面的那座高山。攀爬中，他手抓的树枝折断，不慎脚下一滑，掉下三丈多高的悬崖。为了保护摄像机，他紧抱机器而身体多次受伤。由于山高林密，我们一时找不到他，是电站的一条大黄狗最先发现了他，我们顺着吠声，才在一处山缝间找到吴学锋。下午，吴学锋又忍着伤痛重新爬上高山，顽强地完成了拍摄任务。我将此事写成"一个电视通讯员的新闻"简讯，刊登在《东江报》头版上，引起各方关注。吴学锋说，他身上至今还留有河明亮馈赠给他的伤疤，那是他

生命里一段刻骨铭心的印记。

五

　　1988 年 2 月，桃花已经含苞欲放，燕子也已飞回南方，一切都显得春意盎然。农历春节刚过，我当时已确定调到新建的河源市工作。县委、县政府组织县四套班子领导去聂子石电站工地参观，我作为县委办公室工作人员，陪同领导前往。聂子石，过去叫蹑肚石，传说这里地势险要，只有一条羊肠小道沿江而上，小道在此处有一巨石挡道，人走过去，要收紧腹部蹑着肚皮才能攀爬过去，我们和平土话"蹑"字与"聂"字读音相同，"肚"字与"子"字话音相近，后来才叫聂子石。

　　有工作人员向我们介绍，电站大坝上面有个石岩，省委书记林若同志当年打游击时曾在上面睡过。我们赶忙攀爬上去，见是个半露天的悬岩，不遮风也不挡雨，可以想象当年革命的艰辛。所幸，在他睡过的岩石下，一座新的电站即将拔地而起，这是一件对比鲜明令人警醒的事情：当年的风餐露宿投身革命，就是为了现在的人民幸福；而今人们生活在幸福之中，也需谨记曾经的烽火岁月。

　　从聂子石电站回来的第二天，我离开工作了十个年头的和平县，调到河源市委办公室。三年后，我又沿江直下惠州。

　　自此，我远离了河明亮。

六

　　2008 年的"五一"节，我们兄弟姐妹准备团聚游玩，但何去何从目标未定。我从惠州来到河源弟弟家，我们连夜商量的结果，目的地为河明亮。

　　屈指算来，我已整整二十年未踏足这块土地了。

　　于是，一大清早，我们从河源出发，汇合了居住在和平县城、彭寨镇的姐妹及儿女，十几个人，分乘三辆小车，从三多村拐入，沿着鱼潭江直上。但见江水清澈流淌，岸边铺满了鹅卵石，江河两岸，绿树成排，村舍高低有致，新房隐现其间，真是"隔溪春色两三花，近水楼台四五家"。凡有村庄人家，都有平直的村道相连，有的还是水泥路，也有沿山而上，通往更远的深山人家。如今可是：远上寒山村道斜，车声深处有人家。公路边，乡人三三两两，信步而走，也有小汽车和摩托车从对面呼啸而来，显得既祥和安宁又充满生机。一路上，有许多油桐树，开满白色的桐花，微风吹过，洒落一地，犹如片片雪花，铺满圣洁的初夏。翻过崩凶嶂，眼前豁然开朗，这里的田块呈不规则状态，从谷底直往半山，优美而惬意的线条，如写意画家随手挥洒的作品，配之于近处飘云堆雪的桐花和远处散落有致的村舍，令人想起如"遥看一处攒云树，近入千家散花竹"的桃花源。

　　翻上老园电站大坝，只见青山和碧水浑然一体，淡蓝色的山峦一层浅似一层，轻轻消失在天边，从水库远处的九墩嶂刮来那五月的风，轻轻吹过我们的脸颊，吹拂着我们悠然的心扉。这里还有学校、球场，一群少年郎在比赛，吆喝声震响山谷。在临水处，有一片小树林，五六棵老树不规则地排开，用不同的枝干和叶片尽显其风采，制造出一处独特的小风景。树上有不少松鼠，跳来窜去，优哉游哉，在它们最温馨的家园里，旁若无人地尽情放纵，释放天性。望着这些可爱的小精灵，我也陶醉在河明亮的山水间流连忘返。

　　毋庸置疑，河明亮已经成为一份弥足珍贵的和平记忆，烙上了鲜明的时代印记。斜阳含山，云遮风起，当车子沿着弯曲起伏的公路踏上归程，河明亮在车窗外变得越来越小，越来越远，此时此刻，我方感悟，河明亮，已是我生命历程中一幅难得的精彩插图，更是长在我身上终生难忘、永不消褪的一颗"青春痘"。

（2017 年第 1 期《和风》）

老 街

　　在大山深处，有一座小镇。这里，天空明净得似抹过水的蓝玻璃，山谷里的树一年四季不紧不慢地绿着，一条小河自上而下懒散而来，河水清澈得可看到水中五彩斑斓的鹅卵石，两岸的田野一年四季生长着庄稼，稻花的清香洋溢在山谷，肥沃的土地养育着小镇的子民，让小镇堪比桃花源，百姓胜似陶渊明。

　　一条难以言说始于哪个年代，由青石板铺设的小路，翻过层叠的大山，由南向北蜿蜒而来，构筑起小镇上那条狭长精致而风韵独特的老街。

　　傍晚时分的街沿上，老人与大黄狗守望着夏夜西沉的月牙和满天星斗，燥热和喧嚣已经随夕阳悄悄褪去，一丝凉风从河的上游沿着河岸轻声掠过，吹乱了老人稀疏的白发。

　　老街虽小，却也"五脏"俱全，有打铁铺、理发店、小餐馆，有中药铺、杂货店、农具厂，还有书店、邮局、电影院，当然也有时髦的歌舞厅、手机店、沐足坊。白天，

打铁铺叮叮当当的打铁声和集市上人来人往的喧闹声，让古朴悠久的老街折射出一线生机；夜晚，歌舞厅的霓虹灯和电影院的音乐声打破老街百年的寂寞，让老街费劲地挣扎着跟上时代的节拍。

老街寸土寸金，没有一块空地，巴掌大的地方，只要撑起一把五彩洋伞，就会形成一间店铺；能落脚的地方，就能开辟出一个摊档。夏夜酷热，在马路边的树荫下，又会多出几间"王老吉"凉茶店；冬日河涸，在白净的河滩上，能迸出几个吃火锅的"蒙古包"。

老街的口气挺大，只有一人的修钟表小店，也敢挂出"世界钟表维修中心"；老街的广告词很硬，山区中学刚调进一个英语专业的大专生，便号称要打造"一流国际双语学校"；老街的招牌真牛，一个专卖豆腐皮的小店，竟喊出"百年老店，让你尝尽千年美食"。

老街的文化韵味很重，日常用品杂货店的对联，却非要与唐诗宋词沾上边不可，你看街头那间酒店的对联："画栋前临杨柳岸，青帘高挂杏花村"。街角的弹棉花店也有对联："右锤挥来飞柳雪，左弦弹处扑芦烟"。街口的纸笔店对联更是古朴典雅："古纸硬黄临晋帖，新笔勾碧录唐诗"。卖鸡鸭的店虽然嘈杂，也有文绉的对联："五夜早朝声入梦，一江春水暖先知"。

天长日久，老街人口越来越多，街道显得越来越窄，店坊不断扩大增多，连河边的树，也被老街挤得东倒西歪。老街不堪重负，显得老态龙钟。

终于在某一天，被挤得喘不过气来的一户人家，在河堤边搭起了第一间新店铺。虽然生意不甚兴旺，却也开辟了一片新天地。

第二户、第三户接踵而至。先是十几户，后是几十户。

几年间，小河边形成了一个新的小集市。

数年后，老街被分解得七零八落、支离破碎。

但老街依然顽强地活着，多是些老店坊在苦苦支撑。在朱漆残旧的柜台边坐着的，大都是些头发花白牙齿漏风的老人，古老的店牌和他们的脸纹一样纵横交错，他们让老街虽风烛残年却苟延残喘。

有一天，镇上来了个从省城来挂职的年轻镇长。

三个月没见这小子讲过什么话，只见他整天拿着一个笔记本，在老街转来兜去，找这位大爷问问话，寻那位大娘聊聊天，有时也会爬上老街对面的小山，像个傻子一坐老半天，有时候还在小本子上画画写写。早上或傍晚人们还见他在小河边读外国人的书，老街的人没一个听得懂他念什么，只觉得那语调不像是哭，但也不似笑。他还招来一帮技术人员，在老街四周用仪器测来绘去，老街的人全不知道这戴着深度眼镜的家伙，整天在捣鼓什么。

突然在某一天，他嘴上没毛的口中发出一道令全老街人震惊的消息：要将老街全部推倒，继而重建新街。全镇哗然，风言风语者有之，撒街骂娘者有之，告状上访者有之。镇长竟不慌不乱，大会小会，细说因由；入户登门，细谈慢叙。不久，噪音渐微，风声远去，街坊由哀怨变为期望。

不久后，推土机开进了老街，老街在轰隆隆的机声中灰飞烟灭。

三个月后，老街在人们的视线中消失得无影无踪、片瓦不留。

又一年后，一个全新的新街拔地而起。

街道变宽了，街路变直了，街铺变大了，街面变净了。街道变得宽阔笔直，店铺整齐划一，店牌大小一致，连门前的树也高矮统一，似两行士兵一溜排开。高低不平的石板路荡然无存，代之以平整光滑的水磨地砖。

走在平整干净得炫目耀眼的新街上，老街坊们左看右看，就像看着刚过门的新媳妇；脚下又如穿上了高贵的皮鞋，怎么也不习惯，脚步迈得别扭而忐忑，总是不太自然。

老人们熟悉老街石板路上每块石头，记得清每块石板的石缝石纹，数得出每个店铺上有多少支桁头多少块瓦片；他们喜欢老街狭小拥挤的那份亲情，这间店与那间铺的人打声咳嗽就能说话；他们喜欢短短的一条街上油盐酱醋百货齐全，还有食摊上香甜麻辣"五味俱全"热烘烘的滋味；他们习惯听打铁铺黄师傅拉风箱有节奏的呼噜呼噜声，和街角处的油豆腐摊张大婶破锣似的叫卖吆喝声；他们习惯于将垃圾往河边随便一抛，多么简单了事；他们的

小孙子"尿急"掏出"小鸡鸡"站在街边就撒，真是方便快捷。

他们不喜欢新街超市里日夜播放疯狂得连地板也颤抖的爵士舞音乐，他们不喜欢"麦当劳""肯德基"那些热辣软绵却贵得惊人的洋食品；他们更埋怨新街让他们家过去朝夕相处的家禽"鸡犬不宁"，过去满街漫步行走的公鸡母鸡，而今失去自由而全部转入"地下"或后院，过去脚前身后跟进跟出的大黄狗，只好忍痛割舍让其解甲归田送回了老家；他们对新街扔一支烟头吐一口痰也要罚五角钱更是嗤之以鼻；令他们更窝心的是，那些操着天南地北不同口音蜂拥而至的外地人，抢走了他们许多赚钱的生意。

老人们对新街耿耿于怀，怀念老街；他们生活在新街，但怎么也走不出心目中的那条老街。

终于在某一天，已升任副县长的原镇长路过老街检查工作，老人们不由分说拽住了他，七嘴八舌口沫横飞地倾倒着他们的苦衷。副县长扶着眼镜耐心地倾听街坊们喋喋不休的叙说，听完后他苦笑了一声，一言不发地转身离去。

夕阳西下，他又一次来到老街对面熟悉的小山，从公文包里拿出两张照片。照片上，老街的旧址和新貌对比明显，那是他几年的呕心之作。他知道，旧街改造后，对新街的管理一定得跟上，对街坊的教育引导也是个新课题，这是向文明迈进历程中的阵痛，但必须历经这一过程。

他想不明白，自己到底做错了什么，老街人会不买他的账，仍旧一如既往地怀恋老街。他公文包里还有一份工作报告，那是一份将在三天后全县城镇和乡村改造工作会议上的发言稿，他是以老街改造作为典型的施政纲领。

现在他对这份报告打了个大大的问号，城镇和乡村的改造该何去何从？

"嘭"的一声巨响，打断了他的沉思。

他向远处望去，那是正在开辟老街通往山外的工地现场，民工们正爆炸巨石，将山坳劈开拓平取直。数月后，一条通往山外的大道即将出现。

他的眼光上移，上面是老街人熟悉的石板路，跌宕曲折，横斜向上，青

苔石斑，老街的人走了百年千年，修路时原本是要拆掉的，但老街的人怎么也不肯毁去，省里来的专家也认为青石板路很有特色，是老街不可复制的一道风景，于是，石板路得以保留。

看到这里，年轻的副县长若有所悟，他脑海中突然迸出了一句话：留住乡愁。

对，他将这句话马上写在那份报告上。

他收起公文包，轻步下山，迎着老街的万家灯火，坚定地向前方走去……

（2017 年第 4 期《作品》）

四十年间回家路

一

　　小时候回家的概念，只是上山割草回来或放牛晚归。只有在长大远离家乡之后，才真正体会回家的滋味。

　　高中毕业两年后，那年九月，我到二十多公里外一个邻近的公社去搞运动一年，春节回家，我带着公社工作队分配给我的一斤半猪肉和两包香烟回家，心里美滋滋的。我是一个人走路回家，沿着河边的羊肠小道，走了一两个小时。虽然只离家几个月，但看到家乡的感觉是不一样的。当夜，我们一家坐在温暖的被窝里，聊到鸡啼半夜。

　　于是，第一次有了回家的概念。

二

　　1977年春天，我到离家二百多公里远的一所中专学校

去读书。那年的寒假，回家过春节，有了一种归家的感觉。第二年毕业，分配在县城工作，县城离家有三十多公里，父母和兄弟姐妹都在老家，于是，回家便提上了自己的议事日程，在县城与老家的两点之间，徘徊了上十年。

那时候，我们镇去县城只有一条黄土公路，我平时回家，都是先去车站买好隔天的车票，然后坐班车到镇上。彭寨到古寨的公路虽然从我们村口经过，但村口没有上落站，司机是绝对不会停车让你下车的。我只能坐车到彭寨车站，再步行十多华里的沙土公路回家，下了公路，从村口到我家还有三里路的黄泥小道，这是最难走的一段路。晴天还好说，如果碰上雨天，到家已是一身泥一身水，有时还将鞋和袜子弄湿弄脏。为了不让鞋子弄湿，到了村口那段小路，我干脆赤脚走回家去。

逢年过节，班车都是不正常发车，要等上数小时，车票更是一票难求，能幸运买上站票也是很幸运的了。有时客车不够，只能坐加班货车回去，我一坐车就头晕，只好自备好尼龙袋或口盅，防患未然。

有时买不上车票，只好向单位领导求情，借公家的自行车回家。35公里的黄泥公路，要花上两个多小时才能到家。年后，还得一大早骑单车回县城。不过总比挤班车好，自由自在，想几点走就几点走。

回家的路，总是充满艰辛。

三

1988年3月，河源撤县建市，我从和平县委办公室调入市委办公室，回家的路又延伸到上百公里。那时候回县城已经有了柏油路，感到已是变化很大。但县城到乡镇仍然是泥土公路，一切都没有改变。有一次，我带着老妈从河源回老家，在县城往镇上公路一路颠簸。老妈晕车，一路呕吐。更惨的是，经过一道泥坎，车子飞起又砸下，老妈的腰一下子受伤了。车到镇上天已全黑，当时天又下雨，我搀扶着老妈，走了两个小时泥泞的山路，大半

夜才走回家。老妈的腰，经过大半年才医治好。

1990年冬，我调入惠州市工作，离家有二百多公里，回家的路更远了。有一年，我的父亲得了重病，瘫痪在床有半年多，我每月都得回去一趟。

有一次，我爸的病突然半夜发作，当时乡村还不通电话，我堂哥天一亮就跑到离家十多华里的镇上打电话给我。当时惠州到和平县城只有一班早班车，我接到电话后只能买到河源的下午班车，到了河源也没有直达和平的晚班车，只好乘上连平县忠信的班车，到忠信后，好不容易搭上一辆往和平县拉货的小货车，到了县城，刚巧还有下彭寨的班车，到了彭寨只能搭摩托回家，我略算了一下，加上先后打的、搭摩托，共转车七次才到家。

回家的路，仍然充满伤痛。

四

1997年6月，为迎接香港回归，京九铁路开通，经过我们和平县，结束了我们县没有铁路的历史。和平县城有很多人买了火车票坐到龙川，然后又坐火车回来，为的是体验坐火车的感受。

我们在当年国庆节，也买了火车票，全家人坐火车回家，也是唯一的一次坐火车回家，儿子更加兴奋，一路数火车过了几个隧道，最后说共穿过了32个隧道。

因为，紧接着我们县的交通状况大大改善，2000年，开通了粤赣高速公路，从惠州回和平县城，只要两个小时。而过去的沙土公路从和平县城到惠州，得早上五点多坐车，下午三四点才能到达，需近十个小时。老家的村道也铺好了水泥路，直通我家大门口。

近年全省的交通发展更是突飞猛进，和平县城到乡镇全部铺上水泥路之后，到各村也已实现了村道硬底化。现在我从惠州回家，汽车可直达家门口，且全是水泥路。2007年国庆节，我第一次开着私家车回家，走在高速公路上，

让我感慨万千。

回家的路，至今充满幸福。

五

2021年国庆节我又一次回老家，沿途看到赣深高铁如火如荼的工地，父老乡亲都在憧憬着高铁通车的盛景。到时从惠州回和平，只有半小时的车程，将来也不用开长途车回家那么辛苦了。回到老家，见地坪上停满了私家车，村人告诉我，每家都有新房有小车，属家庭标配，如今才叫新农村。

2021年12月10日，赣深高铁开通，从惠州直到和平县城，仅用时35分钟。从八九个小时缩短至半个小时，这在过去，不敢想象。四十年来的回家路，是一部改革开放乡村发展变化史，其实也是一段难忘而自豪的我国交通发展史。

如果三十年前有人问你，和平到惠州能否半个小时到达？谁都会说：你做梦去吧！是的，这在当时是梦，现在却是百分之百的事实！

回家的路，现在充满童话。

（2022年元旦）

马年说马

　　我喜欢马，并非源于本人属马，而是有着理不清、扯不断的"恋马"情结。马，在 4000 年前就成为人类的朋友，马在古代曾是农业生产、交通运输和军事等活动的主要动力，在人类文明发展史和历代的战争史上，马，扮演着重要的角色。

　　第一次看马是在小人书上。南方少马，我生在粤北山区，自然无缘见马。小时候爱看连环画，《三国演义》《水浒传》《岳飞传》《西游记》《杨家将》，不知翻过多少遍。画家笔下的马，矫捷雄健，驰骋疆场，挥鞭万里去，蹄声震关山。马，夜夜踏蹄入梦来，成了我心仪之物。我便照葫芦画瓢，将马画在了课本、作业本的大小空间，甚至上课也不忘信手涂鸦，后遭老师的严厉批评才"忍痛割爱"。高中毕业后脱离了老师的管束，故态复萌，又在乡村的煤油灯下画起了马，以致我弟在前几年还翻出了我在乡下画的马，那是用一支残旧的毛笔在一张普通白纸上的精心制

作，一匹战马在硝烟中腾空跃起，马上的战士手挥战刀刺破青天，威震敌胆的呐喊声破纸而出。画马画得入迷，转而想亲眼看见真马的风采，这成了我这个乡巴佬无数青春梦的一大心事。

第一次看到真马是在和平县城。那是一个晴朗的初秋午后，我刚好上班路过县城广场，熙攘的人群和鼎沸的噪声吸引了我，一座硕大的帐篷内播放着节奏激烈的音乐，正思忖是哪里的马戏团来此招财进宝？忽然我眼前一亮，帐篷外拴着两匹高头大马，一红一白，色泽鲜明。在灿烂的阳光下，犹如圣洁的白云和燃烧的晚霞。我驻足良久，凝眸注视，心跳骤然加速。画上的马、心目中的马及真实的马三者在进行比较，觉得真实的马，更为气势生动震撼人心。真想过去摸摸，与马亲近一番，又怕马不领情踹我一脚，只好像呆子一样，在两朵"云彩"面前，犹如见到初恋情人，久久不愿离去。

第一次骑马是在四川松潘。前年到四川旅游，来到风景秀丽的松潘牟尼沟。当地藏民说，停车场到扎尕瀑布还有一段黄泥路泥泞难行，如骑马前去是既舒服又潇洒。扎尕瀑布是中国海拔最高的钙化瀑布，如此有名气的景点，不可不看；而团友已买好集体骑马票，不看白不看。我勇敢地翻身跨上一匹枣红马，终于与马有了平生第一次的"亲密接触"，蓦然感悟马其实是人类最好的朋友，马为人类创造财富甚至打赢战争，而人类对马还真客气，为马打造的词语也够风光："龙马精神""金戈铁马""万马奔腾"……只可惜马不识字，否则会就人类对其偏爱感激涕零的。

十二生肖，周而复始。马年来临，寄望于属马的朋友及其他十一属相的所有朋友，马年腾飞，龙马精神，快马加鞭，马到成功！

（2002 年 2 月 16 日《惠州日报》）

我以我笔写家乡

一

每次回和平老家，总不忘带上照相机和速写本，为的是将故乡的风光收进我的画囊，也为了采撷故乡那片浓郁得无法淡去的如皓月色。

过去，我的笔端总停留在县城或家乡彭寨的土地上，但也有两次例外，来到粤北最顶端的上陵、下车镇。这两个乡镇与江西省交界，我在画下这些地方美丽风光的同时，也领略到了与彭寨不一样的风土人情。

二

2018 年 11 月 16 日，周末。

应在惠州工作的刘生、曹生、曾生三位岑江老乡相约，前往和平县上陵镇岑江村。后曹生要参加大学同学会无法

前往，只有刘生、曾生的家人及我同去。

早就向往岑江，欣闻这山川的不凡。

我坐上曾生的车，下午动身，天有点沉，缺乏透亮感，但没有影响北上的心情。路上有点堵车，在上陵出口下了高速，进入岑江天已经全黑，当时还下了一场暴雨，算是碰上了坏天气。

在村里的瑞丰农庄晚餐，走下车来，冷风袭人，大家赶快添加衣裳。当晚为了御寒，我喝了点酒，回到曾生家，头有点晕，很早进房就寝，一夜无话。

第二天早上，雨过天晴，东方泛亮。

心想，好天气在今天等着我！

吃过早餐，我便背着相机，与曾生从岑江学校对门开始上山，来到岑江营古址山岗上，这里可以远眺整个岑江，雨后的山村，宁静而壮美，泛绿而不浮躁。

沿着山湾的小路，来到丰溪曾生的老祖屋，曾生告诉我，那年村里曾姓族人的春节文艺晚会就在这里举行。在远离城市的乡间，一个山村，一个家族，一台春晚，需要的不仅仅是经费，还需要节目、人才、筹划。成功先例在全县也为数不多。我之前看过视频，确实乡风十足，节目出彩。其影响力至少会是数年间，乃至上十年，被后人津津乐道甚至会几十年。

由于地势较低，我无法拍到曾氏祖屋全貌，我走出老屋东门，看到旁边一座三层楼的房子，想从上面俯拍。当我走进那座新屋，主人大娘问我从哪里来，我说惠州来的，想上去拍些照片。

大娘说，你上楼去吧。我上到三楼，选好角度，拍了照片，然后便拿出速写本进行写生，大约耗时二十分钟，勾勒好大体轮廓。

在这幅画里，古村，祖屋，池塘，前后大门，门口大路，还有远处的大青山，都刚好处在画面的恰当位置，浓淡，疏密，远近，都表现出农家山村和古屋的风情，后我将此画取名为《青山古村》。

随后，我们又去刘生家房顶拍了岑江村全景图。看了曾生同学的养猪场，共养了八百多头农家土猪，数量不多，但很值钱，这可是省表彰的新型农民。午餐就在村中另一家农家餐馆富蓉农庄吃。刘生指着前面的村道告诉我，那边就是江西省的地盘。往前跨几步，我们就要出省了。

下午，我们来到新民村老屋附近，拍了许多照片。我站在冬日的田野上，展望雨后的山村，近处溪声潺潺，泉流飞泻，远山水汽蒸腾，云雾缭绕，若隐若现的远山，呈一种浓淡相宜、湿润相间的浅灰色，似写意大师的泼墨山水，气态万千，蔚为壮观。一幅壮阔的横幅长卷，在我眼前生动展开，我站在画中央，成了画中人，美得让我久久不愿离去。

后来到了曹生家，他的亲戚打开家门，让我进去院子里拍了一些特写照片。后我又走上对门三楼房顶，画了二十分钟，将曹生的房子画了下来，但进行了一些取舍，如大门口邻居存放的东西比较杂乱，进行了技术处理。后面远山，将左边虚化淡化，重点在右边，将村庄连接下来，整个构图形成 S 形黄金比例，也突出了房子主体，为房子顶部留出一个干净的背景。为了使画面更有生机，在草坪上添了几个品茶之人，画作取名为《夏日清茗图》。

下楼来，曾生又带着我沿着老街走去，经过一家废弃的老电影院时，曾生告诉我，当初刘生就在这里放电影，这里是刘生人生的起点。再经过已失修坍塌的曹生老屋，曾生说曹生的青少年时光就在这里度过。令我感慨万千，岑江不但物华天宝，更是人杰地灵，在这块秀美的土地上，走出了不少杰出乡贤，他们遍布全国各地，为社会作出各自的贡献。但他们无论走到何方，都会怀念和记挂家乡，岑江营才是他们永远的乡愁，永远的故乡。

来到老街尽头的田野上，刘生一行从小路上过来一起吃晚饭，我将那景色拍了下来，形成第三幅画的素材。当时已是夜色朦胧，无法进行现场写生，只能晚上进行加工，前景是一道篱笆墙，一条小路经过庄稼地，蜿蜒曲折向前延伸，远处是刘生的房子，背后是云雾缭绕的大山，一湾小溪，从大山深处直到我们身下。篱笆、田野、乡路、民居、大山、小溪，构成了一幅乡居

山村图。我将画作取名为《清溪十里有人家》。

晚饭又在另一家农家餐馆就餐，一个乡村，却有众多的商店餐馆，令我想到乡村并非都是空壳村，今天就餐的三家餐馆老板，有两家是当地回村创业的大学生，而且还兼营农庄，发展农家绿色食品，产品远销广州、深圳。这些大有可为的年轻人，才是乡村振兴的中坚力量。

第三天早晨，我们在街上喝到了地道的家猪肉汤，那种美味可口难以言说。然后赴了一趟岑江街。一般而言，岑江由丰溪、富良、新民三个村组成，大一点说岑江还包含三乐和中洞两个村。岑江不是镇，却有自己的墟日，就像粮溪的乌泥坑街。

这里是粤、赣交界三角地带，当地有"鸡鸣两省三县"的说法，三县即广东的和平县，江西省的龙南县、定南县。岑江人赴岑江街叫"赴营"，赴江西定南老城街叫"赴县"，因老城原是定南的县府。岑江处于粤、赣交界，赶集和做生意的有不少是来自江西的农民。我问了一个鱼档老板，他说他就是从江西那边一早赶过来的。

从表面上看，两省的村民没有什么区别，但一开口，当地人就能准确地区分开来，因为江西人的语言与我们广东人的语言，有着较大的区别，有些单词还是特有的。但两地之间的人也完全能听懂并顺利交流。

千百年来，两地边民都礼尚往来，互联亲戚，经商贸易，友好相处。

我们在这可能是全县乃至全省最边远最小型的集市上，买了些当地土特产和青菜，曾生还为我专门采挖了红茨和冬笋，收拾好行李即打道回府。

在岑江画就的三幅画，已收入由岭南美术出版社 2019 年出版的钢笔画集《钢笔生画》。画这三幅画的过程，也永远存入我的美好记忆中。岑江很美，有山有水，有树有房，入画的要素很齐全，很适合画画写生。

当然，还有淳朴的乡风。

三

2019 年 3 月 16 日，和平县人民政府农林水办公室当年的一帮老同事在和平县城聚会，徐副县长当年是县农办主任。他说，他正在搞徐氏族谱，问我能不能给他画几幅钢笔画放到族谱里面去？我欣快地答应了。

当年的 9 月 20 日，我们老同事在惠州再次集中时，徐副县长又来到惠州，还带了一本老的徐氏族谱给我，让我看看怎么办？我一看这是十几年前没有用电脑排版的老族谱，很多照片模糊一团，根本看不清细节，重版的话无法再用那些旧图了。

于是与徐副县长约定，在国庆节的 10 月 3 日，回到和平前往下车镇去拍照片。

我曾在和平县工作十年，也经常去下车镇，但深入到那些乡村民居，也不是常有的事。我们首先来到下车镇兴隆村，来到密山寨下，看到了被广东省人民政府确认为保护文物，有六百年历史的大榕树，拍了徐氏祠堂，"一门三进士"祠堂，然后又到了石含村徐傅霖故居，拍了许多旧居照片，老乡找了把梯子，让我爬上二米多高的围墙，拍了国民党元老谭延闿为徐傅霖题写的牌匾"高士旧家"，还跑到小河边拍故居全景。在下车街上用过午饭后，回到徐家的发祥地，拍了密石寨的远处全景，夕阳西下，才回到和平县城。

回到惠州之后，我看了那些照片，有些可以直接刊登，没必要画成钢笔画了。有的照片看不到全景的，认为有必要进行艺术处理。一个是徐氏祠堂门口全村全景，二是"一门三进士"牌坊，三是徐傅霖故居门前是有小河的，但照片无法表现。

对徐氏发祥地密石寨全景，我根据所有的照片资料，以及所有的建筑房屋，对祠堂大门、每个房子、道路的位置、角度、光源等，重新进行构思和想象，参照画出一个密石寨下的风景图。现在的全景图，犹如无人机在空中拍摄到的全景，将大门楼、祠堂、六百年历史的古榕树，都融入画面中。

　　徐傅霖故居，上面的房屋、远山和大树，我忠于事实，基本不动画出。只是门前是有小河的，照片里面没法表现出来，我通过钢笔画绘出，进行真实的还原。

　　"一门三进士"村落，如果从外面看，只能看到那 4 个桅杆石夹，后面那个牌楼只能看到一半；但是站在院子里拍照片呢，可以看到牌坊的全部，却看不到外面那 4 个桅杆石夹，怎么办呢？我只能凭想象进行重新构思，把它处理成一幅画，好像是从高空看下去，牌坊和桅杆石夹都包含在整个画面。

　　经过艺术处理后的三幅画，老县长看了颇为满意。

四

　　艺术源于生活，但又必须高于生活。高于生活，必须是真实的，现实存在的，或者说有客观依据的，不能过度拔高，更不能无中生有。我画的岑江村和下车镇的六幅画，其景必须是现实存在的，但经过艺术处理之后，比现实更完美、更干净、更艺术。

　　钢笔画是属于写实性的，有些场景，有些物件，尤其人物，必须十分准确、精确、明确，每一个细节，每一个环节，每一根线条，都必须交代清楚，只不过有些可以虚化或粗略，出现在画面上的，都是无误的。所谓画画，就是现实生活中，或照片上没法表现出来的，用艺术的技法将之表现、重现、细化，这就是我们钢笔画应该具有的艺术手段。

　　画儿不会说话，但她会通过线条、板块、颜色，向你讲述内心的深情独白和喜怒哀乐。乡情，应该也在她表白的范围之内。

　　　　　　　　　　　　　　　　　　（2020 年《印象上陵》第一辑）

玉岭的小村之梦

一

玉岭村做梦都没有想到，自己会幸运地成为惠州市作家协会的一个采风点。

2018 年 11 月 25 日午后，一支车队驰骋在粤北河源市的和平县彭寨镇的仙女嶂下，清脆的喇叭声打破了玉岭村冬日的宁静，鱼贯而来的车队唤醒了环绕村庄流淌的那泓小溪。当作家们走出车门，来到"文林第"这座岭南民居门前，亮出"惠州市作家采风团"的红色旗帜，山村似乎瞬间紫气东来。

对于作家们的到来，好像众多的文曲星，突然下凡到这名不见经传的小山村，从没见过大世面的玉岭村，一下子感到了受宠若惊和无所适从。因羞涩于自己的浅薄简约，总担心见多识广的作家们对自己不屑一顾。

二

玉岭村的不甚自信是有原因的。

玉岭村总感觉自己年龄尚幼。据族谱记载，玉岭村开埠入住大约在乾隆初年。那是一个晴朗的早晨，风和日丽下满天祥云，曾氏宏诚公的后裔四户人，扛锄携镰，从十多华里外的大村落迁徙玉岭。这是一个荒蛮之地，杂草丛生，野兽出没。四户人同心协力，披星戴月，甩开膀子，在荆棘间开辟道路，在坡谷处构筑房屋，在山梁上垦荒农耕。在一片蛙声中撒下了第一粒种子，在稻花飘香的季节迎来丰年。从此，星月下的大山深处，炊烟缥缈；瓦屋间娃声不断，子孙繁衍。

玉岭村屈指细算，自己的村龄，也就仅有三百多年。

玉岭村总感觉自己并不太美，一直典藏在九连山腹地的万千堑梁山谷间，没有气势磅礴的大江大河，没有秀丽旖旎的奇山险峰，没有诗情画意的烟雨江南。只有村口外的仙女嶂一年四季地绿着，溪畔路边的桃花李花梅花在各个季节适时地开着，池塘边篱笆上的瓜藤有蜂蝶永远在嗡嗡地飞着。山风轻轻吹过，常会撩起漫山遍野此起彼伏的竹海松涛，还有村口那蓬高耸入云密不透风的大竹丛，会在大风中哼起咿咿呀呀迷人动听的多声部大合唱。

玉岭村认为，山村的风景就那么朴实，那么无华，那么淡彩素雅。

三

玉岭村总说自己的文脉并不太深也不太广。村中有族谱记载的，也就出了一位晚清秀才，就是我的曾祖父，他曾任曾氏家族的"三省小学"校长，可谓村中学历最高人士。翻开厚重发黄的族谱，在每一位有作为的祖上，都会有"矢志耕读，忠厚传家，义方教子，笃志书香"的评价。文脉相承，书香相传，在琅琅的读书声中，村风逐渐变得淳朴。

20世纪60年代，村里终于有了第一位大学生，是以我们和平县第二中学最优秀的成绩考入武汉水利电力学院的。改革开放以来，每年都有人考上大学。村中学子考取的大学遍布全国各地，有的夫妻双双考上浙江大学研究生。2018年还有一女孩子考上四川电子学院的研究生。2002年，全村共考上5名本科生，其中有当年全县的男状元和女状元。还有在我们镇上的四联中学高考第一名的，考上了中国农业大学，随后又考取该校研究生，毕业后一直在首都工作。

玉岭村自算细账，一个五百多人口的小山村，有五十多名大学生，平均三户人，顶多也就只有一名大学生。

四

来到我家祖屋前，作家们对曾祖父所立的大门牌匾"文林第"，以及两边大门匾额"云蒸""霞蔚"，问得最多的是有什么来历？我说这没有什么奥秘。祖屋就是曾祖父在八十多年前修建的。他名曾霞久，字蔚文，以他的名字，便用"云蒸霞蔚"这个成语分别作为两边大门的匾额，又以蔚文的名字延伸为"文林第"，作为大厅门楼牌匾。《世说新语》云："千岩竞秀，万壑争流。草木葱茏其上，若云兴霞蔚。"这也许是"云蒸霞蔚"一词最早的出处。

我看着满坪满屋的作家朋友，想起清人颜光敏在《颜氏家藏尺牍》中写道："且海内人文，云蒸霞蔚，鳞集京师，真千古盛事。"今日之幸会，对于一个小小的玉岭村和"文林第"而言，真乃百载盛事矣！

我们"文林第"的后代，生活在矢志耕读中，有从军报国的，也有在外省办企业，担任香港上市大集团公司的总代理，身兼数职担任几个大公司董事长的。"文林第"后辈中，已有5人考上大学，加上嫁入的儿媳和女儿外嫁繁衍的后代中，已有上十名大学生。共有2位省作家协会会员，荣获全省"十大优秀书香之家"乃至"全国书香之家"。

我们"文林第"的后人，在玉岭村，也就是普普通通的耕读人家。

因"文林第"年久失修，前几年，我们兄弟一起齐心协力，进行修缮装修，修旧如旧，保留着完整的岭南民居特色，2018年国庆举行了修葺落成暨书画展开展仪式，吸引了来自市县镇有关领导及众多亲戚朋友，我们还将全村在家的大人小孩请来一起聚餐，感恩父老乡亲。

五

斜阳西照，一个小时后，作家们告别玉岭村，前往林寨古村落参观，车队转眼间消失在村口。

望着远去的车队，玉岭村仍心潮难平，作家们留下的文化气息，将永驻山村，为山村撒落一段难忘的历史文化佳话，激励着全村学子矢志读书报效祖国。但玉岭村又在扪心自问：自己那些朴实的故事能算故事吗？而这些故事能让作家们为之动心挥笔为文吗？作家们的文章能否为玉岭村增添一笔宝贵的精神财富和文化遗产，让美丽乡村平添一份永远的乡愁吗？

这就是一个小山村，一个小小的梦。

（2019年第1期《东江文学》）

一份初心守终生

一

2019 年的国庆节，是新中国成立七十周年的大喜日子。

这天清晨，风和日丽，93 岁的东江纵队老战士曾球章，起得特别早，他特地挑选一身整洁干净的中山装，将过去颁发的军功章和前几天颁发的新中国成立七十周年纪念章挂在胸前，正襟危坐在客厅沙发上。看着电视上受阅的解放军方列威武雄壮地走过天安门广场，已经远去的炮火硝烟、刀光剑影，慢慢地在他眼前清晰起来；嘹亮的冲锋号声和战士们高亢的喊杀声，也随之蔓延开来……

曾球章是我们村最大的官，也是打仗最多的人，他于 1926 年 7 月出生于粤北的和平县彭寨镇玉水村一个贫寒的家庭。是村中 3 位同时参加东江纵队的唯一幸存者，从军 31 年，参加的大小战斗共有六十多场，是享受副厅级待遇的离休干部。他的一生充满传奇。

说起 1947 年 4 月投身革命的那段经历，已是"眉寿之年"的曾球章依然激情澎湃：

我们三人中的另两人分别叫曾观妹、曾锦钟。我们小时候一起长大，都是很要好的伙伴。曾观妹是个孤儿，没上过学，从小便给人家放牛；曾锦钟则是富家子弟，从小被家人送到私人办的三省学堂读书，曾锦钟的老师陈兰台，常来曾锦钟家进行家访，向我们村中的青年宣传革命道理。通过多次的接触和了解，老师便动员我们一起参加东江纵队。我们三人到了部队后才知道，陈兰台老师原来是中共地下党员，陈兰台曾任东二支六连指导员，新中国成立后曾担任和平县人民政府副县长。

曾锦钟和曾观妹先后壮烈牺牲，而同时参加东江纵队的曾球章，身经百战，出生入死，从没受伤，却奇迹般地存活下来。

二

曾球章参军离开家乡之后，伪乡公所不知怎么弄到了一份游击队员的名单，上有曾球章的名字。因他的家名是曾明添，敌人便抓他的母亲去乡公所对证，他母亲一口咬定不认识这个曾球章，自己的儿子曾明添上江西担盐卖苦力去了。但敌人仍扣押不放，已出嫁的曾球章的大姐凑了三担稻谷才将他母亲赎回。

曾球章所在的部队，是和平人民义勇队主力的林镜秋大队（该部队于 1949 年编入中国人民解放军粤赣湘边纵队东江第二支队第六团，林镜秋任团长）。分在郑新强任队长的火星队，简称"郑仔队"的一排一班，一个班先后共有 14 个人，其中有 4 人先后壮烈牺牲。岁月吹淡了许多往事，但曾球章始终记得 14 位战友的籍贯、名字，4 个战友在哪场战斗中光荣牺牲。曾球章的机枪副射手熊观泉，马塘墩里头人，在东纵"五战五捷"第三仗，于河源曾田与伪保五团的战斗中，正要给他装填弹匣，被敌人一枪打中脑袋，

鲜血溅了他一身，他从牺牲的战友手中拿过弹匣，强忍泪水继续战斗，用愤怒的子弹射向敌人；战友陈春能在河源骆湖战斗中负了重伤，腰都打断了，他将陈春能从战火纷飞的战场上背回来，此后两人成了终生难忘的生死战友。

现在回忆那些历经的战斗，谈到牺牲的战友，他都感到万分悲痛，不想回忆触碰那些伤心的往事。

在艰苦的岁月里，入伍一年后的曾球章，便加入了中国共产党。枪林弹雨中，高大勇猛的曾球章从一个战士、机枪班长，升任排长、区队长。战斗中，他机智果敢，骁勇善战。解放战争的号角吹响，他从九连山随大部队挥师南下，抽调编入独立第四团，在博罗石坝打了一场硬仗，打了三天三夜，双方伤亡惨重。后再往紫金东莞，辗转战斗在江门中山珠海，珠三角全境解放后，部队进行整编，他编入粤北军分区 11 团，调往韶关剿匪，分配在教导大队。他已记不清自己一生中共消灭了多少敌人，但他只记得，新中国成立后在始兴县隘子镇的剿匪战斗中，是他亲手将最后一名土匪击毙，也是他人生中消灭的最后一个敌人。

三

当五星红旗升起在华夏大地，曾球章和战友们一起，迎着新中国的曙光，迈着雄壮的步伐，从山沟沟走进了城市，开始了全新的生活。当时，他在笔记本上，写下了具有战士特色的一段豪言壮语：

志愿革命打天下，

游击征战党为家。

东江浰水粤赣边，

烽火连天新中华。

在党的阳光照耀下，曾球章在不断成长。1950 年到 1953 年，在粤北军分区担任区队长，1953 年在翁源县坝子镇武装部任部长、区委委员，1954

年在佛山干校荣立三等功一次，1955 年在始兴县罗坝区武装部任部长、区委委员，1957 年在始兴县武装部任民兵科长，1958 年到广西速成学校学习一年，1959 年回到始兴县武装部任科长，1970 年提拔为始兴县武装部副部长、始兴县政法委主任、始兴县党委委员、县委常委、公安局党组书记。

身居高位，肩负重任，但革命战士的钢铁意志和共产党员的本色初心，始终不变。

新中国成立后，曾球章将与自己一样在苦水里泡大的童养媳，接进城里结婚安家，他认为"糟糠夫妻不下堂"，是中国人的传统美德，也应是共产党人的基本准则；他们夫妻两人一直相亲相爱，白头偕老。他没有用手中的权力，为他那没有文化的妻子谋取一份实惠的工作。他妻子就这样在家相夫教子，度过平生。

他的兄弟姐妹和众多亲戚，都在农村种田，他从没有为他们迁出农业户口或安排工作。他的三个弟弟，一直在村上务农，他的三弟，就是我们的生产队长。后来，曾球章又将二儿子送到部队，在这所大熔炉中磨炼摔打。他经常教育子女和后代，要自食其力，遵纪守法，奉献社会。他的孙辈和亲属后代，有的考上广州美术学院，还有的考上中国农业大学，后又考取研究生，并在北京工作，都是靠自己的努力。就是他的子女、儿媳下岗，他也不会向组织上提出任何要求。

四

1978 年，曾球章已 52 岁，他终于离开火热的军营，转业到韶关钢铁厂，担任了厂纪委副书记。尽管他脱下心爱的军装，卸下日夜随身的手枪，但他自认为并没有走下战场，而是转入了另一个战场。他如疾风中的劲草，冬雪下的青松，始终铁骨铮铮，傲然挺立。

曾球章说："在我担任始兴县委常委、政法委主任、公安局党组书记和

韶关钢铁厂纪委副书记期间，许多战友、同事和亲戚，不断有人要求我帮忙找工作、迁户口、提干、走后门当兵，甚至要求为其入狱的亲人减刑等，我都一一回绝。"有人来家求他办事，偷偷放下一些土特产，他发现后，马上叫家人追出去，奉还客人；有时客人已经走远，追了几条街才追上，让对方十分惊讶和感动。他还反诘他们："你们平时不是痛恨那些以权谋私、搞不正之风的官员吗？难道你们愿意我成为那样的人？"他说得斩钉截铁却又富有感情："自己是一位老党员，一直谨记着当初的入党誓言，我不能以权谋私，不管任何时候做任何事，都要对得起牺牲的众多战友和我的两位烈士亲人。"

曾球章热爱家乡，心系桑梓，经常动员子女，从韶关回到老家，探望乡亲和长辈，教育他们不忘故土，谨记乡情。凡是老家改村道，修族谱，铺水泥路，彭寨聚史村建烈士纪念碑，惠州建东江纵队纪念馆，曾球章都慷慨解囊，还每年为扶贫捐款。

1985年2月25日，是农历大年初六，我当时在和平县委办公室工作，终于在县政府招待所见到了仰慕已久的英雄，依辈分和家乡习惯，我叫他大伯。他质朴健谈，平易近人。看着他褪色的军装和未改的乡音，透过他饱经沧桑的脸庞和依然刚毅的眼神，我感到他身上有一股压倒一切的凛然正气，但同时又有一种特殊的亲切感。后来我也曾去韶关他的家中拜访，他虽身居高位，家却质朴简单，家人和睦友善，让人肃然起敬。

五

2018年3月，我们县要编一本《和平客家家训》的书，要树立一批廉政典型，将曾球章列入写作计划，请我负责撰写。

当我将自己的想法和要求告诉曾球章的儿子曾繁波时，他感到为难。曾繁波告诉我，他父亲一贯十分低调，极少提及自己当年的战斗经历，也很少谈及单位的工作。我问有没有单位或其他机构采访的文字材料，他们找了几

天，也问了不少人，始终未能觅到片纸只语。曾繁波说，他父亲觉得战争年代已经过去，没必要再将以往的功劳和经历整天挂在嘴上到处炫耀。他认为比起村中的两位烈士，自己能活着享受到今天的一切，已经是万幸之至。

曾球章离休后一直居住在韶关，为了采访工作的需要，我与他进行了多次视频通话，已是九十高龄的他，依然记忆清晰思维敏捷。但他仍然很少谈及过去的经历和赫赫战功，言语间，却更多地惦记着家乡的建设，怀念牺牲的战友。后来，他儿子发过来几张他的戎装照片和许多军功章照片，同时向我发过来老英雄四句铿锵有力的誓言：

少年认识共产党，

青年参加共产党，

中年一切为了党，

老年永远跟着党。

这是曾球章刻骨铭心而又质朴真实的人生感言，初心始终不改，永远谨记使命；也是一位从军 31 年的东纵老战士、一位有着 71 年党龄的老共产党员，戎马一生的真实写照！

六

2021 年 5 月 2 日，我们的党即将迎来百年华诞前夕，曾球章带着一家四代 17 口人，再次回到了久违的家乡。回之前，他对亲属说一定要低调，不要惊扰当地党政领导，但他又说一定要见见两位烈士的亲属。他全家人在家乡共住了三天，家乡人民以最热烈的方式，欢迎闯荡四方的游子归来。当地的镇村领导闻讯后，还是前去拜见这位老英雄。曾球章邀请两位烈士的亲属参加他的家宴，见到两位烈士亲属代表，曾球章心情异常激动，马上走上前去，送上早已准备好的大红包。他动情地说，我和观妹、锦钟都是一起参加革命的生死战友，他们两位没能看到革命的胜利和今天的幸福日子，玉岭

人民永远记得他们，他俩才是玉岭人民值得骄傲的真正英雄。作为一个共产党员，今天向你们表示慰问，略表一点小心意。

两位亲属都流下了激动的眼泪，令在场的所有人都为之动容。

曾球章踱出大门，五月的风，温暖舒适，吹动着他的一头银发。午后的太阳照射在他身上，他全身披满了金色的阳光。"少小离家老大回，乡音未改鬓毛衰。"站立在家乡的土地上，他想起了含辛茹苦养育他成长的父母，想起了一起长大的许多小伙伴，他们都已随风而逝；又想起了当年，那个月黑风高翻山越岭的夜晚，以及与他一起投奔革命的两位战友，一切犹如就在昨天和眼前。透过高高的仙女嶂，看黄云紫塞，风韶若琴，玉岭之上，烈士的英魂柔曼如歌，正超越时空，走向丽日蓝天。

放眼四周，仙女嶂下，绿水青山，家乡正在筹建一个旅游开发区，层层梯田已种上不同的树苗，在风中泛绿茁长。他爱这片土地，这里的一山一水，一草一木，他熟悉得如掌心里的纹路。在英雄的土地上，家乡人民在乡村振兴的道路上，正重新美化山河，同心同德，携手前进，建设自己的家园，一张美好的蓝图，正一步步走向现实。

握别亲人，告别家乡，老英雄脸上挂着宽慰的笑容，他衷心祈愿：

山河无恙。

国家安宁。

人民幸福！

（2021 年"八一"建军节）

英雄花开映山红

一

在九连山南麓的仙人嶂下，离彭寨街 6 公里的地方，有一个风光旖旎的小村庄，这里绿围四野，溪流潺潺，炊烟袅袅，有着苏东坡笔下"野桃含笑竹篱短，美柳自摇沙水清"的神韵。每当五月来临，杜鹃花漫山遍野，迎风摇曳，满壑飘香，这就是我居住的小山村——玉岭。

我们玉岭村处于彭寨、古寨、安坳三镇的边缘偏僻交界地，特殊的地理位置，成为东江纵队经常活动区。我们村三位热血青年，曾球章（家名曾明添）、曾观妹、曾锦钟（家名曾志汉），在中共地下党员陈兰台（曾任东二支第六连指导员，新中国成立后任和平县副县长）的鼓励下，于 1947 年 4 月一个漆黑的夜晚，三人相约一起参加了东江纵队。曾球章至今仍然记得十分清楚，他们三人从玉岭村出发，出了村口往东，直往古寨方向，经过古寨三联的

黄泥坳，在交通员陈廉（新中国成立后任和平县劳动局长）的引领下，从山路直往水西，最后到达和东地区"和平人民义勇队"总部驻地，后被称为"九连小延安"的嶂下村，见到了他们仰慕已久的大队长兼政委，令敌人闻风丧胆，被人民亲切地称为"大林"的林镜秋。

该部队于1949年编入中国人民解放军粤赣湘边纵队东江第二支队第六团，林镜秋任团长。

曾球章和曾锦钟高大强壮，入伍后，被分配在战斗部队。曾球章被分配在火星队，队长郑新强，也简称郑仔队；曾锦钟分配在火花队，队长梁山，简称梁山队；曾观妹个子较小、机智灵活，走路如飞，则分配做了交通员。

那一年，曾观妹25岁，沉稳老练；曾球章21岁，年轻气盛；曾锦钟17岁，少年书生。三个人在同一起跑点上，书写出壮怀激烈的不同人生之路。

曾球章身经百战，至今仍然健在，96岁高龄仍精神矍铄。

而另二位，则血洒沙场，英名永远镌刻在新中国的光辉史册上。

二

1922年12月24日（农历十一月初七日），曾观妹出生在玉岭村中心屋。也许是三代单丁，包许是已生两女，盼子心切的父母给他起了个很女孩子气的名字。

不幸的是，数年后父母早早撒手人寰，两个姐姐也远嫁他乡，家中一贫如洗，徒有四壁。他失去了所有孩子向往的美好童年，也从没跨进过令人羡慕的学堂。他年纪尚小，没学会任何生活本领，唯一可以糊口的家计是给人放牛。由此，本该在父母身边撒娇卖嗔、黄口之年的曾观妹，每年春节刚过，便早早来到彭寨往古寨路途中的一小茶亭里，肩搭一条破毛巾，背挎一顶旧斗笠——这是受雇于放牛的标志，在春寒料峭冷风中耐心等待雇主的来临。

在给人放牛的数年间，他饱尝了人间酸苦，风餐露宿，披星戴月，吃的

是米糠野菜，干的是粗活脏活。除夕之夜，别人家欢聚团圆欢声笑语，而他上无片瓦下无寸土，寒风中只能趴在稻秆里熬过漫长孤寂的黑夜，被锥心刺骨的五更朔风冻醒的他，眺望窗外天空，盼着启明星的出现——何时才能破晓天亮？

三

在黑如深渊的长夜里，曾观妹熬过了童年、少年，成为青年。生活的坎坷曲折，磨炼出他坚韧不拔的顽强意志，也在他的心灵里留下了对旧社会的刻骨仇恨。

1946年春，东江纵队在九连山点燃的革命之火已势若燎原，映红江天，党领导下的武装斗争在各地如火如荼。中共地下党员陈兰台，来到玉岭村找进步青年宣传革命道理。他从陈兰台老师的"故事"里明白了许多革命道理，冷漠的心犹如春风注入，倍感温暖。他知道共产党才是为穷人谋解放的"救星"，穷人只有拿起枪杆子，才能砸碎万恶的旧社会。

1947年4月间，曾观妹与另两位青年一起踏上了革命之路。一个饱经辛酸的孤儿，终于在党领导下的大部队里找到了温暖的"家"和慈爱的"母亲"，在镰刀斧头旗下举起了右手，从而懂得比自己生命更宝贵的是党的利益。游击队领导看他人长得小巧，机警灵活，翻山越岭健步如飞，人也能吃苦耐劳，胆大心细遇事冷静，为此分配他做了部队交通员，专门为"大林"（林镜秋团长）负责传递情报。

他有次从和平的上陵江口经长塘优胜，再到龙川的车田龙母，一夜行走上百里，路途遥远情况复杂，曾观妹日夜兼程跋山涉水，练就了一双"铁脚板"；他以自己的随机应变，多次避开敌人出色完成任务，并以自己对党忠诚很快升任为交通站长。曾观妹给地主放牛时学会了一手绝活——抓黄鳝。始料不及的是，昔日的谋生手段却为传递情报、侦察敌情派上了用场。他经

常身背鱼篓内装情报走村串寨，遇上敌人便跳入水田装抓黄鳝躲过多次搜查。

那一年我游击队准备攻打古寨街，他为了与乡公所内线梁楠材取得联系，多次借卖黄鳝为名，混入乡公所了解敌人布防情况，为游击队胜利攻打古寨乡公所立下了汗马功劳。

四

1948 年 5 月 10 日（农历四月初二日），这是一个黑色的日子。"山雨欲来风满楼"，苟延残喘的国民党反动派进行垂死前的挣扎，加紧了对我游击队和革命根据地的"围剿"。

这一天，阴风阵阵夹着沉雷声声，"黑云压城城欲摧"。曾观妹与往常一样，肩挎鱼篓，头戴斗笠，胜利完成送信任务，吹响轻松欢乐的口哨，从优胜路经安坳返回彭寨。上午，他在安坳芹菜塘遭遇上几股敌人，均被他巧妙避开。他见敌人密集出动不同以往，估计情况有变，以交通员特有的机警，在山间迅速藏好了手枪。下午，他辗转迂回来到安坳大坪与杨梅坪之间的一条羊肠小路。突然，前面又出现了一队"白狗"，来不及躲闪的他，急中生智一个鱼跃，跳入田中装作抓黄鳝，并以斗笠遮住脸面。

敌人一个个在他眼皮底下走了过去，眼看又一次化险为夷。意想不到的事忽然发生：白匪军后面跟着一个认识他的叛徒，那家伙追上带队的白匪军队长，用手向后暗暗一指说，刚才在田里抓黄鳝的人就是游击队的交通员。敌人闻言当即返回，如恶狼般扑来。曾观妹寡不敌众终于落入魔爪。他只恨此时枪没带上，不然先毙了这只断了脊梁骨的癞皮狗！

敌人将曾观妹押回了古寨乡公所，由于叛徒的指认，他的身份无从掩饰。任凭敌人软硬兼施酷刑用遍，直至将舌头割得鲜血淋漓，曾观妹始终高仰着坚定的头颅，共产党人的信仰经历了最严酷的考验。黔驴技穷无计可施的敌人，只好将他押往彭寨。

　　我们村的人获悉曾观妹被捕的消息极为震惊，即派人前往乡公所"活动"，敌人开出的是 40 担谷赎人"天价"，且要在初五日前全部交齐。

　　当村里人千方百计连夜筹足粮款于初五清早赶到乡公所时，敌人已经将曾观妹在初四夜秘密杀害，一个年仅 26 岁的生命戛然而止，血洒彭寨，亲人们闻讯悲痛欲绝，掩面恸哭……

五

　　曾锦钟是三位英雄中文化水平最高的，也是年龄最小的，如没有光荣牺牲，可能前程最好。

　　他生于 1930 年，出身于一个富裕人家，家中有一石种田，新中国成立后被评为富农。如不分家，也可能评为地主了。他 12 岁时，家中便为他找来比他大一岁的童养媳。童养媳来他家时，还是坐轿来的。家中有钱供他读书，先后在彭寨华表的三省小学、四联中学上学。上学期间，他追求光明，积极上进，引起了陈兰台老师的注意。陈兰台平时注意接近曾锦钟，向他宣传革命道理，将他引上了革命的道路。

　　曾锦钟作为一个富家子弟，又有较高的文化，家中还有童养媳，本可以坐享其成过上舒适的生活，但他立志选择参加革命，为更多穷苦百姓谋幸福求解放。他明知道，这是一条充满艰险的道路，要付出青春、鲜血，甚至生命，但他毅然决然，决不回头！

　　他弟弟曾祥福回忆说，曾锦钟参军是瞒着家里人去的，后来家里也慢慢知道了他的事。家人知道他干的是正事好事，从心里默默支持他。曾锦钟家中比较富裕，部队供给困难时，他便带部队的战友来到家中。家里人便给部队准备好食物用品等东西，从来也不敢张扬。曾锦钟带着他的战友们，半夜三更偷偷回来，天不亮又走了，来无影去无踪。

　　平时，曾锦钟还经常教育鼓励他弟弟曾祥福，要他快点长大，长大了好

去当红军打白狗子。

当时，伪乡公所弄到了一份游击队员名单，获悉了玉岭村曾锦钟等三人参加游击队的消息。敌人凶狠地来到我们村，将曾锦钟奶奶和曾球章妈妈抓去彭寨乡公所扣押起来，并扬言要是不找回曾锦钟和曾球章，就烧他们两家的房子。曾锦钟的弟弟曾祥福和曾球章弟弟曾星火，还去送"监饭"。任凭敌人如何利诱威胁，两位勇敢的母亲坚贞不屈，不为所动，一口咬定他俩是上江西做生意和担盐去了。

在名单上写的是曾球章和曾锦钟的名字，但他们在村中的家名是曾明添和曾志汉，敌人也摸不着头脑，加上村里人和曾球章大姐也积极想办法，筹集了稻谷，曾锦钟家 5 担，曾球章家 3 担，送到乡公所，才将坐了几个月牢的两位母亲放了出来。

六

不幸的事情发生在 1948 年春寒料峭的二月。

曾锦钟所在部队宿营于龙川车田赤竹岭下的一个小山村，被敌人突袭包围。那天刚蒙蒙亮，天降豪雨。他带领战士们浴血奋战杀开一条通往山上的血路。作为班长的他，为掩护战士们过河，毅然走在队伍的最后边，在生死考验面前，他把生让给了战友。当敌人从四周包围上来时，他勇敢地跳入河中，想不到雨后河水猛涨，不谙水性的他，瞬间被汹涌的洪水吞没……

曾锦钟牺牲后，战友们谁也不敢将不幸的消息告诉他们家人，只是用另一种方式暗中在表示慰问，他弟弟回忆说，他们家人上街时，会有人偷偷给他们手中或箩筐中送猪肉牛肉等食品。

新中国成立后，他奶奶看到与曾锦钟一起当兵的曾球章回到村里，他奶奶便问他："明添，现在解放了，仗也打完了，你也回来了，怎么锦钟还不回来？"曾球章不敢也不忍心告诉她老人家，只好找借口说是"部队有事，

他不得闲回"。直到有一天，乡政府敲锣打鼓来到他家，我父亲作为民兵队长，将金光闪闪的"烈属之家"牌匾挂上他家大门上，他们全家才明白一切，猛然间泪如雨下。

福哥说，从此，村里对烈属的一家特别照顾，帮耕帮收。当时我父亲是互助组长，还亲自带着民兵帮助福哥家耕田。

七

我们村是东江纵队的主要活动区，东江纵队的首长经常来我们村，东纵领导人李群就曾经在我家的书房阁楼住过。

我们村第一个大学生、毕业于武汉水利电力学院的曾观营，小时候亲眼见过游击队战士，还记得当年东江纵队在我们村的活动情况："1948年春天一个早晨，我很早跟着我母亲出去干活，走到虎竹坑口路上，遇到一个骑单车的人，穿着比较洋气，因为那条路才一米多，我母亲一下把我拽到小河沟对面。做完农活归来时，我在早上让车的地方，捡到闪闪发光的两粒子弹。回到家我马上去找已参加游击队的观妹叔，将子弹拿给他看。他说我们着急得很，正在到处寻找丢失的那两颗子弹呢，生怕被敌人发现，顺藤摸瓜找到游击队的踪迹。我一五一十地将捡到子弹的经过告诉观妹叔，他表扬我好聪明哦，为游击队做了一件大好事。"

"还有一次，大概是1948年冬天，一天深夜，村里有人通报，说有白狗兵进村了，吓得大家纷纷往后山上跑。那时我的三姐因病住在我家里，无法随村里人上山，我和母亲只好留在屋里，三个人都十分害怕。过了不久，又有人通报说，不是白狗兵，而是锦钟带领的红军部队。人们闻讯后才纷纷下山。我们看到，锦钟的部队大概有二三十人，是从下屋井头那条路穿出，到我家那条巷子里进来，见到父老乡亲，便在上厅聊了一会。接着，我父亲等全中心屋的人都忙碌起来，有的煮茶有的做饭，到处去抱禾秆，还有的拆

门板，准备铺床给他们睡。但他们吃过饭，又匆匆忙忙地离开了玉岭村。"

可见，在那暗无天日的寒冬里，我们村里人的心，始终向着红军，向着游击队，向着革命。

八

对于三位英雄人物，我与全村人一样，十分敬仰。从小也经常听父亲说起他们的英雄故事，依辈分，曾观妹属宪字辈，最高；曾球章属庆字辈，居中；曾锦钟属祥字辈，最低。曾观妹与我同居中心屋，曾球章与曾锦钟住在上屋，都离我家仅有几百米的距离。我属繁字辈，按照村中习惯，依辈分应分别叫观妹叔公、明添大爷、锦钟哥。

我也曾将三位英雄的故事，写成一篇散文《玉岭英魂》发表在报刊上，于 1995 年 8 月，荣获全国第七届报纸副刊好作品二等奖。并将此文收录于我出版的第一本作品集《放牧乡思》中。

1999 年，我应和平党史研究室的邀请，专门采访了曾观妹烈士的亲属，采写了一篇长篇传记《玉岭杜鹃花——曾观妹烈士传略》，被收入《和平英烈》。

2018 年，应和平县纪委的要求，我又采访了我们村健在的老英雄曾球章，写成一篇专访《志愿革命数十载，信念坚定跟党走》，收入广东高等教育出版社出版的《和平客家家训》一书。

2020 年国庆节，我回老家，特地拜访曾锦钟烈士的弟弟福哥，其时他已八十高龄。我回到家乡，几次请他夫妻一起吃饭，饭后会给他送上一个红包。那次回家，我专门采访福哥。当他回忆当初他哥参军前后的经历，以及他参军之后白匪军给家庭带来的痛苦，说到动情处，号啕大哭，悲痛欲绝，令所有在场的人潸然泪下。

为了写下锦钟哥的英雄事迹，我和我弟弟一直煞费苦心，千方百计寻找和核对有关资料，力求找到一个最接近事实的说法。

由于这些史料残缺，资料奇少，也有的资料不统一，如曾锦钟的参军时间和职务，党史办的资料说是 1943 年 3 月，传令兵。我们分析，他是上了初中之后才参军，不可能 13 岁当兵，他是有文化的人，部队很需要也很重用知识分子，他也不可能当了 5 年兵还是一个普通的传令兵。从福哥、明添大爷、观营叔和村人的回忆，他也不是单个的小战士，他带回家的战友，有时十几个，有时二三十人。如他牺牲的地点，我们在县有关资料上，分别看到三个不同地点：一说在解放贝墩时牺牲；又一说在河明亮战斗中牺牲；还有一说在龙川贝岭牺牲。为核实锦钟哥的参队时间、职务、牺牲地点，我和我弟弟多次微信明添大爷的儿子曾繁波，并用视频直接采访明添大爷，最后确认：

曾锦钟参队时间：1947 年 4 月；职务：班长；牺牲地点：龙川县车田镇赤竹岭。

九

玉岭，是一个英雄辈出的红色村庄。

在党的正确领导下，在三位英雄的感召下，我们村很早组织了农会和民兵武装，农会小组长是地下党员曾阳春，民兵队长是我的父亲曾兰芳。为配合南下大军进攻老隆，我们村的民兵挑着支前物资，冒着敌人的炮火，步行上百里，为新中国的建立，贡献了自己的力量，我们村也正式被评为革命老区。

在英雄精神的鼓舞下，建国七十多年来，全村青年前仆后继，从军报国，有志愿军排长，武警部队的连长，有援越抗美的老兵，也有自卫还击战的英雄，还有到西藏高原戍边的战士。

2021 年国庆，我再次回到家乡，爬上全村最高的山峰寨背顶。2021 年大年初六的一场山火，从安坳梅园那边一直蔓延到我们山村，这场山火也才让我有幸看清山村全貌，拍下山村全景。我们村如凤凰涅槃，将在火中获得

重生。我们村正齐心协力，建设一个风景点，振兴乡村，一个全新的玉岭村，正在向我们走来。

下山之后，我在上屋尾找到福哥家。福哥已在 2020 年冬走了。上次采访，成为我与福哥的最后对话，也有幸从他口中了解到稀有的第一手材料。我见到了福嫂，仍然给她送上红包。

这次回家，我还分别去了高塘和峯塘两个边远单独的小山村，高塘由于村小偏僻，成为游击队的主要交通站点。峯塘在解放后也出了一位革命烈士，1964 年，他们村的黄东林，已是空军领航长，在青岛基地固山光荣牺牲。作为对中国革命和国家都有贡献的两小山村，年前开通的乡村水泥路，连接着革命老区人民的心。我为这两条道路的开通，也尽了一点微薄之力，作为一个村民，略表一份初心吧。

十

我这个人喜欢假设，我想，假如这三位青年当年没有参加东江纵队，他们将同村上的其他人一样，就是一个平常普通的村民，犹如遍布山谷的野草和绿萁。正因为有了那个风高月黑的夜晚，他们走上了人生的金光大道，他们的生命里才有了史诗般的英雄故事，他们的名字才绽放出绚丽璀璨的光彩。

陈毅元帅诗云："投身革命即为家，血雨腥风应有涯。取义成仁今日事，人间遍种自由花。"每年四五月间，玉岭漫山遍野都盛开杜鹃花，浓烈妍丽，芬芳飘逸，"水蝶岩峰俱不知，露红凝艳数千枝。"村里人都说，两位烈士的生命，已化作怒放的杜鹃花。

夜色降临，繁星点点，我离开了山村，打开汽车音响，放响了电影《英雄儿女》的插曲："为什么战旗美如画？英雄的鲜血染红了她；为什么大地春常在？英雄的生命开鲜花！"我坚信，英雄的鲜血，英雄的生命，已化作了年年盛开的杜鹃花。杜鹃花那绚丽娇媚的色泽，正是烈士鲜血绽放的异彩。

是英雄的生命催开的鲜花，才装扮出玉岭的春天。杜鹃花也称石榴花、映山红，我们村人还叫她英雄花。杜鹃花绽放的日子，也是三位英雄挥手告别山村，奔向光明走上战场的日子。那个日子，虽然已经远去了七十多年，但英雄的故事依然如昨，记忆犹新，玉岭人民永远不会忘记。

永远，永远！

（2022 年五一国际劳动节）

家事密语

江山不夜月千里
天地无私玉万家

冬夜庚子岁
重平

2020.2.28

聚兴，往事难却

一

凡事皆有因果，如一个人一生在一个地方反复往返，这个地方与你肯定关系紧密。我之于和平县粮溪聚兴村，就是这么一个地方，其特殊之处在于，我的父亲就出生在这个小山村。

小时候，我们要从彭寨镇的玉水村到聚兴村去看望祖父母，在那弯弯曲曲且长长的山路上，写满了难以忘怀的辛酸往事；爬过的一道道山坳，都是刻入心扉的苦涩回忆。

聚兴只是一个行政村名，它还有个俗名叫乌泥坑。据说古代这里曾发现过一段煤层，当地人也许不认识煤为何物，也不辨煤与泥的异同，故将此地取名为乌泥坑。东江上游的涮江流经乌泥坑时，形成一个较大的内河港湾，是船家和排帮的泊夜之地，成为水运中转码头，此处依山傍水，江景秀美，水陆人货交汇，一时商贸兴隆，造就了乌泥坑街。

当时粮溪街还没有形成墟镇，乌泥坑街却有了墟日，故有"先有乌泥坑，后有粮溪径"之说。

看来，乌泥坑可以理直气壮地说："想当年……"

父亲有幸出生在这样兴盛繁华风光旖旎的小山村，却不幸落生在一个穷苦贫寒之家。父亲共有四兄弟两姐妹，大哥小时候被卖到粮溪曲皖村。我父亲排行老二，生下一周岁便被卖到了我们现在的家乡——彭寨镇玉水村玉岭。客观地说，玉岭村相比乌泥坑而言风光不如，父亲却从一个贫穷人家来到了一个大户人家，如乡下"瘦狗跌落肥锅"之喻。所以父亲的少年时代，虽不敢说锦衣玉食，却也是衣食无忧。

二

父亲来到玉岭，曾祖父为了彻底稳住父亲，要父亲与乌泥坑割断一切联系，便想给父亲来个脱胎换骨的改变。首先给父亲改名换姓，将原来的"陈西金"易名为"曾兰芳"，并对乌泥坑我的祖父母提出，不允许有任何行情来往。我的祖父母也信守诺言，一直没来探望父亲。

直至新中国成立以后，其时玉岭的曾祖父已去世经年，父亲也已成家立业。祖父、祖母听说可以寻找自己的亲人了，花了两年多的时间多方打听，才打探到在四联中学当工友的曾兰芳，就是来自彭寨玉岭村秀才曾霞久先生的长孙。祖父、祖母听到信息的那年春天，心花瞬间怒放！

1955 年秋天，祖父、祖母挑了一个风和日丽的吉祥日子，办了一份很像样的礼品，有布帽子，一双布鞋，还有不少食品，像贺好事喝喜酒一样，由祖母亲自带队，带着我华兴叔爱人、根娣姑，挑着礼品前来认亲。当她们三人风尘仆仆踏进玉岭村我家，父亲、母亲惊喜万分。我妈说，你们那么远怎么知得路呀？好会哟！祖母抹着满头大汗说，我们找你们找得好辛苦啊，这次我们来玉岭，是一边走一边问路来的，中间还走错了一段路，再往回走。

祖母的话引得满堂大笑。

1956 年春节，我们的爸爸妈妈带着一家老小第一次去乌泥坑，八岁的大姐，六岁的二哥以及只有两岁的我。父母亲也备了一份很有分量的礼品，请二叔挑着去。二哥是自己走一段父亲抱着走一段，我是一路由妈妈背着去的，妈妈背累了，又由大姐帮着背一段。全是山路，大姐有点吃不消，一边抹着眼泪一边背着我前行。

骨肉分离三十年，终于团圆。

第一次去乌泥坑，我年纪尚小，印象全无。

三

几年之后的春节，父亲看我的腿脚已经长硬，便大胆地试着带我走路去乌泥坑。于是，我的人生开始了第一次真正的"长征"。对乌泥坑也才有了比较清晰的记忆。

那时，我并不知道什么叫路途遥远，也不曾历经过跋山涉水。从我们玉岭村到乌泥坑，大约有二十多公里，全是山路。经过彭寨街之后，便转入往岭西村去的小路，到了岭西则转入更小的路，沿着山谷走过一段路，看到有座很为壮观的鹅公桥，那河水舒缓深邃，桥上铺着长长的青石板，过了桥直接爬山，上到山顶，又要走很长的一段横排路。有时候从山谷直到山顶，从山顶再直下山窝，忽上忽下，峰回路转。一路伴随的，是婉转的鸟音，潺潺的泉声，细碎的野花，却很少"柳暗花明又一村"。走得累了，还得找个开阔的山坳休息一下，在深山小溪旁，和着清风，喝下两口甘甜的山泉水。

当我冒着满头大汗爬上一个山顶，眼前豁然开朗，一道风景横亘而出，远处群山浓淡相宜晴川十里，山下是一个坐落有致的村庄，一条大河弯弯曲曲逶迤而来。爸爸回过头来俯下身子，亲切地整理了一下我的衣服，手指前方微微一笑：乌泥坑到了！

于是，我们忘记了沿途的疲劳，沿着盘山石阶路快步而下。进入村口，沿着河岸而去，在清澈的河面上，看到有一斤多重的鱼在水里游来游去。我从没看过那么大的河，也没看过那么大的鱼，一切都感到新鲜有趣。沿着修竹浓荫的江岸，很快，我们来到半山坡上金沟的祖父家。

祖父、祖母看到我们喜出望外，高兴得合不拢嘴，高兴地拉着我的手，说早上就"火笑"知有客人要来，马上生火做饭。晚上洗澡是祖母帮我洗的，她帮我脱衣服时，说你爸真"切"（爱）你啊，看你的衣服都是重重新。忽然她又低下头一声惊叹，啧啧，你的脚已经走得红肿了！轻轻地揉搓着我的腿，十分心痛。我从小没有见过玉岭村的祖父母，无从感受那种祖辈的关爱。现在得到真正的祖母慈爱呵护，感到一股暖流涌遍全身。

由祖母帮我洗澡这件事也可以推断，我第二次踏足乌泥坑，大约在六七岁吧。

四

第二天，祖父带我仔细察看他亲手缔造的"伟大工程"——他一手建造的房子。

祖屋位处四面青峰，后山古树参天，这是一栋零家独屋的砖瓦房，只有和相大爷两户人一起居住。一个大门两个侧门。祖父得意地告诉我，整间大屋一砖一石都是他自己做的，包括那些门窗。给我印象不同的是，他用的是"舂"墙，用一种半干半湿的黄泥巴，放在一个木夹层里，用木锤子反复擂夯结实，然后一层一层垒高，直到房顶。我们老家是泥砖砌屋，从此我才知道还有另一种砌墙方式。看来，祖父是个全能的木匠兼泥瓦匠，心里挺佩服那么有能耐的祖父。

祖父一家住的是右侧门靠东的房子，一进门是一个吃饭用的大厅，旁边靠北是一个大土灶，右边是一个大房间，里面放两张床。大厅房往后，就是

三叔一家的住宅，两个房间一个厨房。在两个侧门中间，有一个两家人共用的大厅，里面放了谷砻和石磨之类的农家工具，在通往大厅的中间有个过道，里面还有个小房间。

门口是一个大地坪，平时是晒农作物、柴草的地方，每户农家人都必需的。靠西的地坪边，有一座露天的舂米石碓。有天中午，我看到祖父躺在一个很大的竹编簸箕上晒太阳，我感到好奇，他却乐呵呵地说，太阳下睡觉好暖和啊！

后来，我的脑子中总会出现祖父以大地为床、太阳作被的温馨画面：天上一个橘红色的太阳，绯红色的天空下，四周是略带褐色的江河远山，在一片红黄相间的红壤土上，地上一个大大的圆簸箕，圆簸箕的竹编篾条细腻而富有纹理，祖父就躺在圆簸箕上面，取了一个半圆弧状态，似下弦月的造型。祖父穿着灰白色的唐装，眯缝着眼，面带慈祥，淡绿色的圆簸箕与大空间的浅红色，形成一个和谐而又明晰的对比，组成一幅《暖春晒阳图》，其意境似可与凡·高的名作《星空》相媲美了。

我站在地坪上，对面就是那条令人喜爱的涮江，白浪微荡，轻涛拍岸。每当我唱起《我的祖国》这首歌，"一条大河波浪宽，风吹稻花香两岸"，脑海中所配的画面，就是聚兴村的大河两岸，当然是更有诗情画意的美景。只是，"听惯了艄公的号子，看惯了船上的白帆"，也许是祖父他们上一辈人的事了。

五

这次去了之后，每年我都会去看望祖父、祖母，但可能会与不同的人一起去，有时候妈妈，有时候姐姐，我大一点时，又带着弟弟妹妹去。去了都会住上二三天，不是喜欢，是要歇脚。

那时候，三叔陈华连在县林业局东风木材站工作，接连生下两个儿子。

四叔陈华兴当时在村合作社当会计，兼任民兵营长、大队团支书，他刚结婚不久，生了一个活泼可爱的女儿。嫁到本村黄茅塘的根娣姑，则当了聚兴村的妇女主任。其时，两个叔叔风华正茂，意气风发，走路风风火火，说话和声细语。三婶勤劳朴实，四婶年轻漂亮。祖父是一个大度豁达性格开朗的人，和蔼可亲得满面春风；祖母则是一个泼辣要强的人，说话中气十足，处事果断专行。他们也算是刚柔相济。

一时家业兴盛，和睦相处，是一家最幸福的时光。

在这里，我找到了快乐的感觉。地坪的左边往下二十多米的斜坡有一条石阶路，下到沟底是一条小溪，我喜欢跟着四婶娘一起去山沟里挑水，好喜欢那条来自深山清澈凉爽的小溪，还有那条弯曲而下的青石板路，以及在树丛间飞来飞去的小鸟。

有时候还与作昌堂弟他们跨过那条木栈桥，一起去逛乌泥坑街。走在桥上，摇摇晃晃，有点害怕。街上虽然只有几间店铺，却也有着不一样的热闹。只是春节期间，街镇还没开市，所以我没能看过真正的墟日。有一天晚上，我们去看大队的文艺晚会，其中一个节目给我留下深刻印象，有个小伙子用笛子吹了一支曲子，然后他又幽默地说，我还会用鼻子吹。然后拿起竹笛放到鼻孔边，吹了几个音便下去了，招来台下一片笑声，他的滑稽搞笑动作令我至今难忘。

四叔当时还经常提起，说他们村有个水电站，可惜我们当时没去看过。原来，浉江流经乌泥坑时，突然来个九十度的大转弯，画了半个大圆弧，水电部门根据这个独特地形，在这圆弧两头的大山间打通了一条隧道，利用落差建了一个水电站，历经几十年，至今还在发电。

我们从岭西村的小路去乌泥坑走了好几年，后来四叔告诉我们，可以从粮溪街上的大路去，沿着彭寨街到粮溪街全是公路，到了粮溪街只走七八里的山路可到乌泥坑。这里走虽然远了三分之一，但都是公路大路，不至孤单且安全。从此以后，我们便改变线路从这里去乌泥坑。虽然当时从彭寨到县

城已经开通公路，但我们从来没钱买票坐班车去。

有次父亲带我回来的路上，刚过粮溪街几公里的公路边，我说渴了，父亲便带我走到路边田头一口山泉水去喝水，喝了水又继续赶路。现在我每次从县城回彭寨经过那里，都要回头看一眼青草萋萋掩蔽下的泉口，似乎那里仍然藏存着父亲离去的背影和留下的体温，以及那段挥之不去的难忘岁月。

六

兴盛的乌泥坑街和秀美的风光，似乎与祖父、祖母家的贫富没有多大的关系。祖父、祖母就是一对苦命人，生下六男两女八个小孩，其中六个儿子，两个小时夭折，两个卖给人家。一生负债累累，穷得叮当作响。

贫穷，没有压垮他们。家庭的变故，才是他们的劫难。

祖父去世之后，家庭发生了许多波折，三叔英年早逝，四叔患病残疾，两个婶娘先后离去。漫天的寒风冷雨，在围困侵蚀着这个贫病交加的家。说来不可思议，最后支撑起这个风雨飘摇的家的，是已患有白内障看不见路，已是八十高龄的老祖母。其时四叔和三叔的大儿子都患病致残，三叔的二儿子作昌年龄尚小。一家四口，真正的老弱病残，就在凄风苦雨中相依为命，苦苦挣扎艰度时光。

我家此时也处于泥菩萨过河状况，内外交困让父亲焦头烂额，对祖母一家爱莫能助。

生活的艰辛，可想而知。也佩服祖母的坚强。

山重水复之后的柳暗花明，是三叔的二儿子作昌的逐渐长大。祖母、四叔及大堂弟相继过世后，作昌便成了一根独苗。他被安排在县林业部门工作，成家立业后，陆续生下三个儿子。我还去他工作的合水木材站和县城东风木材站看望过他。

因作昌不在老家居住，我们也就没再去乌泥坑。

我在县城工作时，爱人妹夫就在乌泥坑电站工作，会给我们带来一些关于乌泥坑的零碎消息，每次我都认真聆听，那个地方一直牵扯着我们全家人的心。因为那是我们一家人的始祖地，如风筝上的那条线，无论我们走得多远，飞得多高，聚兴都是我们永远的根。

后来我们兄弟离开老家县城，陆续南迁，聚兴在我们的身后，越来越远，也越来越模糊。

七

花开花落，时光荏苒，岁月烽烟，转瞬间飘过几十年。

让淡却的往事重新显影，乌泥坑再次回归我们的生活，那是几年前的事。有次我回到老家县城，住在妹妹家。在县委办公室工作的妹夫，说他最近下乡扶贫去过聚兴村。说村里已经全部铺好了水泥路。可惜他不认识我堂弟陈作昌，也不知道他到底住在哪个村？但他说知道去乌泥坑那条路怎么走。

他的话勾起了淡漠的往事，提起了我的极大兴趣。

2015年国庆节，我再次回到老家县城，便约了妹夫于10月5日前往聚兴村。从粮溪街过桥后便开始爬山，直上山顶。然后是一直在山顶曲折向前。路虽然很弯很陡很小，但小车开上去还算顺畅。看着眼熟，原来那条路就是我们过去走过的山路，只是将这条山路扩大了。山顶中间还下穿京九铁路，没想到，这深山老林还直通北京、香港，连接整个世界呀！

乡路转了许多山弯，直到将近乌泥坑才下到山底，转过一个山嘴，就看到了那条久违的浏江，沿着河岸，看到那条木栈桥没有了，取而代之是一座钢筋混凝土大桥，我直接将车开过大桥，直往南岸的乌泥坑街开去。想不到乌泥坑街的街道已被许多房子占据，变得拥挤和狭窄，车子连调头都费劲。在街道尽头，可见到聚兴小学和村委会大楼，我将车开回大桥头北岸停好。

昔日的乌泥坑街已经飘逝在历史深处，只留下桥头的数间小店和几个猪

肉摊档。

我与妹夫走下车来，路上看到一个人，我问他认识陈作昌吗？他指着不远处的小屋说，我们刚才还在那里打牌。他又指着桌子前背对着我们的一个人说，那个就是阿昌。我来到作昌面前，我们之间虽然有几十年未见，但他马上认出了我。握手的一瞬间，我们中断了几十年的情根便重新接通。我们寒暄了几句，他便高兴地带我来到他家。

老祖屋现在只剩下数段墙根了，作昌弟在原来老祖屋往下十多米的地方，新盖了三层楼的钢筋水泥房，说去年冬才全面装修完毕。他已病退在家，大儿子已经大学毕业，三个小孩都已长大成人，跟随他爱人一起外出打工去了，只留他一人在家操持家务，锄田耕山。岁月的风霜没有改变他的一切，他依然是那么诚实憨厚。

我趁妹夫和作昌喝茶的工夫，跑到房顶去画了一幅祖屋的速写，后又来到老祖屋地坪前，面对残墙断瓦和满地的苦菜花，眼含热泪，双手合十："阿爹，娭毑（即爷爷、奶奶），阿平又回来了，愿你们在天之灵过得快乐，保佑我们子孙后代生活幸福！"

八

2017 年国庆节，作昌发来信息，说他大儿子佐宣定于 12 月 11 日农历十月二十四日结婚，邀请我们兄弟姐妹前去，并要求我为之书写对联。

我用一周时间创作书写好十几幅婚联，甚至买了婚礼礼花和大红双喜，并提前一天与仿弟同往乌泥坑。见到了作昌的爱人吴雪琴，一位知事达理的贤妻良母，是她与作昌弟不离不弃，携手并肩，相夫教子，支撑起这个家，走出那斗转星移、沧海桑田。这是昌弟全家之幸，也是我们陈家之幸。华兴叔的女儿王春梅，也已人到中年。与当年的四婶娘一样，秀美端庄。

午饭后贴好婚联，我和仿弟便带上相机，叫小时候的村中好友、当兵转

业在佛山工作、休假在家的陈春尧作导游，游遍了附近的村庄。到了乌泥坑水电站、乌泥坑街和长圳村，后又翻过一个满山油茶的山冈，去一个叫火山嶂的地方，这是市县的油茶生产基地，我们小时候去祖父家，最喜欢吃的是这里的茶油果和油豆腐。站在山顶，整个聚兴村尽收眼底，我才发现，乌泥坑其实也是一个茶花盛开的村庄，漫山遍野的茶花，如雪花点点，似北国风光，蜜蜂在花丛间飞上飞下，那轻柔的蜂鸣如小夜曲，在山冈上随风飘远。

陈春尧指着远处山下繁忙的工地说，前面就是正在动工的连接全县七镇的旅游观光大道，是省政府的扶贫项目，两年开通后，从这条大道回聚兴，5分钟就到了。上县城下广州、深圳，再也不用翻越那些大山了。左边则是粤赣高铁工地，将来这里是一个交通要道，在这山上山下的新开路，是修建高铁的工程作业道。他又指着江边在劈山填土的钩机说，这里正在修一条沿江公路，连接观光大道。

晚上聊天，我们一大家子人欢聚一堂，从家史村史一直聊到过往的人生，直到星沉深夜。我们对这一带的地名倒很感兴趣：鸡心、鸭踏、鹅颈、狗脚、湖燕、双卡、金沟、曲角、社排、牛栏坳、虎肚坳、西塘尾、松树滩、众塘坑、下蕉坑……尤其是：鸡心、鸭踏、鹅颈、狗脚、虎肚，动物的名称都弄全了，当初起地名的人真有点搞笑。问当地人这些名字都有什么来历？可没一个人能够说全。我们都感到莫名其妙。

那天夜里十分寒冷，早晚都要穿大棉衣，浑身还是冷得不行。

九

第二天大侄子佐宣的婚礼十分隆重，村头张挂有一张好几丈高的大海报，从大路转入家中的余坪，全部铺上大红毯，新娘到家的时候鞭炮一路爆响，礼花一路喷撒，直到装扮华丽的大厅，然后进入新娘洞房。佐宣的爱人与他是初中同学，大学本科毕业，他们都在广州创业，她的娘家在粮溪坪地，给

她的嫁妆是一辆新的小车。他们还打算在县城买房。后辈能有这样幸福的生活，当年的祖父、祖母做梦也想不到吧？

午餐宴席在祖屋内外上下三层到处都摆满了，有四十多台。作昌弟开心地告诉我，他们家所有的亲戚都来了，包括一些久没来往的亲戚。我的姐妹及亲戚也开车来了，大家相聚一堂共享亲情。午餐后，我们兄弟姐妹游历了附近的村庄，然后又回到作昌家的大余坪，由仿弟拍了许多合影照片。

看着兄弟姐妹们执手欢聚喜笑颜开，觉得几十年久违的亲情又回到了我们身边。我们的根，我们的血，我们的情，我们的心，此时此刻，已完全融会组合在一起。我的眼角溢满了激动的泪花，人世间，还有比血缘亲情更为宝贵的吗？一辈子受苦受难的祖父母，你们看到了今天这一幸福情景了吧？

2018 年 10 月 1 日，和平旅游大道通车；2021 年 12 月 10 日，赣深高铁开通。又是一年春雷响，我又一次站在了聚兴桥头，看着浪花滚滚日夜东流的浰江，眺望人来车往川流不息的公路铁路，乡村振兴，已千帆竞发；新的时代，正奔涌而来。"沉舟侧畔千帆过，病树前头万木春。"过去的贫穷、落后、苦难，一切的不幸，都将随春而逝。

我仰望东方，衷心祈祷，愿全聚兴村人，与全国人民一样，向着幸福出发，永远走在富裕吉祥的阳光大道上！

（2022 年惊蛰于惠州东江河畔云岭书屋）

外婆的马塘

一

马塘，犹如一片云，更似一掬月，总在微风吹拂的夜晚，轻轻地踏梦而来。

马塘在我家玉岭村的正南方，绕着仙女嶂沿着彭寨河往下走，大约四公里就到了，其实不太远。马塘是一个大的范围，包括马塘、土厘、兴隆三个村。彭寨河与古寨的鱼潭江在此汇合后，又在九龙口与林寨的浰江合流，再往下走到东水镇，就是东江的上游了。马塘，就在这江河错杂的地方，形成了一个小平原，土地连片肥沃，为这里的子民天造地设了一个远近闻名的鱼米之乡。

我的外婆在马塘，这就注定了我与马塘有了先天的血缘关系。

我记不清自己多少岁开始到马塘，肯定是很小，才没有很深的记忆。开始是妈妈牵着去，后来姐姐带着去，再

后来我带着弟妹去。

当时在我的眼中，马塘才是照亮现实的最美风景，高高的仙女嶂和万家寨之间，彭寨河从两山间穿过，最窄处叫狭颈，仅剩一条河流的位置，上头是彭寨街整个大平原，下头是马塘小平原，狭颈就像葫芦上的那个脖颈。这里有一座茶亭和小庙，每次走到这里，行人都会在这里歇脚乘凉，河风沿着十聚围直吹下来，吹动头发和衣角，十分惬意透心。沿着河岸山边走过一段不长的泥路，到了一个叫松树林的地方，这里的山岗上长满了松树，河边的几棵松树尤为长得苍劲古朴，旁边是一个县林业局的苗圃场，附近的梯田上长满了小树苗，经常看到有些人头戴草帽肩扛锄头在劳动，应该是苗圃场的工人。

经松树林往下走，空间豁然变得开阔，绕过一段旱坡地，一个令人惊艳的美景出现了。在仙女嶂脚下，在四围村庄中间，出现了一个很大的池塘，从池塘这头看那边的人，比蚂蚁大不了多少。一阵微风吹过池塘，发出噼噼啪啪的浪涛声，远远地能听到，岸边拴着一只小船，随着风浪在上下摇摆，你会很自然想起"野舟无人舟自横"那句古诗。岸边是几株垂枝的大树，那枝条在风中一直呈飘摆状，永不停歇。我想，马塘之所以叫马塘，也许与这口大塘有关吧？是否人们都认为，马塘就是可以像跑马场一样辽阔的大塘？

为什么叫马塘？我至今也没能弄明白。不过，我为外婆和妈妈能生活在这么一个宽敞旷远的大地方，心底常会涌出一种别人不易察觉、沾沾自喜的微笑。

二

走过高高的堤坝，一个很大的村围就出现了。马塘围有几百户人家，分东西南北四个门进入，每个门都有一个不同的名字，且还有门联。东门叫永兴门，对联是：永迎笔架，兴起人文。西门谓长庚门，联曰：长春入户，庚

宿归山。南门光裕门，联语：光春华景，裕民丰登。北门咸和门，联语：咸歌舞日，和乐丰年。

看那文采斐然，可见，马塘的先祖并非等闲之辈。

我们彭寨镇号称十八围，马塘围应该是比较大比较完整的一个大围。我后来居住马塘数月，也没能真正走遍马塘围。所谓围，即集中居住较大的庄子，过去大多为屯兵驻军之地，四周砌有围墙围门。马塘靠近大河，四周开阔，田丰水足，是个理想的养兵之地。也正因为此，马塘的人口、经济、文化的发展向来较好，也是顺理成章之事。

去我外婆家应该走的是西门，走进西门，拐过弯弯曲曲的几条小巷，就到了外婆的家。外婆的家很简朴，是一间一厅四房的泥砖瓦房，房间也很小，厅里既要吃饭，还要摆一座磨谷的竹砻，占了不小的空间。外婆家其实是一间很普通的岭南民居小屋。

后来我们才知道，外公还盖过一间很大的房子，前几年我们还去看过，三进三出，一个大门两个侧门，里面都有大天井，大门口有石刻门墩，天井四周的房檐，都有镀金描画的雕刻，当时并没有全部完工。几十年后，仍然保留着当初的样子。不过现在，都已残旧破落，早已被四周高大气派的多层钢筋混凝房子所淹没。

三

外婆个不高，国字脸，走路腰板直，做事手脚灵，勤快，善良。且一生坚强乐观，八十岁时，还去竹林里捡竹壳，坚持自己煮饭。

听母亲说过，外婆聪明，她认识很多草药，外出干活会随手采回一些中草药，她也懂得许多草药民间用途，用采集的中草药，治好了家人和邻居的一些微疾小病。外婆还很懂人情世故，为人热情大方，如果与外公家做生意的人来到马塘，她会马上去别人家里买一只鸡，热情招待客人，让外公很有

面子。外婆 61 岁时外公去世，她一个妇道人家，勤劳俭朴精打细算，支撑起一个大家。

我们去探望外婆时，她经常叮嘱我们兄弟姐妹：你娘好辛苦的，姊妹多，没闲过，你们要听话，要多帮做家务。她会从床底下的一个小陶罐里，抓起一把花生给我们，那些花生已经发软，是放了很久的样子，表哥悄悄告诉我们：这花生平时谁也吃不到，你们去了她才肯拿出来。

外婆对我们全家很好。她总是嘱咐舅舅，说我妈家穷，要多照顾我家，母猪下猪崽了，就要预定一头比较大的头猪留给我家。待猪崽出栏时，就叫我妈去挑回家，而且是不要钱的。我家生活困难时，妈妈总是第一时间先往外婆家，拿回一斤半斤的大米和蕃茨片干，以渡过那该死的荒月。

外婆是闻名四乡的绣花高手，她不但自己绣得好，更主要是她会创作剪花纹，有人向她讨花纹，她拿起剪刀，手脚麻利来个三下两刀，一个精致活灵活现的花纹就出来了，马上交给来者，令来者惊叹。

外婆活到 93 岁，我高中毕业之后，她才腾云远去，消逝于这片美丽的土地。

四

外婆虽然走了，留给我们后代受用无穷的，也是最为宝贵的，是她的艺术基因。这是她生前没有想到的。

受外婆的影响或遗传了外婆的艺术基因，舅舅年轻时也很会绘画，画了许多画挂在客厅里。表哥的儿子也能画画，大姨的儿子也喜欢画画，成了中学的美术老师，还参加华师大美术的函授，后又参加北京的函授学习。他的儿子则考取了美术学院。因大姨嫁到了龙川黄石镇，表哥又是在佛山工作，我们四十岁后才见面，见面后才知道他是学美术的。

我家画画的人就更多了，我女儿美术专业毕业，我外孙女从小爱画画，

作品到日本参赛并获奖。我妹的两个小孩都是大学美术本科毕业。而其他还有不少后代，虽然不是专门学美术的，但都能拿起笔来画几笔。我想，如果外婆知道她的后人那么多人流动着她的艺术血液，她一定是格外欣喜和安慰吧！

我从小喜欢画画，参加工作后，虽然用于画画的时间少之又少，但一直保留着这种业余爱好。当我有时间画画的时候，便从业余变成了专业，我现在天天都是在画画，即使再忙，也会抽时间画上一两个小时，由岭南美术出版社出版了钢笔画作品集，成为中国钢笔画联盟的理事，这些都是小时候连做梦也想不到的。

后来我才知道，外婆也姓曾，与我同姓。出生在彭寨"儒林第一村"的华表村，从小便织染"墩头蓝"布料拿到街上去卖。看来，外婆的前世是颇有来历的。她的艺术基因，既流长也源远。

每当我拿起画笔，就走近了外婆。走近那个充满亲切感和有温度的马塘。

五

在初中期间，也曾去马塘进行参观学习，读高中也曾去马塘学习，在马塘学校住了一个星期，但都属于"蜻蜓点水"，没留下太深刻的印象。

真正走进马塘体验马塘，是在1976年7月。而且一住就是三个月。

当时我以农村干部的身份，抽调去县路线教育办公室，分工跟随新来的县委常委、县革委会副主任（副县长）何平，第三批路线教育在六月底结束后，我回到家中的第三天，何主任打来电话，叫我马上赶到公社，他见到我后，叫我与他一起去马塘。于是，我的行李，也用县政府的小车于第二天从县城送到了马塘。我到了马塘才知道，当时我们县正在抓三大工程：化肥厂工程、熊家嶂造林工程、马塘改河治涝工程。何主任是马塘工程的副总指挥，县委副书记徐声达是总指挥，后来徐书记专职抓熊家嶂造林工程，何主任则是马塘工程总指挥。

工程指挥部的领导，被安排在马塘围一间一厅四房的农家小院住。中间一个大厅，徐声达副书记和何主任安排在靠里的房。我和跟随徐声达副书记的小伙子曾水周，作为工作人员，分别安排在靠外的两间房。我们住的地方，只是住人的地方，吃饭和洗澡则要到五六百米之外的大队部去。

我后来发现，这里其实离我外婆家不远，不足三百米吧，转几条街便到，感到惊喜。我偶尔晚上无事时，就会跑到外婆家找舅妈和表哥聊天。

后来刘仕杰县长也来这里住过半个月，他因要起早床，便叫我与他同睡一张床。他每天晚上八点多上床睡觉，第二天天蒙蒙亮便叫我起床，跑遍了三个大队，叫那些大队党支部书记起床，让他们再去叫队长们起床做早饭，好早点上工地干活。他走路脚步如飞，任何时候都是风风火火。我们二人转了一圈回到马塘大队部，所有的工作人员才起床刷牙洗脸。半个多月，天天如此。我那时年轻，晚上迟入睡，早上起不来，都是刘县长硬拽起床的。

他有次到了洗澡房脱了衣服，才发现腿上还穿着满是湿泥巴的胶鞋，马上叫我跑回住地，为他取来木屐，让我哭笑不得。他忙得没有时间洗衣服，一星期积满了一大挎包，便叫我带上和平县城，让他爱人陈姨去洗。

在马塘期间，在领导身边，我们既像文字秘书，又兼生活秘书。其实我什么都不是，我就是一个户口在农村的实实在在的农民。

六

不过在这里，我结识了各种人物。

在马塘总指挥部，还从全县抽调了许多干部职工前来参战，分成工程组、资料组、后勤组、简报组、办公室等，我们在县路线教育办公室上班的几个人，全都分在简报组。在这里，我认识了许多朋友，有为人诚恳的县农机局长殷佩钦，总是喜欢开玩笑的县医药公司的凌石欣，性格开朗的县招待所服务员黄延亮。还有镇府的叶宣荣主任，整天满面笑容的陈胜添，专门负责刻

印蜡版、能画大幅壁画毛主席像的彭寨小学教师陈履迭。还有一个当地文化人叶叔，他原本是一位中学校长，知识渊博，颇为健谈，我们几个年轻人常去他家，听他谈古论今。

给我印象最深的是李月胜，他是和平县农机局的干部，他整天跟在殷局长的身边。他当过兵，做过南方日报的实习记者，性格刚直，寡言少语，能写文章也能照相，他的笔头快捷，他说他写文章刻蜡版不用起草稿，直接刻上去。他经常一个人坐在房间，一坐就是几小时。其实他是在思考问题，我问他为什么？他说是在黄山洞向一个新华社记者学的，其实这是一种内功，在修炼反思自己。我们在工地上的许多照片就是他拍的，我还将他请来我家拍照片。

后来，李月胜去了深圳，再后来定居香港。至今与我经常电话微信来往。他一生坎坷多舛，充满传奇色彩。

七

在马塘经历最难忘的一件大事，是毛主席逝世。

1976 年 9 月 9 日下午五点多，我们几个人正在住处修改材料，黄延亮从工地回来，她带着神秘的口气说："我刚才在工地大喇叭广播中听到，说毛主席逝世了，不知是真是假？"我们都笑她，你肯定听错了，怎么可能？还叫她不要乱说。我们这样一说，她反倒不好意思，以为自己真的耳朵听错了。

六点钟，我提着一台收音机，边听广播边吃饭，大家都坐拢来听。听到毛主席逝世的消息，所有的人都惊呆得说不出话来。饭吃了半个小时才吃了一半，后来再也吃不下去，大家都哭成一团。那天晚上，我们所有工作人员哪里都没去，都围坐在收音机旁，反复听中央人民广播电台的广播，沉寂无语，默默流泪。

9 月 16 日下午，指挥部的人全部到彭寨公社礼堂开会，时任县委常委、

公社书记林观佑，在会上宣读《南方日报》的消息，当他读到"毛主席永远地离开了我们……"，便读不下去，放开报纸伏在桌上，号啕大哭，所有的人都放声大哭，会场哭成一片。散会后，一路上，看到彭寨河仙人嶂顶浓云密布，天空阴沉阴沉的，感到天就要塌下来了。

9月18日，我们接到上级指示，在当地收听中央人民广播电台的毛主席追悼大会实况转播，因当地没有那么大的礼堂，我们是集中在马塘大池塘边上的板栗树下的土坡上，与马塘的群众一起收听广播的。当哀乐响起，现场哭声一片，将我们所有人的心扒裂撕碎。

9月份后，我们离开马塘回到县城。春节过后，风暖春早，桃花盛开，我将要离开家乡前往惠州读书，还和即将当兵的同学黄延钳一起去拜访叶叔。春节过后，我们各奔东西，从此很少踏足马塘。

<h1 style="text-align:center">八</h1>

当我再次来到马塘，那是多年以后。

近年回家，听说马塘修通了水泥公路，可以直通东水老隆。于是，马塘又唤醒了我的许多记忆。马塘有我的亲戚，我的高中同学，有我消失在远方的外婆，有我妈妈走过的路。自从妈妈坐轿出嫁到我们村，这是她一生走得最多的路，她总说这条路她走得很累很厌很烦，这条路洒满了她的喜怒哀乐，也洒满了伤心的泪。

我在这条路上没有洒下太多的伤心泪，更多的是青春的记忆和奋斗的脚印。如今的水泥路从彭寨街一直通往三个村，再沿着鱼潭江溯源而上，可直往古寨贝墩龙川等地，甚至下至东水老隆，这里的交通已四通八达，纵横交错。我有时开车穿过马塘，从九龙口直往东水镇；有时从古寨经过水西村，再从水西回到土厘、马塘。也有时开车到土厘村高中同学家中，听他拉上一回二胡曲；或到马塘村亲戚家走走，看他亲手新建的两层小洋房。

当年花那么大心血搞的改河工程，我很想找人验证一下到底作用如何？村里人告诉我，马塘改河治涝工程，有利也有弊，但利大于弊，将弯弯曲曲的河道改直后，增加了不少良田，也方便了农民耕作，在造福一方，发挥着作用。如果从未来发展看，现代农业要求机械化作业，连片种植便于管理，这将适应现代农业更高的硬件要求。

九

又是一个金秋十月，我沿着笔直的河道直往兴隆，一望无际的稻田，在微风中金浪翻滚，稻浪千里。蓝天高阔深远而湛蓝涤透，有几朵白云在山顶上轻轻地飘浮着，悠然自得。近处的小鸟在飞来飞去，田野间的草坡上，数十头牛在低头吃着嫩油油的草，在尽情地享受着属于它们的美餐，全然不顾那明晃晃的阳光和暖融融的微风。

我一直想画下外婆的马塘，我停好车，拿出速写本，画下峻峭奇伟的仙女嶂和宽阔的马塘村。我想，此时此刻，如果有人陪着我一起画仙女嶂多好，但我身边就我一个人，四周空旷无人。可是我并不孤单，似乎有许多人在看我画画，外婆、妈妈，以及我的同学、朋友。于是，我的画笔轻快洒脱，飞泻自如。

收起画笔，我沿着河堤路进入了马塘村。两旁的村舍高楼林立，农民大都住上了水泥房，有了卫生间，买了小汽车。过去我们住过的马塘大队部已不存在，新建的村委会、村小学、卫生站、篮球场，还有乡村幼儿园、农家乐餐馆，打出了气派的广告，说明他们的生意还兴隆。那个熟悉的大池塘，平波静静，水影清清，百年的波浪，依然荡漾如故。

几个围门和马塘供销社，早已失去昔日的热闹和兴盛，年久失修的巷道已荒草萋萋，长长的野草不时缠住我行走的脚步。叶叔也随女儿去了遥远的海边城市，老屋已人去楼空，仅剩残墙断壁。我不时拨开挂在脸前的蜘蛛网，

怎么也找不到去外婆家老房的路，也找不到当年的住处，令我感到茫然。当我孤身一人从杂草丛生的老屋走出，路人都投来问询的目光。是哪，有谁知道，我曾是当年改河工程的建设者，历经数月在这里早出晚归，踏破田埂；他们更不知道，我的身上还流淌着马塘人的血，我也算半个马塘人！

时代在变，沧海桑田，一切都在发展着，变化着，前进着，涉及每一个屋角，每一条巷道，每一段石阶。

夕阳西下，我归去兮。

晚风轻轻吹过我的脸庞，晚霞映照着高高的万家寨和仙女嶂，彭寨河畔，松树林边，有扛着锄头晚归的一二农人，他们的身影，不时掩映在茂林修竹间。荷锄戴笠缀斜阳，青山独归暮色远。彭寨河水不紧不慢，一直往东缓缓而去；仙女嶂亘古不变地耸立在蓝天之下，春来山花开，秋来霜叶红。感觉天地间，有些东西在变，有些东西永远不会变。河湾会变，乡村会变，世道会变；但乡恋不变，乡情不变，乡愁不变，无论你走得多远，总会想念故乡，怀念故土，那是我们的根，永远的根！你记住了乡愁，你就留住了根。

当我渐渐地远离马塘，心却更加贴近了外婆。

仙女嶂下，田园如画，似梦萦绕。

这里，永远是外婆的马塘。

（2021年春节于惠州西湖之滨云岭书屋）

父亲的"诗与远方"

一

在一年一度的父亲节，或在父亲的生日之夜，我都会严肃地内疚一番；当听到那些歌唱父亲的歌曲，或读到那些回忆父亲的感人文章，我总会羞愧地低俯下头，看着书房成堆的纸笔，狠狠地骂自己一句：父亲好歹也供你在寒窗下啃了十几年书，你怎么就捣鼓不出这样的文章？你怎么就笨拙得那么不可救药？

其实，三十年前我也写过一篇描述父亲的散文《圆梦》。但时过境迁，总感觉当时对父亲的解读过于肤浅。十多年前的清明节，重新起笔写下初稿，却一直没能成文，我痛恨自己不争气的那支秃笔，倾尽所能也难以写出父亲丰富人生之万一。

我就在这样的矛盾状况下，辗转反侧，欲言又止。

今年春节过后，欲火重新燃起，我立志将纪念父亲的

文章放入我的新书中。于是，在一个月圆之夜，我鼓足勇气，打开电脑，在键盘上敲出了第一行字：

父亲的"诗与远方"。

二

写下这样的题目，我自己都有点不太自信。父亲活了七十年，"人生七十古来稀"，当然有他的远方；但他仅读了三年私塾，与那文绉绉的诗有关联吗？

其实，父亲不但有远方，也有诗！

父亲本姓陈，他的出生地在本县粮溪镇聚兴村乌泥坑，生于 1926 年 12 月 5 日，农历十一月初一。乡下人说，初一出生的人命硬，父亲刚满周岁一断奶，就卖到了距离乌泥坑二十公里外的彭寨镇玉岭村，由秀才老爹亲自赐名，将陈西金易名曾兰芳。从此，他命运多舛的人生之旅便有了开篇。

我父亲老说他记性好，书读过几遍就记住了。因为家中长年要请人耕田做工，曾祖父看父亲肩膀硬了，便不管他记性好坏，是否适合做个读书郎，在私塾里念了三年"之乎者也"，十三岁便把他赶到田头把犁扶耙。他那简单浅薄的文化知识，为他的坎坷人生埋下苦根。

父亲能读书我们相信，他的调皮却也不假。他说他书读过几遍就将书放在一边进行玩耍，作为校长的曾祖父看到了，便叫过来用戒尺打头，打过几次，父亲便找了棉花垫在帽子内，免受皮肉之苦。曾祖父发现声音不对，摘下帽子再次补打。还有曾祖父买了作为过年祭祖用的鞭炮，父亲每天偷几个出去放牛时燃放，当除夕那天曾祖父发现鞭炮一个不剩时，父亲身上又被鞭子光顾了一顿。

父亲的债务，从他成家之日起开始产生，就像粘在身上难以揭下的膏药，与他终生不离不弃。父亲成婚后，曾祖父和祖父先后去世，家道开始破落。

一大家子分家后，父亲仅能分到几亩薄地，反而摊上一身债。孩子接二连三降生，父亲稚嫩的肩膀负担越来越重。为了还债，父亲绞尽脑汁，学养母猪、酿烧酒、磨豆腐，走长途卖石灰，均以失败而告终。穷途末路之际，甚至冒着生命危险"接壮丁"顶债，然后在十天半月伺机逃跑。凭他的机灵，几次得逞。

父亲说，要不是新中国成立废除一切旧契约，他还不知道何时才能还清那些该死的烂债。但"才下眉头，却上心头"，因他没有学得一门谋生手段，为了养育我们兄弟姐妹，供我们上学读书，他又惹上了新的债务，且终生理债。熟能生巧，为此总结摸索出一套成熟完整的理债经，无非是"挖东墙补西壁""有借有还，再借不难"之类。直至我出来工作五年，才还清他的债务。

我不懂算命，也不会看相，我看过他年轻时在四联中学做厨工时一帮"伙头军"的合影，他中等个头，皮肤白皙，五官端庄，浑身透着一股斯文和秀气。我左看右看端详半天，怎么也看不出他的"穷"相，倒还有几分福相。我真不明白，他怎么会终生与债务搅得不可开交呢？

三

那天与兄弟姐妹闲聊，对父亲的债多来个追本溯源，大家七嘴八舌，一致认为，父亲的债是我们一大家子吃和读出来的啦！

我家兄弟姐妹多，也许是父亲债务缠身的根源之一。

那时候没有计划生育，处于无节制状态。我们共有八个兄弟姐妹，孩子们接二连三到来，都张着一张嘴要吃要喝。虽说是穷娃贱养，但也不能挨饥受冻。入不敷出之际，只能借债度日。

一年四季，父亲最怕两个时段，一个是过年，一个是荒月。

每当年关将至，父亲就得为全家的衣食发愁，每个小孩至少一件新衣服，还有鞋袜，一个都不能少也不能缺。更有一大家子的过年食品，如猪肉和大

米。家中每年都会养一头猪，但那是"超支猪"，我家吃饭人多挣工分人少，是全队挂号的头等"超支户"，家中的猪得抵超支数。年前杀猪，其实能分到我们家的猪肉却是少之又少。为此父亲每年得计算还缺多少猪肉，须向别人借肉过年。未雨绸缪借好过年的大米，很伤父亲脑筋。如已逼近年关，家中米缸还空空如也，父亲必定急得上蹿下跳，坐卧不宁；如那一年过年的大米有了着落，父亲母亲都喜形于色。我们那时年纪尚小，"少年不知愁滋味"，殊不知在我们欢天喜地过大年背后，藏匿着父亲那种难以言说的苦楚和酸涩。

春节过后，过年的债还没还清，荒月接踵而至。每年的三四月间，稻禾青黄不接，父亲又得为家中上十张嘴东借西挪。尤其是四年一度的闰月，往往都是在三四月间，父亲最怕遇上。如生产队上最早熟的那几亩稻谷，父亲都得想方设法分上一箩。有几年我看到天气不好，没法晒干稻谷，父亲便用锅头来炒，我们也帮忙烧火，那些饭粒好多都是炒煳的黑米，等米下锅真是迫不及待啊！家中经常做饭时间到了才发现无米做饭，我们也经常出去借米。家中长年都是番薯片拌饭，晚上基本上吃粥度日。

一年四季，父亲都在为全家"日理万饥"。一日三餐的粗茶淡饭，却是父母长年累月的含辛茹苦。

现在我看到番薯和白粥便反胃，应是那时留下的后遗症和恐惧症吧。每逢过年，荒月、闰月，我心底都会涌起一股难以名状的酸涩，重温风雨如晦的艰难岁月，想起日夜操劳的苦命父亲。

对父亲致命打击的导火线是二哥的风湿病，那段时间父亲在四联中学做厨工，也是有职工编制的"公家人"。为了治愈二哥的病，父亲整天在学校、家里两头跑，今天一个医生，明天一个大夫，有配点草药的，有点上几根艾火的，精力耗尽，钱财花光，最后二哥还是终生瘫痪。此时，两个小妹妹又陆续出生，母亲势单力薄难以支撑，父亲迫于无奈，只好向学校递交辞职书。周云冰校长苦心挽留，后又派人到我家，问能否将二哥抬去学校边治病边上班，父亲说还有个家和一大堆孩子呢？周校长无奈地摇摇头，只好签字。

上初中的大姐也为此辍学种地，班主任毛绮霞老师带着她女儿周晓玲来我们家，苦心相劝父亲，大姐才重新回到学校。但是，家中的困难状况始终无法改变，反而越来越严重，父亲不断变卖各种家产和任何一件值钱的东西，最后连门口的菜地也卖给邻居，我们家似乎走到了崩溃的边缘。

穷途末路之际，万念俱灰的父亲产生了轻生念头，意欲抛弃全家。父亲年轻时立下的万丈雄心，已被岁月打磨得薄如白纸，一戳即穿。我不知道压倒一贯坚强的父亲是哪一根稻草，也不知道父亲最后是怎么理智地战胜自我，抹干眼泪重新回到父亲的位置上，带领全家坚毅地走出沼泽，迎接阳光。

过后，我们从母亲口中获知此事，震惊得目瞪口呆。

不堪设想，失去父亲，我们全家将堕入万丈深渊！

四

供养我们兄弟姐妹上学读书，是父亲债务层出不穷的另一个重要原因。

家中一贫如洗，却拼命要让子女上学读书。在这一矛盾体中，父亲的选择非常坚定："只要你们肯读书，不管考到哪里，我顶石碓窝都会让你们去。"石碓是我们乡下舂米的工具，碓窝有好几百斤重。这些在外人看来不可理喻的非理性投资，父亲的态度却十分坚决：即使是一步险棋，即使是砸锅卖铁，即使是债台高筑，只要能让孩子读上书，他都会不惜血本不畏艰难挺着腰杆舍命顶上。

在父亲的不懈努力下，我们兄弟姐妹都读完了初中，弟弟和我还上了高中，大姐40岁以后已是三个孩子的母亲考上大学。读书费用是一笔不菲的开支，淘空了家中的一切。我三年级即到外村学校住宿，很少带菜油盐，连米和薯片也带不够一周，交不齐学费几次被老师赶出课堂不让考试。我们几兄妹的情况大体如此。我们经常哭着鼻子又要赖着上学。

我考高中那年暑假，父亲比我还担心能不能考上，毕竟关系到我们家能

否出第一个高中生的大事。他上街赶集时一见到我的初中班主任便反复追问，老师被问得有点不耐烦，停下自行车走到他面前，很严肃认真地一字一顿告诉他："阿平每门课在全班都是考第一，如果他上不了高中，全班人都不用想读书了。"说得我父亲咧开大嘴放心地笑了。

当我这个全家第一个高中毕业生回到村中与他一样扛起锄头下地，希望破灭后的他十分灰心，整天愁眉苦脸加唉声叹气。那天我与他一起去铲火土，与其他社员说起读书之事，他转身望着我说："阿平你如果早几年出生，也可以去考大学，也可以出来工作。"他的语气和眼神，充满了无奈和失望。

我们兄弟姐妹因为母亲的社会关系，不准当兵、入党、上大学。高中毕业两年后的有天中午，父亲看着我们一次次碰壁而回，他难过地对我说："是你娘拖累了你们，你娘年纪那么大，我们也不可能离婚。"我只有含泪看着父亲默默点头，心想即使我们没有所谓的"工作"，也舍不得离开母亲啊！

有一年春节大年初十，我跟着他到邻居家"嬲新年"。忽然有人说，你们看，我们村里工作人员过完年都外出上班去领工资了。父亲马上起身，透过窗户望着路口，投去羡慕的目光，久久地观望着不愿离去。我知道他多么渴望家中也能出读书人，也能有人出去工作。

那年大姐初中毕业之后因社会关系原因没有录取上高中，被录取到县劳动大学去读书，学校设在几十公里外偏远的长塘公社罗福大队，校舍就是农民的房屋。也有人说那不是正规学校，去读了也没用的，父亲说只要是学校就有书读，坚持送大姐去上学。那天月亮还在西山，天没透亮，母亲很早就起来做饭，父亲与大姐吃了早饭，便挑着行李爬上山路。当天父亲又返回家中，一脸笑容向我们谈起到校的趣事。就是这份于1986年由地区教育处重新补发的"惠阳地区中等专业学校毕业证书"，成为大姐从一个农民聘任代课老师、转入民办教师、参加成人高考、走入大学校门的通行证。二姐从小过继给我姑家，因我姑是富农，二姐也差点没考上初中，父亲闻讯后十分焦急，很想将二姐转回我们彭寨的学校上学，因为我们这边的成分好歹还是贫农。

　　春暖花开的 1977 年，我拿到一张中专入学通知书，他高兴得几夜睡不着觉；毕业后分配工作回到家与他分享喜讯，他当即上街买菜，回来跺猪肉，酿豆腐，办了一桌好菜，举办了一场盛大繁华的家宴，说我们家终于也有"做工作"的人了，兴奋之情溢于言表。我能读懂他长期以来积郁在心头的翘首以待，过去在无数春天撒下的种子，熬过了一个又一个颗粒无收的季节，今天终于云开日出喜开镰了。

　　当改革开放的春风越过万道关山徐徐吹进玉岭村，我的弟弟、大姐、小妹都先后出来工作，父亲的凤愿终于在我们手中一一得以实现。那些喜讯频传，那份幸福欢欣，让父亲喜形于色。逐一翻篇的每个章节，只有父亲能够解读。我们才彻悟，从我们兄弟姐妹入学破蒙起，父亲就在用自己微弱渺小的力量，与命运抗争博弈，下一盘很大的棋。

　　今年春节后，有位认识我父亲的老同事电话里与我聊天，说想不到你父亲一个没文化的做饭伙夫，却养育了你们兄弟两个省级作家，说起来很为惊人。村里人也说，你爸虽然没盖新房，没创下什么家业，但让孩子们都读上书，兄弟姐妹大都外出工作，一生的心血没有白费，这才是无价之宝的大业绩，数他目光长远哩。

五

　　本本分分做人，是父亲的一大优良品质。

　　父亲虽然贫穷，但他却正直诚实得令人敬佩。

　　父亲也有激情燃烧的岁月。想当年，东江纵队来到我们村，父亲经常去听东纵领导和地下党干部讲述革命道理，正值青春年华，热血沸腾，要求参加东江纵队。月黑风高之夜，一帮年轻人相约走到村口茶亭，被闻讯赶来的祖母大力劝回，如果父亲走上战场，日后也可能是革命功臣。只是在那瞬间，他的命运旋即改变。但他积极进取的心始终不渝，参加村中的农会组织和民

兵武装，参与了林镜秋部队攻打彭寨，破仓分粮的军事行动以及"狭颈伏击战"。配合南下大军，攻打老隆县城，挑担送粮支援前线。新中国成立后，他担任了民兵旅长，管理着红星、墩史、聚史、玉水四个大队的上千民兵，每天步行十多里路到华表去训练民兵。父亲对此一直十分自豪得意，说他一是有威信二是有能力，能领导和指挥那么大的队伍。村里成立初级社他是互助组代表，光荣地来到县城参加大会，他的青葱脚步与新中国一起迈进。

1952 年，因工作出色，被大队推荐到四联中学去做厨房工友，一做就是十年。他火红的青春和蓬勃朝气，化作灶膛内熊熊燃烧的火苗和大锅里腾腾不息的热气。父亲一直兢兢业业，为人本分，他曾多次在厨房、澡房拾到钞票、粮票、手表，一律交还失主，还有一次在澡房拾到县兵役局解放军首长遗失的手枪，他被学校领导委以重任，担任了工友中最高级别的教师伙食组长。那时实行供给制，他的抽屉中放满了钱、粮票和香烟。但他分文未取，心境干净得一尘不染，意志笃定得坚如磐石。

父亲说，在贪念面前，他也曾踌躇过、彷徨过。迈过那道坎，是在一个寒冷冬夜完成的。

"三年困难"时期，父亲掌管着教师粮库的钥匙，里面存放着几百斤白花花的大米。家中几次搭口信来说粮食告急，父亲想，钥匙就在自己手中，如果进去舀一二斤大米，完全在亏损范围之内无人察觉，便可以熬过一家人好几天的粮荒。那天晚上，四周已经静寂，隔壁房间早已传来工友们酣睡的呼噜声，父亲看时机已到，便轻轻摸黑下床穿鞋，但就在他迈脚之际，心跳突然加速，他头脑瞬间清醒："你真糊涂，怎么能干这种事？"他赶快脱鞋重新回到床上。但他的心平静不下来，孩子们饥饿的眼神在眼前浮现，不行！他又下床，脚刚着地，腿却抖得更加厉害，他又回到床上。如此反复三次，最后还是正气占据了上风，他才静心地睡去，直至天亮。他说拂晓前的那一觉，他睡得特别踏实特别香。

回首往事，父亲很庆幸自己没有迈出这一步，守住了道德红线。此事就

像一盏永远闪耀着光芒的明灯，一直照亮着我们兄弟姐妹的人生旅途。人，懂得敬畏，方能致远。

六

扎扎实实做事，是父亲的另一优良品质。

在玉岭村，父亲共有三兄弟，排行老大，曾祖父做屋时，他成了头工，每天挑泥担砖，父亲那时年轻气盛，每次都是一二百斤，一条扁担不够，便用两根叠在一起，父亲说曾挑过三百多斤，有时还会挑断两根扁担，他的腰也为此落下终生病根。曾祖父看他盖房那么专心卖力，立下头功，对他的勤劳精神十分赞赏，分房时多给他一间。这种奖励，也铸就了父亲终生不会偷奸耍滑的良好习性。

十年的四联中学和两年的彭寨医院当伙夫，这是他人生中两段外出做事经历。那时候没有自来水，必须挑水做饭，包括所有洗澡用水。每天至少得挑上三十至五十担水，他的肩膀，好像与扁担终生结缘。他做事实在，加上为人善良，所有的老师和医生，都亲切地称他为"兰芳哥"。之后我也接触过不少认识他的老师、医生，他们对他的评价却是如此的口径一致：做人本分，做事认真。

他长期担任生产队长，他的工分是全队最高的 10 分（满分），是全队社员评的，全队只有一个人能评 10 分。最早出门的是他，最后收工的也是他；最苦的活他干，最难的事他做。我曾将他与其他社员的锄头作过比对，他的锄头是全队最大最锐利的。我看过他整天抡着大锄的双手，粗糙得像十根红萝卜头。

锄头、扁担、粗手，是他闯荡世界的三板斧。

父亲没有读过多少书，文化上的东西他没办法向我传授，他教给我的，只是在田野上操作的许多农活技术以及犁耙田功夫。我后来最遗憾的是没有

向他学三样东西：一是做菜的功夫。他长期做厨工，他做的菜绝对不差，尤其是猪腿肉和红烧肉，真是一绝。现在我想吃但市场上买不到，那美味，只能停留在意念的舌尖上。二是拳术。他堪称村中打拳第三高手，却没有传我一招半式功夫，甚至他正规的打拳，我也没真正看过。如能传我两手，遇到小偷我便可一招制服。第三样是磨豆腐。我觉得他磨的豆腐嫩滑柔软味道鲜美，至今在街上也买不到这么可口的，可惜没能教会我，否则我无事磨点豆腐上街摆个小摊，估计生意会不错。

我高中毕业那年，我们村由五个小队并为一个联队，民主投票产生队长和会计。选队长时父亲获得最高票；选会计时，我也是最高票。村人愿意投票给我，也许是他们相信"有其父必有其子"的常理吧。后来我们父子都没上位。父亲人太善良，怕得罪人，并不敢接任队长，自我降格做了副队长。我也没当成会计，原因是大队对我另有重用，调我去大队茶场担任场委，精心培养我做种茶技术员，同时兼任大队团支书和总辅导员。此事也可见父亲在村中的人缘和威望。

令我敬佩的是，父亲虽然穷，但性格祥和开朗，豁达乐观，生产队里劳动，他常妙语惊人，惹得人们哈哈大笑。更主要的是他正直善良，全村人都很尊敬他。每逢赶集，所有空着骑车的人，见到父亲上街，都会停下车搭父亲上街或归来。过年时，我家地坪上的人是全村最多的，有来打牌的，下象棋的，有来看母亲绣花的，也有来找父亲闲聊的，直到太阳下山才各自散去。

父亲虽然善良，却不是那种"和事佬"和"软皮蛇"，做人很有原则和骨气，不受人欺负。我读高中那年亲眼目睹了父亲唯一的一场械斗，为了争山界，在晒谷坪上对方不断向我父亲发起挑衅，父亲忍无可忍，情急之下拆断谷场上的荡谷杆柄用以自卫，并大声说："你来呀，如果我怕你，我就不是陈燕生的！"那人被父亲的气势所慑，自动退出战场。父亲在遇到别人欺负时挺身而出不畏强敌，体现出一个男子汉的气魄，一直令我钦佩不已。我也从此记住了"陈燕"这个名字，他就是我的祖父。

七

父亲不但是一个好家长、好父亲，也是一位好丈夫。

父亲与母亲是长辈拿着"生辰八字"去配对成婚的，之前从不认识。曾祖父是秀才，又是享誉一方的小学校长，母亲来自大户人家，两家也算是"门当户对"。只是我们家门道逐渐败落，两个富家子女风雨同舟，不畏严寒。虽然家中贫穷，虽然母亲的社会关系影响着我们的前途，但父亲一直爱着母亲，我虽然看不到他们任何的恩爱亲昵举动，却从没见过他们撕破脸地吵嘴打架，直至父亲离开世界的那天晚上，他们还同处一床，真正做到了白头偕老。

父亲对子女读书那么舍得花钱，但他自己从不乱花子女一分钱。他的吝啬和不舍令我吃惊。

父亲对我说，他过去走得最远的，是到龙川县城老隆和连平县忠信镇，我调下河源、惠州工作后，便接爸爸下来走走，顺便看看他的陈年老疾腰骨病。带他到医院看病，还带他在南坛酒店人生第一次坐了电梯。我想给他买件像样的衣服、鞋子，把他带到当时最繁华的东贸商场，说你看中哪双鞋就买下来，但他看了半天，就看中一双黑绒面平底鞋，我一看才8元，是整个鞋柜中最便宜的。而对那些衣服一概看不上，在商场门口大摊上看中一件10元的灰色衬衣，但买下后也没见他穿过。那年他说，一生从没穿过绒服，我便花了二百多元给他买下，他只在过年时穿过一次。

他的吝啬令人无语，但他的节俭更让我心服。

父亲对我们的教育，总是身教多于言传。

我一生唯一被他打的一次，大概是上学之前的事吧。那时候与小伙伴玩水车，玩得入迷，父亲叫我做事，我没听见。他拿着一条软树枝大力抽到我的腿上，我痛了才如梦初醒。后来说起此事，我妹正上初中的儿子用物理知识推论说，那条软鞭子打下来，摩擦力加上速度，应该是很痛的。也许是我

痛定思痛，从此学乖，父亲再也找不到打我的任何理由。

我觉得父亲对子女十分无私，可我总觉得有件事对不起父亲。

那年我第一次外出，参加"党的路线教育"运动，过年时工作队每个人配了两包烟，一包是飞鹰，一包是银球。当时应算是中高档的烟，父亲平时是买不起的。回家后我拿出两包烟来欣赏，忽然父亲说，能不能给一包让我过年？我当时少不更事，一口回绝，说我过年要发给客人的。父亲听了，一脸尴尬，吞了口唾沫，很为扫兴。虽然后来父亲要什么我就买什么给他，但此事现在想起，仍然万分内疚，终生后悔，胸口在隐隐作痛。我当初应该一回到家，便分一包孝敬他老人家才对啊！父亲一生为我们操劳，要你一包烟都不给，你的良心哪里去了？

当我参加工作后，因为工作需要想买个手表，他第二天就将猪栏里的中猪抬到街上卖了，当晚便将 90 元钱交到我手上。

对比之下，我真羞愧得无地自容。

八

父亲因年轻时劳累过度，身体一直不好。1994 年夏天他在和平县医院住院期间，与我们谈起，说他有一个强烈的愿望，要与秀才曾祖父一样，活到七十岁。当时他的病已很严重，医院劝我们出院回家，委婉地暗示我们，父亲的病他们已无能为力。

奇迹的是，父亲回家后，竟又活了大半年，真的熬到春节后上了七十岁。我们知道，那段时间，他的愿望和意念在强烈地支撑着他。父亲病重的最后一年，我们兄弟姐妹每个月都相约回家看望他一次。为此我们兄弟姐妹在村里获得了好名誉。后来我想，是否可以这样认为？父亲在生命最后的日子，都在用自己的痛苦和忍辱负重，为我们兄弟姐妹赢得好名声。

接到父亲病危的那天早晨，我和弟弟心急火燎地往家赶。那天两件事发

生得有点离奇：一是我早上起来坐车，天阴雨绵绵，竟然穿了一只旧鞋一只新鞋，这是过去从没发生过的事；二是我和仿弟平时都是坐不同的车不同时间到家，那天我到县城转车，刚上车就碰到了他，然后一起坐车回家。里面暗藏着什么玄机？我也无法解读，也许纯属偶然。

下午五点到家，直奔父亲床头。父亲欣慰地笑着说："你们好赶工。"那天晚上一直下着瓢泼大雨，父亲那天晚上气喘吁吁，饭和药都吃不下去。深夜十二时，父亲的气越来越紧，说话困难，冒雨请来村医给父亲打针，我和弟弟及妈妈都坐在他身旁。一会，村医忽然面对我们，用眼色和摇头示意：针水打不进去了。我们心头一惊，知道父亲的大限到了。我们大声喊他，眼泪夺眶而出，但他什么也听不到。我们看着父亲就这样慢慢睡去，安详地离开这个世界。

1995 年 2 月 26 日，农历正月廿七日凌晨 2 点，父亲走完了自己七十年的人生历程。

当我们一大家人布置好分工，天已放亮，正是早晨。我拿过雨衣，坐上摩托，去十多里路的彭寨街上，打电话通知外地工作生活的亲人。那时村里还没有安装程控电话，更没有手机，只能去街镇打长途电话。走出家门，天空突然放晴，露出满天锦霞，一路往返，我的雨衣一直不需打开，且一整天再没下雨。

九

看完全文，可能读者会问：你说你父亲有诗，诗在哪里？怎么不见你父亲写下诗的片言只语？

是的，父亲一生确实不曾写过诗，他留给我们兄弟姐妹，只有几封家信，与真正的诗相去甚远，但我却认为比诗还要诗。

父亲的诗，其实就是他一生追求的朴素而远大的理想。

试问，他在蓝天下播种，田野上耕耘，山水间跋涉，陡坡中前行，难道不是他在大自然里写下的万句诗行吗？

他充满坎坷的百味人生，难道不正是一首波澜壮阔、跌宕起伏、可歌可泣的叙事长诗吗？

（初稿于 2009 年清明节，定稿于 2022 年清明节）

军梦未了

一

每年的"八一"建军节，我都要恨我们大队的治保主任一回，是他让我无法穿上军装，成为我心中永远的痛。

1972年高中毕业那年的冬天，我怀着满腔的报国热情，第一个报名参军。小时候读多了董存瑞、黄继光、雷锋的故事，我一直认为，从军戍边才算是报效祖国，男子汉大丈夫应该将青春和热血挥洒在军营。在我的心里，军营是一首春天的诗，标题后面是春意盎然的万紫千红。在民兵训练中我成绩样样优秀，却在最后的时刻被大队治保主任删去名字，原因是我的外婆是地主。我虽然未必能闯过十多道体检关，但你不能轻易剥夺我的权利啊！

我光芒万丈的伟大理想，就这样被他一盆冷水兜头浇灭；他的大笔轻轻一划，便彻底改变了我的人生方向。

之前，我可是村中的孩子王，拥有各种"短枪、手枪和长枪"，有泥捏的也有木刻的，我当过"团长""军长"，可是现在，我连个小小的士兵也当不上。

我无法面对同伴们席卷而来的一片嘲笑声，望着身后的日子，感觉瞬间已被漫天的阴云和冷雨所包围浸染。我万念俱灭闭门谢客，睁着眼睛苦熬了三个漫漫长夜。

二

第四天早晨，窗台上的一缕阳光唤醒了我，让我看到了山外还有一方彩云舒卷的天空。

我要将濒灭的火种重燃，让希望在绝望中穿越。知耻后勇，发奋努力，我当上了生产队的民兵排长，并不断地向军报投稿，在山沟沟里频频抛出的"豆腐块""火柴盒"，引起了县武装部首长的关注。

1974 年 7 月 6 日的那天清晨，浓雾刚刚散去，我在大队茶场上山摘茶归来，正要端起饭菜吃早餐，一位军人突然出现在我们场部地坪上，那耀眼的红星领章，瞬间照亮了整个茶场。那是县武装部的新闻干事朱纯德，他说受首长的委托，前来看我的劳动和写作。于是，我来不及吃早饭，便端着那盆饭，走了一公里多，带朱干事前往我家，且谈了整整一个上午。

全村人都在向我家张望，私下互相探问：解放军怎么会和阿平这小子搅在一起？让民兵营长更感到不可思议，一个威严的军官不到大队部却踏足阿平家，且连招呼也不打一声，与阿平这嘴上没毛的臭小子谈得还那么乐呵？这是个什么来路？他摇摇头一脸懵懂地走开了。

父亲、母亲可没想那么多，人家解放军来找阿平肯定是贵客，兴奋得忙去杀鸡买酒，脸上是千片阳光万朵云霞。

不久之后，朱干事让我参加了县民兵创作学习班，让我第一次走进了县

武装部，与部长政委一起开会就餐，朱干事怕我生疏还亲自给我盛饭，看着我吃饱后才放心回家。从此以后我成为县武装部的常客，县武装部的卢慈佑政委，日后是我几十年来最常来往的领导，成为最知心的忘年朋友。

随后朱干事还带我参加了地区民兵报道工作会议。我第一次住进了惠阳军分区招待所，看到了步伐雄健的整队解放军战士。入夜，看着身上盖的，房中用的，全是一色绿的军用品，我抚摸着这一切，熄灯的军号早已吹过，我怎么也难以进入梦乡。

三

从此，我对军人发生了浓厚的兴趣。村上有人参军探家，我便整天整夜泡在他家，看他的一举一动，看他穿在身上得体威武的军装，听他唠部队上的新鲜事，直至星稀人散。人家上街，也远远地跟在人家后面，也不管人家对自己是否在意或反感。

村上有个东江纵队老英雄的儿女回家探亲，一个个都穿着旧军装，虽然没有领章，一样的令我着迷，还有两个女孩也穿着改装后的小军装，心想难道女人也能当兵？

我有两个同房族人体检合格参军，我一直把他们送到县城，要他们到部队后马上给我写信，千叮咛万嘱咐一定要附上穿军装的照片。村上参军的人我基本上都拥有他们穿着军装的照片。

我的同学不少人都参军到了部队，我全都与他们写信联系，探家时我一定风尘仆仆去看望他们，不管他住在哪个遥远的山村，都要一路问去看望同学。

我参加了工作分配在县城，小小的单身房成了参军同学探家的中转站和落脚点，我再忙也要抽时间陪伴左右。我还与县城的女同学联手，热心为当兵的同学帮找女朋友，让她们成为军嫂。

我有几个亲戚当兵，我把他们当成家中贵宾，每次来家都倾家中所有，

以"五星级"的礼遇相待。

我的同学、朋友、亲戚，知道我是个"超级军迷"，每次来家都会给我带一两件军用品。我们家除了武器，从头到脚都有各种军用品，不熟悉的人还以为我是个转业军人。其实只有我知道，我永远是个"业余军人"。

在几十年的漂荡摇曳岁月中，军用品一直相伴左右而乐此不疲，用不变的绿色装点生活的每个冬夏晨昏。用军人梦点燃生命的激情，照亮人生路上的每一道沟坎每一座山梁。

从此以后，我家从不缺军用品。

有心栽花花不发，无心插柳柳成荫。没能报名参军使我与军营断缘，却使我与那片绿结缘。

四

1990 年的冬天不太冷，我来到了惠州这座"兵城"，我会经常登上当年东征战役的飞鹅岭，寒风暮色里，对那残存的碉堡和战壕思绪万千，对远去的炮火硝烟浮想联翩。

我也曾乘部队登陆艇攀上三门岛，与守岛的战士倾心长谈，深入采访。总编说，这是我写得最有感情最有文采的一篇通讯。

在张家界贺龙元帅公园，我特意与一位同去的将军合影，留作永远的纪念。今生无法成为将军，我却可以走近将军。

几十年来，我最爱看的影片是《地雷战》《地道战》《南征北战》《英雄儿女》，我购买了光碟久看不厌，八大样板戏我依然最中意《智取威虎山》《沙家浜》《奇袭白虎团》等军旅戏，我喜欢感受在那烽火连天的岁月，让枪炮声在脑际飞，飞，飞。

我最崇拜军人作家，我的第一本文集请了两位军人作家作序，其中一位是大名鼎鼎的广州部队军级大作家张永枚，京剧《平原作战》、长诗《西沙

之战》、歌曲《人民军队忠于党》的词作者。陈俊年则是复退军人，是我省的著名作家，后任省新闻出版厅厅长、省作协副主席。

我当记者时还采访过军人明星：阎维文、宋祖英、刘江、翟俊杰，他们阳光、朝气，充满军人气质。

意想不到的是，2021 年 3 月，我竟然担任了惠州市退役士兵就业创业服务促进会的顾问。一年一度的年会，我站在这些曾经的军人中间，穿着与他们一样上面缀有国旗的会服，踏着军人的步伐走向会场，就像自己也有了当兵的历史。

五

前段碰到曾在我们县武装部工作过，后任省军区政治部副主任的老首长，我说我当初真傻，大队不让我当兵，我也就死了当兵的心。如果我与县武装部领导熟了之后，我找你们要求去当兵，情况会怎么样？他说肯定特招入伍，部队最需要像你这样的青年人。说得我好后悔。其实，还有一次机会错过了，我去参加路教工作队之前，曾去我们公社宣传队搞文艺创作，当年冬我们宣传队的几个小伙子，抽去协助搞兵检，有三个人都通过各种办法穿上了军装。如果我也留下协助兵检，与带兵的首长自荐一下，也许我也会走进军营。

但是，一切都已成为过往。唯有那份军人情结，始终在心头永驻，成为心中永远无法攻破的神圣高地。

（2012 年第 3/4 期双月刊《粤海散文》）

从一首山歌起步的文学之旅

一

寒露之夜，东江之上，冷月高挂。坐于书房一隅，轻轻翻开来自家乡广东省和平县文学协会主编的文学刊物《和风》，欣动于心，时切于怀，如一缕清风，沿着十月的边缘踏江而来。

远眺东江，星空万里，我似乎溯江而上，回到了可爱的家乡，看到了粤北九连山主峰"风吹蝴蝶"，看到风姿绰约的仙女石，还有轻涛拍岸的和平河，松涛起伏的东山岭……让我恍惚回到了歌声嘹亮的七十年代，回到了和平县文化馆那两层木板小楼，以及县文化局那三进旧式古宅深院……

岁月打了个呵欠，往事就醒了。

二

1972 年，那是一个火红的年代，我在家乡的彭寨公社四联中学高中毕业之后，回到了家乡——仙女嶂下的玉水大队玉岭生产队，由一名读书郎"华丽转身"，放下笔头扛起锄头，当上了货真价实的农民。在农村的广阔天地，立下雄心壮志，要将地球严重地修理一番。

读高中时，我在学校宣传队开始创作山歌、说唱、三句半之类的小玩意，战战兢兢地爬上了文学这条崎岖之路。回到乡下，其时生产队里买了一台新的手扶拖拉机，我将社员们的喜悦酿化成一首山歌联唱《铁牛进村来》，花了 8 分钱的邮票将稿件寄到县文化馆，从此叩开了《和平文艺》的门缝。收到杂志的那几天晚上，我一直枕着窗外的溪声难以入睡。我真不敢相信，自己这双长满老茧的手，不但能种稻子，还能爬格子。

仅有数页薄纸的油印刊物《和平文艺》，以及我那篇不起眼的八段山歌，似一把弯弯的镰刀，将我的文学创作欲望悄悄勾起，我从此在文学之路上没再回头。我几乎将每个夜晚都交给了纸笔，在煤油灯下制造各种"杂货"，将之飞出山村投向县文化馆。虽然发表的作品寥若晨星，但投稿频率高了，存在感增强了，县文化馆似乎记住了我的名字，我这小子就成了全县业余文艺创作会议上的常客。

1974 年秋天，县文化局推荐我参加惠阳地区文艺创作会议，当时由县文艺宣传队的曾庆瑞、县文化馆的汤若辉两位老师带队，业余作者共三人：我们县的"故事大王"苏瑞年，黎明林场知青、长篇小说作者陈显铭和我。车票是县文化馆钟惠爱老师买的，我一看票价 5.25 元着实一惊。因为我每次从公社到县城的车票都是 0.73 元。我之前从没离开过和平，也不知道惠州在哪个方向。心想车票那么贵，肯定路途遥远。

果然，天蒙蒙亮去搭车，沿着黄泥公路一路颠簸，来到惠州已是下午三点多钟。睁开惺忪昏沉的倦眼，我第一次看到宽阔浩渺的东江，美丽如画的

西湖，比刘姥姥进了大观园还忐忑。习惯了"开门见山"的我，周围看不到连绵的山，顿觉天格外的高远空虚。坐在繁华舒适的课堂上听课，在饭堂里吃没有番薯片的白米饭，在西湖边月色下悠闲散步……在我眼前展现的，全是老家山村难以想象的"幸福生活"。

当时会上批判一出叫《三上桃峰》的戏，我和陈显铭合作向《惠阳报》投了一篇稿。回到乡下，才收到寄来的样报和2元稿费。我与陈显铭在信中互相谦让，均要对方去领稿费。最后还是被陈显铭说服，让我领到了人生第一笔珍贵的稿费。

三

我这"常客"开会多了，自然有幸接触朱孟富、李林、魏玉寿、何海澄等文化局和文化馆的领导。混沌初开的我，浑然不知局长大还是馆长大，也分不清局长、馆长与其他老师之间有何差别，总之都是满腹经纶而又亲切和蔼。魏玉寿局长，严肃正经；朱孟富、何海澄两位领导，和蔼幽默；陈俊年、陈青、曾庆瑞、汤若辉老师，知识渊博；王崇勋、朱锦、陈日忠、陈锡畴、张玉如、钟惠爱、刘祥浩等老师，热情温和。

第一次见陈俊年老师，是在县文化馆一楼的阅览室。他才从部队退伍安排在县文艺宣传队，那天他正与陈锡畴老师交谈。他英气逼人，皮肤白皙，一张娃娃脸红润可爱，给我印象最深的是，一双睿智明亮的眼睛特别有神。之前我已读过他在《南方日报》发表的长篇报告文学，我用仰慕的眼光看着他，我也不敢称呼人家，自己只是一个脚上还沾着泥巴的农民，连靠前都不好意思，与鲁迅笔下的闰土状况相似。其实陈俊年老师是我姐的同学，是我们同一个镇上长大的，他的夫人还是我高中的同学。他本人是一个不喜欢摆架子的人，心底明净清澈得像我们九连山的山泉水。他很早就加入了中国作家协会，在我们县的名气非常之大，他一直是我的偶像，后来我出版第一本

作品集《放牧乡思》，书名就是他起的，还请他为书作序。后来陈俊年出任广东省新闻出版厅的厅长。

省戏剧家协会会员的曾庆瑞老师，既是同乡又是宗亲，对他颇有几份亲切感。我有次上县城开文艺创作会，午后到他房间去，陈俊年老师也在。看到他写了一篇长诗，好像是《九连山放歌》，用一手飘逸的行草将之抄写在一大张白纸上，铺满了一整块台镜。他不断挥舞双手，昂扬顿挫地朗读他的匠心之作，我依稀记得他十分得意那两句："一个日本鬼子狂笑着，解开了少女的黄衫纽扣"。我从他身上，看到一位戏剧作家的豪迈洒脱与自我陶醉。我当时心想，万一哪一天我有张办公桌，有块墨绿色的台镜，一定也要写一首引以为豪的长诗垫在下面，每天欣赏每天朗读。其实后来我有了办公桌有了台镜，也没能写首诗张布其上，与曾庆瑞老师相比，感觉自己实在缺那斤两。

汤若辉老师总是将春风挂在脸上，举手投足都充满人情味，我与他的接触似乎多于常人，他见到我总是"亚平亚平"，并顺手抹抹我的头发或提提我的衣领。他是暨南大学的高才生，才华横溢，字如其人，飘逸清秀。他总喜欢正面鼓励人启发人，常说我的用词大胆而跳跃，其实可能暗示我用词不甚恰切。1974 年 7 月 5 日，他还和陈日忠老师专程来到我乡下家中，了解我的文艺创作情况。我父亲难得见到这么尊贵的客人，跑到上屋去买了一只鸡招待两位老师，但那时我家连过年都吃不上鸡。万分遗憾的是，汤若辉老师调到惠州大学任教后，我一直没能去拜访他。

所有这些老师，就像天上的北斗星，在文学创作的道路上，为我们这些爬行在迷茫长夜里的业余作者，不断指引并昭示着前行的方向。

"常客"的另一好处是能广交朋友，我慢慢结识了同为"常客"的苏瑞年、陈振昌、张畅中、陈索、黄小平等业余作者。苏瑞年每次开会都会上台讲故事，那故事总是带着强烈的时代烙印。他平时也十分幽默，满肚子的故事，讲到精彩处，常用林寨话加重语气，并配以有力的动作，还有滑稽的表

情，每次都能引得哄堂大笑。大家每次开会、吃饭，都喜欢往他身边靠。焉知在他乐观豁达的背面，有着一份鲜为人知的辛酸经历，令人更生一份敬意。后来担任河源市作家协会主席的陈振昌先生，平时寡言少语，开口却是一针见血，入木三分。写出来的文章，更是有着不一样的深度和异于常人的思考。张畅中感觉他这人十分勤奋，总是伏在书桌，不停地写，他儿子为现任河源市书法家协会主席。陈索和黄小平都走上从政之路，一个担任县政协副主席，一个是常务副县长。

这些当初被称为业余作者的，在以后的和平文坛中都占有不可忽略的一席之地。

四

县文化局对每次创作会议都精心筹划，内容丰富，领导作报告和总结，专业老师上辅导课，业余作者进行经验交流，在公社基层开会时还组织实地参观，有时还观摩县文艺宣传队的专场演出，让我们受益匪浅。

魏玉寿和朱孟富两位局长在动员或总结时，总是语重心长地叮嘱我们：要坚持扎根基层，深入生活，勤奋写作。成功的作品必然来自生活，成功的作者决非是个懒人。陈俊年老师给我们上过诗歌和散文创作课，陈青老师上戏剧创作课，朱锦、陈日忠老师上艺术摄影课，汤若辉老师上曲艺创作课。

陈俊年老师在上课时，强调每首诗要有"诗眼"，那是整首诗中的精华，并说写诗必须有诗的语言，他举例军旅诗人李瑛的一首诗，在描写一队解放军深夜训练，用绳子吊着溜下悬崖，用了一句很精彩的诗："从天边掉下一串红星"。画面、视角、动态、意境，全有了。我也由此记住了李瑛的名字，后来便认真拜读他的《枣林村集》《一月的哀思》。李瑛一生出版了56本诗集，曾任中国文联副主席、解放军总政文化部长。那年我在惠州日报当记者时，在大亚湾偶遇李瑛，还慕名专门采访过他。

省戏剧家协会会员的陈青老师，上课时曾举一例，说有个剧本描写一位老贫农坚持要上水库工地，队长担心他年纪大不让去，那老贫农二话未说，手挥一把大锤，将路边的一块石头砸得粉碎，用行动说服了队长。陈青老师说，此时人的语言是多余的，而采用舞台戏剧语言，更加铿锵有力。陈青老师平时讲话也是言简意赅、一剑封喉，嘴里冒出来的全是戏剧语言。

老师们的课让我们大开眼界，也让我们看到了差距，检视自己过去粗制滥造的作品，方知大都为次品，更多的是废品，不禁为之汗颜。我们业余作者在讨论中，常会吵成一锅粥，这也算"百家争鸣"。

当时的《和平文艺》，有时油印，有时在印刷厂印，有时小册子，有时是一张8开小报，几易其名，曾叫《山泉》，后为《和风》。由于当时是由县印刷厂的铅字单色印刷，为了追求印刷效果，1974年，我还创作了两幅"工农之间""读书小组"的剪纸。

生活在偏僻闭塞的小山村，《和平文艺》让我看到了岭外千峰的山花烂漫，闻着异于稻香的油墨芬芳，犹如在寂寞漆黑的冬夜里，窥见了早春的黎明。

五

在参加文艺创作会议时，还有一份不可复制的美好回忆。

当时，我们开会经常不是住在招待所，而是住在老师们腾出的房间，有时还安排与老师搭床。我曾先后住过朱孟富局长房间，以及陈日忠、陈青、朱锦老师的房间。我们从没问过，那几天老师们去哪住？我想，大概是附近的回家去住，其他的可能下乡去了。可老师们的那份磊落、纯洁、信任、热情，而今想起还余温犹在。

1974年夏天，在全县文艺创作会议上，我写了篇描写赤脚医生的单弦联唱《山寨银花》，县文化馆便将我留下来作进一步修改，时间大概有一个多月。在这段日子里，我与县图书馆的张玉如老师搭床。至今我也闹不清，

到底是文化局的安排？还是张老师的建议？还是我的请求？张老师总像亲人一样照顾我，有时候还给我打饭，晚上则带我去看电影或一起打扑克。因为我打牌属"生产队级"水平，没人敢要我做"对家"，只好与厚道质朴的张老师搭对。但就是这样技巧低能的搭档，有天晚上竟然莫名其妙地赢了一个通宵，弄得对方很不服气，直至深夜两点方休。张老师与我也由此建立了深厚的感情，他看我喜欢看书，便主动为我办了图书馆借书证，浩然的《艳阳天》《金光大道》等书，就是当时借回乡下看完的。他还送了我一本中国地图，连同那份友谊至今保存。

在我的人生中，以后再也没有过这种"待遇"，那段经历就成了"珍藏版"的金色回忆。

六

高中毕业后的两年间，在县文化馆老师的精心培育下，我那原本贫瘠的文学园地，终于可以收获一些青涩的果实。

1974 年，我还不满二十岁，竟为我们彭寨公社文艺宣传队创作了一台晚会的节目，包括表演唱、碟子舞、山歌联唱、小歌剧等多种曲目。李林馆长和陈俊年老师都曾来宣传队指导排练、修改剧本。在回乡农村劳动的两年间，我先后发表了散文诗《老书记下乡》，战鼓词《山乡吹响进军号》，歌词《马列主义真理在》，诗《手捧宝书向未来》《车窗外》，五句板说唱《扫除四害百花放》等。有次我们到彭寨公社红旗大队（现老鸦村）去参观，听到大队部隔壁有一帮人在学唱歌，我听那歌词有点熟悉，便跑过去看，原来是我创作的歌词《马列主义真理在》，已由我县作曲家周文仿谱曲，歌曲已在《和平文艺》刊登，我坐下来也学唱了一番。

始料不及的是，《和平文艺》在我文学园地里撒下的种子，从此扎下了根。虽然先天不足，后天欠缺，那苗儿长得不甚茂盛，有时还会枯萎，

几十年来，却始终坚韧不拔地活着，尽管所有的梦想没能开花，不见硕果满园的大丰收，却也能采摘回些歪瓜裂枣。参加工作后，无论公务如何繁忙，我仍然坚持文学创作。 1978年冬，我从惠阳地区农业学校毕业刚参加工作，就用百部电影名集锦写成一篇散文《万紫千红总是春》，还被评为《和平文艺》一等奖，获得奖金8元，我用其中的5元钱买了只鸡庆祝一番。后来又发表了诗朗诵《国庆之夜》，小说《新官上任》，还与曾庆瑞合作叙事山歌《亚香受骗》。

后来，我的作品陆续在全省乃至全国报纸杂志上发表，继而在全省全国获奖名单中出现，并成为广东省作家协会会员，中国报告文学学会会员，中国散文学会会员，中外散文诗学会理事。

2012年，我家被评为第七届广东省"十大优秀书香之家"，2014年，又被评为"首届全国书香之家"。

这一切，即使有一千个因为，第一个因为，当属《和平文艺》。就像一棵树，不管以后长出多少枝杈，长出千万片叶子，长成参天大树，它总有一个根，离不开那个根。

七

往事如烟，记忆并没风干，老师也未离去，和风依然在吹，在岁月的长河里，伴我一路走来。

在我众多的获奖证书中，唯一的一份县级颁发的证书，是1999年12月由和平县文化体育局、和平县文化艺术基金会授予的"山鹰奖"。我的作品也选编进了不少全国刊物，但我却钟爱1995年由和平县文化局编印的《山花烂漫——和平县优秀文艺作品选》。我现在发表的文章剪辑本已有四大本上百万字，但我仍然珍惜我最初在《和平文艺》发表的作品小剪辑本。我现在书房里到处堆满了书籍杂志，有的看过即弃，唯独《和平文艺》《和风》

一直精心收藏。

这样做的理由，旨在勉励和鞭策自己：不忘初心。

"好风吹拂闲烟霭，熏得斜晖满径香"。和风，愿你永远劲吹，吹出九连山坳，吹过东江两岸，吹得更久、更高、更远……

（2016 年第 2 期《和风》）

在聚史学校的苦读岁月

一

　　无论是云朵万里的夏天，或清晖辽远的秋日，每当回到和平县老家，我总爱沿着仙人嶂下那条轻涛拍岸的滚水河，来到松莹坳上树荫掩映的彭寨镇聚史小学旧地重游。

　　这里是我读书时间最长的学校，也是我人生最为低谷的一段日子。那段时光总如刺骨的寒风，不时会从袖口、领口灌进胸口，深入到我的骨髓深处，让我冷得瑟瑟发抖，难以喘气。

　　现在我不时回来品尝这杯苦酒，不是想在自己的伤疤上撒把盐，也并非想学越王勾践，来个卧薪尝胆式的励志体验。到了我这样秋霜轻染的年纪，当年的万丈雄心都已尘埃落定。我只是不想将这段灰色的记忆，在岁月的长河里被撕成碎片，随风飘散。

二

事有始终，物有本末。聚史学校苦读的缘端，还得从破学说起。

六岁那年，父亲对我的读书大事高度重视，早早准备好了报名的学费，还专门给我买了个蓝色书包，里面装满了沉甸甸的无限希望。

我当时并不知道读书会与人生有什么重大关联，反正跟着村里的一帮小伙伴们，天刚蒙蒙亮便去了位于仙女嶂下大水坑村的玉水小学。我们玉水大队的小学只有一二年级，且离我们玉岭村有四五里路之遥。当我兴高采烈地背着那个蓝色书包屁颠屁颠一天来回四趟走下来，累得我上气不接下气。妈妈看到我每天气喘吁吁的样子，似乎预感到了事情的某些隐患，在我毫不知情的情况下，几个星期后，果断地让我退学。

后来我一生都在假设这道伪命题：如果当初不退学，在课室里追逐嬉闹、考试与我争第一的，肯定就是另一帮小子。

等到第二年风乍起，吹皱门前一池秋水，我终于真正坐在了一年级的课堂上。所谓的学校，只有一间课室，一个老师。是一、二年级一起上课的复式班，一年级学生先上课，二年级学生复习课文；二年级学生上课时，一年级学生做作业。老师犹如一个老农，轮番行走在两块稻田上，这块地灌水，那块地晒田，互不干扰。

学校其实并不算标准的学校，只是我们玉水大队下坑生产队建在半山坡上的一个旧仓库。夏秋时节，二楼的仓库里堆满了稻谷，学校的操场也晒满了谷子，我们就在满屋的扑鼻稻香中读响"日月水火，山石田土"。老师叫黄延晴，邻村的聚史大队人。他很喜欢弹琴，经常看他一个人无事时悠闲地弹奏，琴声从半山坡传出，飞过校门前的楝树梢，飘逸在广阔的田畴，消逝在层叠的远山……

转眼间念完二年级，我们全班十多个同学去聚史小学考试，我在玉水小学的成绩是全班最好的，语文、数学仅考六十分多一点，且只有我一个

人勉强录取。我看到同去的女同学有不少是哭着回家的，鼻水和泪水洒了一路。

三

走进聚史小学，令我咋舌惊叹：原来还有比我们玉水小学更大更好的学校！

这里有宽阔的操场和漂亮的篮球场，校舍虽然也是砖瓦房，比我们玉水小学高大多了，分上、下两层结构，每一层的四个角是四间大课室，窗户挺大，明亮宽敞，四间大课室中间的小房子，是教师房间和学生宿舍，四个课室有大大的骑楼相连，朝东的一排侧屋是厨房洗澡房和厕所。侧屋后面有个小门，直通山边的水井。

中间是一个大天井，一年四季沐浴着充足的阳光，大天井其实也是一个露天的大会场，全校的学生大会都是在这里举行，如果下雨，则坐在四周走廊，一样能开大会。还有时在这里举办乒乓球赛，同学们可以在楼上楼下观看。

从一年级到六年级分成很多个班，学生和老师可多了，上下课时学生们进进出出，整个校园熙熙攘攘，可热闹啦。学生们上下课，敲的是吊在二楼走廊的一根半截火车铁轨，别看它已经生锈，声音格外洪亮，附近的村庄都能听到。不像我们玉水小学，上下课仅凭老师嘴上的一只哨子。上了三年级，我的学习成绩突飞猛进，两科成绩都在班上占据头名，数学考试老师基本上没办法扣分，有一次语文也只扣了1分。美术课的成绩也是全班第一，但胆子太小，音乐课分数极低。

后来我才知道，学校可有来历，诞生于抗日烽火的1942年，聚史小学原名彦兴小学，以始祖彦兴命名，培养了不少大学生。且还是一座红色学校，先后有20位中共地下党员在此任教，许多学生和老师，在这里走上了革命道路，还有十一个革命烈士，令我肃然起敬。

四

我从三年级开始，苦难便如墨滴水碗，在阴郁的日子间慢慢晕开。

我家离聚史小学有三四公里，来这里读书必须住宿。当时我是九岁不到的小屁孩，生活不懂自理，差点闹出大事。

有次星期天我们返回学校，老师说还要放假一天，周一下午才来学校。我将装有米菜的行李往床上一放，便跟着大哥哥们回家了，我妈知道后气得直跺脚。我爸当时在四联中学做饭，是个厨房伙夫。他得知情况后，意识到问题的严重性，便动用了他的"特殊关系"，找到他的同行——聚史小学的"工友"黄文珍，把我全托给他。父亲教我叫他珍叔。

于是，珍叔帮我舀米做饭，帮我提水洗澡，晚上还带我睡觉。有次冬夜，我拉肚子，珍叔便提着煤油灯，送我到学校门外几百米的山边茅房，在操场上一直等我。那盏冬夜里的小煤油灯，一直在我心里亮了几十年。

当时有的老师问他，你怎么对曾平那么体贴关心？他双手叉腰，自信地说："你别看阿平那么小，但我听他的班主任说，他很会读书。我看他将来长大了，要当中学校长的。"

珍叔没读过多少书，也没见过什么世面，在他眼里，老师都是书墨很深的文化人，而中学校长，简直就是读书多得不得了的人。

可惜我一生也没能当上珍叔心目中拥有崇高地位的中学校长，甚至连教师也没当过。不是不想当，是命运使然。但珍叔却成为我参加工作后最想感恩的人，我每次回彭寨老家在路上碰到他，都会拿些粮票和钱给他。我搬新房时，还专门请他上县城，到我家住了一个星期。这事让他在村里得意了很久。

五

三年级后，我家的经济开始步入困境，我在学校也遭遇到了人生最尴尬的时刻。

我有8个兄妹，前头有大哥二哥大姐二姐，后有弟弟和两个妹妹。我上小学、初中时，他们大都也在上学，父母的负担可想而知。每次开学我去报名，从没交过完整的学费。有一次在期末考试前仍没交齐学费，老师宣布取消我的考试资格，并当着全班同学的面，将我逐出课室，这是我人生遇到最丢脸的事。我一直是班上成绩最好的学生，现在连考试都没有资格，我只好红着脸走出课室，一路哭着回家向父母讨要学费。

6年来，除交学费外，我爸给我买菜的钱，都是一角或五分的零钱，给最多的是五角钱，也仅有三次。如今说起，似为笑谈。

有一次我不小心将同学的一个塑料球拍坏了，那个同学一直逼我赔五角钱，我又不敢告诉爸爸，只好将买菜的钱省下来，有时候吃白盐送饭，攒了一个学期，才凑够五角钱巨款归还。现在见到那个同学，我真想揍他一顿，告诉他当初我被逼得有多惨！

屋漏偏遭连夜雨，还有更不幸的事。上四年级之后，珍叔不在学校做工友了，我失去了依靠，只好与同学搭床睡，但搭床必须双方各出一半床上用品。我家兄弟姐妹读书人多，我拿不出东西来搭床，只好找那些有整套被褥的人。好不容易找到一个，但那个同学晚上习惯卷被睡觉，冬夜我经常用力去扯那同学的被子，但怎么也扯不过他笨重的身体。我就像那寒号鸟，只能在冷风里蜷缩一团苦等天亮。

当时学校对住宿生要求要交柴或交柴火费的，如果不在学校洗澡，可以少交柴火费。因为学校附近有条滚水河，同学们可以去那里的露天温泉洗澡。我家经济困难，有少交柴费免费洗澡的办法，我当然求之不得。于是，我就在滚水河上洗了6年天浴。每天傍晚，我们就在夕阳西下的夜色里，大摇大

摆地在露天沙滩上宽衣解带，一丝不挂，就着日月星辰，洗去一身污秽。我们脱光了衣服大声说话，一点都不会害羞拘束。附近同学还有兄弟、父子同来的，他们也没感到尴尬。如今想来，这也算是我人生一件惬意洒脱、快乐风流的事。

在学校读书基本上我是没鞋穿的，都是光着脚板走路，晚上洗澡之后穿上木屐过渡一下到睡觉，到了大冬天才有布鞋穿。我的初中毕业照也是光着脚照的，全班几十号同学，仅有我是裸脚出照。我一直闹不明白，难道全班同学就我一人穷得穿不上鞋？

因家中困难，当时读书的米菜盐油都成问题，在我的印象中，我从来没带过油盐去学校。带得最多的是豆角叶干和豆腐渣干，但也没有保障。每到吃饭时，便靠着较友善的同学旁边吃，为的是能向他要点菜下饭。林寨公社来这里读书的陈百厚同学，因他出身地主，少人理他，但他每次都菜色丰富。我便有意识地与他交往，他以为碰到了知心朋友，于是我们每天共菜就餐。现在想来，我似有一种居心不良、图谋不轨的利欲心。后总想找到他，当面道歉或致谢。我见到林寨人都会打听这位同学，可惜至今杳无音信。

当时家里穷，我上学只能带点米和番薯片干，但也只能带二至三天的米，往往在周三或周四吃完米之后，得一个人放学后赶回家去，第二天一早又得返回学校，七八里全是山路，中间只有一个小村庄，有好几里是见不到人家的，将到家还要翻越一个狭小的山坳。往往走到那个山坳，天就黑了。一个人走路，感觉两边的树丛和刺篷又浓又高，压迫得我头皮发麻浑身发抖。冬天日短，还没到家天就黑了，只好摸着夜路回去。有次晚上回家走到那山坳，暮色中忽见路边添一新坟，吓得我头皮发麻双腿发软，气都不敢大喘，心却怦怦直跳，仍要硬着头皮走过去。翌日清晨去学校，我便带上家中的小黑狗为我壮胆，待将到学校时，我才狠心地用石块赶它回去。

我也曾想找个与我一样的同学一起回家，一直没有。我才感悟，我家穷

得连个伴都没有。现在回想起摸黑回家的情景，想起那条恐怖的山路，仍心有余悸。

六

上小学五年级那年，那场红色风暴卷入校园。

一年后，在漫天的口号声中小学毕业了，我被录取到彭寨中心小学红星附设初中班就读。只读了几个月，所有学生便解散回到各个大队去读书。我们又被打包回到半山坡上的仓库上课，玉水大队只有八百人口，仅有几位老师，各个年级的十几个同学，混在一间大课室一起上课。课本是没有的，上语文课读语录，讲时事或唱歌，算术课则打算盘。后来实在办不下去，则解散回家耕田"自学"。

花月正春风，1969 年春节大年初二，阳光格外灿烂温暖，全村人在中心大屋看舞狮的锣声过后，一位老师走出来大声宣布：过了年，聚史学校附设初中班开始招生。迫不及待过了元宵，我们玉岭村适龄的四个追风少年，翻过那个山坳，浑身沾满阳光，欢天喜地前往聚史学校报名。我又回到了聚史学校，当我跨进那扇熟悉的校门，觉得做个读书郎，比做种田人好多了。

还有更好的事情，开学后的学校，上课忽然变得很为正规，有了新的初中语文、数学课本，还有一本《工农兵知识》，虽然很薄，却涵盖了物理、化学、地理、历史等简要内容。老师的精神面貌也焕然一新，对学习抓得挺紧，平时也有作业、考试，有中考、期考，公布考试分数。并明确告诉大家：上高中需考试及格才能升学。

我似乎对这样的学习形式十分适应，也十分受用，我们的学习成绩表又出现在课室里的大墙上，我的考试分数从没跌出前三，让我脸上有光，也让我沾沾自喜。

七

在聚史学校开始，我的课余生活也显得丰富起来。

上三年级之后，我第一次学会了看长篇小说。我看的第一篇长篇小说叫《破晓记》，之后又看了《红岩》《野火春风斗古城》《青春之歌》《铁道游击队》《烈火金刚》《林海雪原》等名著，由于这些书都是借来借去的，很多都没有开头和结尾，有时感到遗憾和懊恼。连环画看得更多，特别喜欢看古代战争的连环画。我这人有怪癖，看了则学，在课本和作业的空间，画满了岳飞、赵云等武将。老师看了恼火，将我狠狠批评一通。老师并不知道，我没钱买纸，只能在课本和作业本空白处练手。我对老师的批评毫不介意，私下里继续着我的涂鸦。

在聚史学校读书期间，人生第一次看电影，我看的第一部电影是《追鱼》，是在四联中学大门下面的缝隙里，倒着看完电影的结尾部分。联中不给外人进校，我们只能沾点余光。后来的许多夜晚，辗转于周边村庄和街上影院，看过无数电影，一分钱也没掏过。

人生无常亦如戏，我当时做梦也想不到，日后我还能当面采访众多的电影明星：扮演敌情报处长的陈述老师、扮演汤司令的刘江老师、扮演二妹子的陶玉玲老师等。

从三年级开始，有音乐、习字、图画课，开始学习毛笔书，我们班上一个叫黄传根的同学，临毛主席诗词书法龙飞凤舞，令我佩服得五体投地。回身返望，我对文学的爱好，对画画的入迷，对书法的喜欢，无疑，就是在聚史学校落下第一笔的，不知算不算埋下伏笔？

八

再苦涩的土地也有野花盛开，再苦难的日子也有美好回忆。虽然在聚史

学校读书艰苦，但也能感受到老师与同学无微不至的关爱。像三月的温煦春风，一直在我心底荡漾。

三年级的班主任曾郁周是个语文老师，他对我的学习格外关注，在我吃饭时，常把我叫到他的房间，从橱柜里拈出油煎的咸鱼给我。上初中时的班主任黄仕其是个数学老师，他经常叫我帮他修改学生作业，看到我的油灯没油，马上帮我灌满。他经常召集我们班上成绩最好的三位同学，黄延钳、黄秋生和我，到他房间去开小会，鼓励我们要认真学习，争取考上高中。拍毕业照时，他紧紧地扶着我的肩膀，可见他对我的偏爱。我的名字，原是三个字，也是聚史学校的黄秋英老师帮我改成两个字的，说全校人都叫你曾平，你就改吧。我觉得简单明了，好用。少念一个字，不知节约了别人多少口气，所以沿用至今。

而得到同学的关爱更是数不胜数，有的同学看到我没菜吃，主动从家中带些青菜给我；有的将我领回他家吃饭，看我吃得津津有味，又用搪瓷口盅将饭菜让我带回学校；有的同学还让我在他家吃饭过夜。6年间，我在聚史大队的滚水河村、十聚围村、塘背村以及河对岸的西山下村，在同学家不知吃过多少饭。当时我带的米不多，心想能吃一餐就省一顿吧。当然，能吃上"百家饭"亦需要人缘和情商，我的学习成绩单，也许是进入同学家的免费"饭票"，我们村其他同学就未必拥有这种待遇。毕业之后才知道，我在聚史村已经驮上了一屁股的人情债，这辈子怕是还不清了。

在这里，滚水河村的黄延钳、黄传庄，十聚围村的黄时妹、黄新建，成了我一生的知心朋友，也是人生一大收获。

九

我在聚史学校6年的学习生活，是在一场丰盛的初中"毕业酒"后收场的。毕业前夕，我们到四联中学进行了高中入学考试。事后班主任告诉我，

我数学 100 分，语文 85 分，两科成绩都是全班扣分最少的。但仅凭分数能否进入梦寐以求的高中读书？我真没把握，一点数都没有。哥哥姐姐们都在这个门槛上铩羽而归，父母总担心这样的事会在我身上再次重演，想到这些我都忐忑得六神无主。

不管今后何去何从，"毕业酒"还得做。1970 年的春天，开学伊始，老师就在为我们的"毕业酒"未雨绸缪，布置我们种各种瓜菜和花生玉米。等到夏天毕业时，学校的菜园里瓜果飘香。学校将所有的家长也请去学校，与我们一起参加毕业典礼和享受盛宴。那天我爸也去了，他意外发现我有好几篇作文和几幅美术作品贴在墙上，整个上午微笑一直没有离开过他的脸庞。对，那应该叫笑容可掬吧。

盛大的"毕业酒"喝过之后，我就打起背包离开苦读了 6 年的聚史学校。当我挑着行李，依依不舍地告别这座记录着我甜酸苦辣的学校，心底五味杂陈，感慨万千。我从小学三年级直至初中毕业，从少先队员成长为青年团员，从一个少年成长为青年。帮我完成两个人生阶段的对接和过渡，就是这所耸立在仙女嶂下日夜流淌的滚水河旁，门口屹立着一棵擎天盖地苦楝树的学校。

我将永远怀念聚史学校，永远感恩这座学校。

走出校门，远望仙女嶂，我眼角带着泪花，那段色泽斑驳的难忘经历，让我不忍心就此翻篇，这是我人生履历书上永远无法抹去的胎记。那道道风痕，段段履迹，刻入脑际，挥之不去。即使是那样痛苦辛酸，那样寒风擢心，那样不堪回首，那也是嵌入骨髓难以风干的终生记忆。

（2022 年 3 月 5 日于惠州东江河畔云岭书屋）

乡村生活，我的人生初稿

一

1972 年夏天，蔚色千里，云薄风轻。

我咽下学校的最后一顿早餐，怀揣着和平县四联中学高中毕业证书，与相处了两年的同学一一挥手告别，挑着简易的行李和几本破书，缓步踏出联中简陋的校门。跨过滚水河桥，走过梁屋埂，一眼便看到了高高的仙女嶂，望着我们玉岭村炊烟横斜的村舍和金光闪烁的层层稻浪，我对未来的生活充满了憧憬和希望。

当时政策有规定，高中毕业生凡外出，找工作，上大学，一定要在农村锻炼两年以上。少不更事的我当时还幼稚地认为，只要在农村干满两年，国家自然就会将我们这些高中毕业生逐步调出农村，陆续安排在机关工作，妥妥地端上铁饭碗。

父亲可没有我想的那么长远那么天真，当天夜里吃过

晚饭，在昏黄的煤油灯下，一本正经地告诉我："你从现在起，就系生产队社员，明天就要出工做西（和平乡下土话：做事）。"我爸是生产队副队长，他是代表生产队的干部，在向一位新社员下达入队的铁命令。

我人长得矮小，力气也不大，父亲的那把大锄头，我根本拿不动，没办法挥洒自如。父亲似乎看透了我的心思，连夜找了一把已磨去大半的小锄头，锄柄也帮我锯短了十多厘米。末了叫我试几下，觉得高度、力度都合适。于是，我就像新战士领到了属于自己的武器，等待着明天的披挂上阵。

二

什么叫社员？就是一个会劳动的人。当社员的第一道坎，必须过劳动关。我虽然一直喝着家乡的水长大，连县城也仅去过一两趟，但有些大人的活，我还确实没有干过。生产队里分配的工种，开始是派一些不太重的活给我，如铲秧苗、锄田埂、散牛屎等，有时也派些有文化含量的活，如丈量土地、称禾头、记工分等。后来则逐渐加重，什么活也派给我干。大人一个强劳力是8分、9分工分，队长才10分，我开始只有7分，比那些一大把年纪的大婶大娘还低，我也不会计较，认为这就是给我一个新社员的合理报酬。

于是，我与其他社员一样，在田间地头风里来雨里去，舞镰挥锄，在夏收夏种的大忙季节，夜雾未散就得起床，中午在田埂边吃饭，在漆黑的夜幕下加班劳动。割禾和插秧整天弓着腰，收工时要站在田埂边捶上半天腰，才能慢慢上田走路。逐渐感受到干农活的艰辛和当一个农民的不易。

干活累了，大人还可找个理由抽根烟喘口气，或在墟日赶集，我既不会抽烟又没钱赴墟，只能天天在泥巴里摸爬滚打。每天晚上，一沾床就睡着了。第二天早上又起不来，有时我爸叫我起床，他刚走我又累得睡着了，须连叫三遍我才起来，我爸气得在门外大骂："你命不好，迟出世，如早几年，也可以去考大学。现在，你只能老老实实在农村垒田埂了！"

在干活最累而无聊的时候，我会一个人坐在田埂上瞎想，很希望在田头突然出现一个大队干部，拿着一纸通知书，说阿平你明天可以去报到上班参加工作了。有时在深更半夜，整夜整夜地听着山后呼啸的山风和一两声鸟叫难以入眠，抚摸着酸痛的腰和粗糙的手脚，感到这种日子确实有点折磨人，自己会不会听着鸟叫和风声过一辈子？

不过，瞎想归瞎想，第二天照样去出工，在生产队这个大熔炉里，慢慢地我也学会了所有的农活，后来连技术含量最高的犁耙田也学会了，挑谷子原来只能挑五六十斤，现在八九十斤甚至上百斤也能翻山越岭健步如飞。

大家都说我的劳动态度还行，不曾偷懒。不久之后，我的工分也上升到了8.5分。

三

正当我决心光着脚板将工分一挣到底的时候，那年夏收结束后，我们生产队里发生了一件事，改变了我的工种。当时有一个仓库保管员，利用职务之便在月黑之夜偷盗队上的稻谷。此事发生后，生产队长十分恼火，队委会便将四个晒谷点的保管员全部撤下，然后换上我们四个手脚干净的应届高中毕业生，于是我也就暂时洗脚上田当上了仓库保管员。

队长找我们严肃地谈话，郑重其事地告诫我们："你们都是应届高中毕业生，是共青团员，生产队信任你们，让你们挑起重担。仓库保管员首先得忠诚老实，公道正派。"为了避免我们谋取私利，将我们几个保管员交叉任职，不能在本屋仓库晒谷，就像现在干部的"五长交流"。我连续在三个仓库当过保管员，但没有在我本屋的仓库当过保管员。我那时既不想利己，也不会谋私，反正谁来称谷子都一样，秤杆保持一致的斜角：10—20度，刚好能挂住秤砣为止，不会多给，也不能少给。

生产队里看我这个人还周正淳厚，村里成立了民兵排，选我当了排长。

发现我晚上喜欢看书，好像有点文化人的样子，又让我担任了生产队的辅导员，给社员们读报纸讲时事，还给生产队里出黑板报。

后来，大队看我这小伙子好像还扎实肯干，春节之后将我调到大队茶场，还将我升格为大队总辅导员。茶场的茶园就在仙女嶂下，茶场场长是我初中同学。有一天，他庄重地告诉我，茶场要重点培养我当技术员，让我受宠若惊。于是，他手把手地教我铲茶、种茶、剪茶、摘茶、炒茶，每一道工序都不厌其烦地让我弄懂学会。

一切都让我感觉到，我在茶场的事业正蒸蒸日上，美好的前景在青山环绕的茶园间，闪烁着绿色的光芒。蓝天白云下的仙女嶂，是那么美丽迷人，那么可亲可爱。

四

我从美梦中惊醒，是从征兵工作开始的。

1973 年冬天，征兵工作在我们大队开始了。开过几次动员会，要求我们适龄青年报名。我是民兵排长，当然不甘落后报了名。明天就要统一去公社体检了，当天晚上在大队部开会，做最后一次动员。临散会前，公布了送检青年的名单，共有 21 个人开会，只有我和另外一个村的高中同学没有名字。我当时还有点奇怪，叫我来开会，怎么会没有名单的？但详细一问，是我们两个人的社会关系有问题。我的外婆是地主，那个同学的舅舅是右派。此时我才明白，原来我的人生道路，还有一道暗坎在阻拦搅拌着我。

回到家中，与父亲说起此事，他却格外平静。原来他早就领教过这一招，说你姐考老隆师范学校，考了八十多分没录取，另一个大队的一个姑娘考了五十多分却录取了，只因为人家是社会关系十分干净的党员。他这样一说，我又想起一件事。1972 年夏天高中一毕业，大队召集所有年轻人开会，动员我们写入党申请书，我写了之后也没有下文，我想也可能与这个社会关系

有关，不过我一直蒙在鼓里。之后几次都是那道软肋在阻梗着我，直至 12 年后我才入党。

经父亲一说，我很坦然，也没太在意。我当时社会阅历尚浅，还不知道社会关系是我无法躲避的致命伤，也不知道其魔力无比的杀伤力。等两年后，我参加了考大学的推荐，又是铩羽而归。我在入党、参军、上大学的一扇扇大门陆续关闭之后，我才知道，在我的前方，是如此漆黑暗淡，我的人生之门，别说大门，连门缝都很少很小了。我的不少高中同学，有的入党有的当兵有的上了大学，也有的在大队当上了民办教师、赤脚医生或当上了大队干部。而我，在高中所有老师认为在全级四个班二百多人中，最应该去上大学的人，却没有任何一所大学向我敞开大门。

我独自一人坐在高高的仙女嶂茶山上，看着苍白冷酷的天空和听着山谷深处吹来的阵阵阴风，欲哭无泪，不寒而噤。我狠劲地抓住头发，不断发问：我的外婆是个地主，这不是我的错，可我身上并没有半点剥削阶级的思想啊，将我这样爱上进肯读书的优秀青年吸收到党内，穿上军装，送进大学，该多好！难道就因为我的社会关系，将我一次次拒之门外？那是多可惜的事啊？

五

绝望之际，是我娘挽救了我。晚上回到家里，我娘看我处处碰壁垂头丧气，她知道我们兄弟姐妹的一切遭遇，都是因她带来的社会关系惹的祸，不得不亲自出马为我谋划出路。

那天晚饭后，她一边纳着鞋底一边对我说："你在农村学一门手艺吧，无艺万事空，有艺吾会穷。出门去人家里做手艺，吃青菜也多滴油啊。"我说学什么手艺好？娘说你去学木匠行不行，我说做木匠弹墨线需精准我学不来；娘说学泥瓦匠也好，我说泥瓦匠搬泥上下我不够大力；娘说那就

学点轻巧的吧，阉猪阉鸡怎么样？我说拿刀给猪鸡开肠破肚我看着都手直发抖；娘说学焊洋锡补锅碗什么的也行，我说附近村子也没有师傅好拜啊。你一言我一句，聊到半夜，我娘看着我满是悲观的脸，也一时想不出更好的门路。

但我娘就是我娘，她不会死心，过了几天，娘忽然高兴地对我说，你有一个表哥一个表姐都是做衣服的，那你就去学裁缝试试。

娘是个利索人，说干就干，第二天便满怀信心带着我去求师学艺。我们先来到马塘村表哥家，但表哥一句话就让我娘卡噎住了，他说你家有一百多元钱买缝纫机吗？那时别说一百多元，十多元我家也拿不出啊！后又去兴隆村找表姐，表姐的推辞没有那么直接，很是委婉，她说学裁缝很辛苦的，经常熬夜，我们学了没有办法，你的小孩还是不要叫他学这手艺。回家的路上，娘气得一句话也说不出，在前面走得飞快。

我看着娘难受的样子，追上她拉住她的衣角说："娘你别难过，我喜欢画画，干脆我学画画吧。"

娘认真地看着我，脸上忽然绽开了笑颜，轻声细语地说："求人吾当求自家，做得。"

六

我从小喜欢画画，小学的作业本和课本的空白处，都画满了古代骑马的武将，为此被老师点名批评。读初中时已能画水彩画，上高中后，学校的黑板报和墙报都是我一手鼓弄的。高中毕业回到家乡后，我画得更多了，用水粉颜料画过红色娘子军和董存瑞炸碉堡，用水墨在毛边纸上画过杨子荣，还为当民办教师的姐姐上公开课时画过一幅白求恩，前来听课的县教育局干部还问这画是谁画的？我姐很自豪地说："是我老弟画的。"

我们邻村安坳有个被处理回乡的美术老师梁立华，当时我们乡下在新木

床上画画很受欢迎，画一张床五元钱，两个半天一个晚上完工。他在我们村也画了好几张，我在生产队出工前后都去看他画，仔细观察他如何上底色，如何景色搭配，如何画风景花卉，最后如何涂抹油漆。

我心中有数之后，便告诉父亲，我也想画眠床。父亲说，我们家刚好有一张新床，你就画吧。于是买了颜料、调色碟、两支毛笔，很认真地画开了，中间的是天安门广场，两边分别是武汉长江大桥和霞光普照的韶山，由于太复杂也太认真，画了好几天才画好。父亲说，你画得那么慢，将来怎么赚钱养家糊口啊。

想不到几天后那个老师来我们村，得知我会画眠床，他便在晚上专程来到我家，用手电仔细照看我画的每一幅画，他看了之后没有哼声。但他第二天却对我们生产队长说，如果这个青年仔跟我学画画，我愿意收他为徒弟。

队长听了很高兴，跟我父亲说，可以叫阿平去跟梁老师学，半年不用他交副业款，但以后村里人买了新床，都要阿平免费画。我父亲考虑再三，怕以后推荐工作时，出门搞副业不计算锻炼时间，从我的长远前途计议，没同意我去学画画。不过我还是利用空余时间，为附近村庄的村民画过十几张新床。

七

外出工作无门，手艺也没学成，让我感到前途渺茫，不知道自己今后路在何方？为发泄苦闷，我经常深更半夜一个人胡乱写东西。

当时我们生产队新买了一辆手扶拖拉机，我为此编写了一篇山歌联唱《铁牛进村来》，寄到县文化馆。大约两个星期后，我收到了一本油印的《和平文艺》，我的文章竟然发表了？这让我欣喜若狂。正是这篇小作品，就像在漆黑的长夜里点亮了一盏小明灯，给我带来了一丝安慰和一线希望。我的文学创作也由此擦着了星星之火，日后的每个夜晚，我都会在灰暗的煤油灯下，

绞尽脑汁地编织着属于自己的文学梦。

随着我投稿量的不断增加，陆续有作品见之于文艺刊物的不同角落，知名度也慢慢上升，公社和县里的文学创作会议，会出现我的身影，也结识了县文化馆、文化局、县宣传队的文学老师。县武装部的新闻干事和县文化馆的老师还专门来到我家，看我的文学创作情况，在我们大队及村里反响挺大，我们村毕竟还没有穿着军装的解放军军官和带着照相机的人来过。

后来，县文化馆推荐我参加了惠阳地区业余文艺创作会议，我第一次来到惠州，看到了梦幻般波光潋滟的西湖。几个月后，县武装部又让我参加了在东莞大岭山召开的惠阳地区民兵报道工作会议，我吃到了闻名遐迩的荔枝。

我人生第一次走出和平山门，感到外面的世界，原来还有那么风光旖旎，那么美丽迷人！

八

墙外开花墙内香，我的名字也逐渐被公社领导注意上了。

1974 年夏天，为了庆祝新中国成立 35 周年，我们县搞全县文艺会演，要求全县各公社成立业余文艺宣传队，每个公社都要自创一台晚会的节目。公社主管文教的党委委员凌源找到了我，让我到公社大院住下来创作节目。经过两个多月的苦熬，我写出了五六个节目，上报县文化局审批全部过关。我创作的节目，有快板书、表演唱、碟子舞、山歌联唱，还有一台小戏。而我当时，才十九岁啊。现在想来，还有点不可思议。我现在都无法写出来，我一直想：我这小子那时候怎么那么有才啊？是不是我二十岁之后，就江郎才尽了？

当我将全部节目修改完毕，从各大队抽调来的演员乐手组成的公社文艺宣传队就位排练后，我却被大队推荐去参加全县的第二批"党的基本路线教

育"运动，分配到东江边的东水公社大田大队，一干就是一年。

但是我创作的节目，在县上会演时却获奖不少，在公社引起轰动。县上会演结束后，在公社又进行了汇报演出，各大队的干部看了，又要求到全公社 23 个大队去巡回演出。每到一个大队，都以最高的规格接待我们宣传队的人。有些经典台词，很多人至今还能脱口而出。

九

我能参加这次"路教"运动，是我人生的一个拐点。当时大队能同意我出来参加这次运动，也应了天时地利人和。那年春天，我那 93 岁的地主外婆溘然去世，在社会关系一栏剔除了一条黑线，还有那个对我家一直抱有成见的大队治保主任，终于下台。我如一只小鸟，终于冲破樊篱，飞向蔚蓝的天空，自由翱翔。

第二批"党的基本路线教育"运动结束后，在选拔参加第三批工作队员时，我碰上了负责选调工作的两位好领导，一位是县委组织部的刘石门，他看到我的简历年龄不大又是高中毕业生，更主要是看我的字写得漂亮，便建议将我留下。而另一位是县人事局的邓仕宏，他经常看《和平文艺》，对我的名字也有印象，两人一致同意。当时县委路教办公室正准备从全县的年轻工作队员中，抽调四个小伙子，一方面随分管教育运动的县领导下乡，另一方面为县政府大院培养后备写作人才。我十分幸运地被选中，而且是唯一一个农村青年。

于是，在县委路线教育办公室，我认识了不少县委、县政府的领导，他们认为我这个小子做事勤快认真，还能写点像样的东西，于是主动推荐我去读书，我才将户口从农村迁出。1978 年冬，我从惠阳地区农业学校毕业，被分配在和平县农业局，找到了一份真正的工作。

十

　　我这个人反应迟钝有点笨，直到几十年后，我才幡然感悟，我的一切，书法、画画、写作、文艺创作，都是在乡村打下的初稿。这一切都应该感恩生活，是生活教会了我的一切，是贫困的生活和苦难的经历，逼得我与许多东西结缘。

　　我尤其应该感谢母亲，是他坚持要我学手艺，我才能走出玉岭，奔向山外。她引导我离开方型田地上的耕耘播种，促成我在纸格子上点横撇捺。其实，我的写作，说到底就是一门手艺，我靠它找到了工作，获取爱情，行走世界。从和平到河源到惠州，我用这一手艺获得了一个个领导的认可，敲开了一个个单位的大门。我出版了两本散文作品集，加入了省作家协会，成为中国散文学会和中国报告文学会的会员，这些都是手艺换来的。而画画，则是我后半生的另一门手艺，当我抚摸着由岭南美术出版社出版的钢笔画作品集《钢笔生画》，觉得更是我在乡村学到的画眠床手艺的一种延续。

　　回身返望，我的人生画图，好像画得有点潦草，与当年的初稿取向，因世事多舛变得有点凌乱稍为走形，虽未能画成山岚黛绿，姹紫嫣红，却也主题没变，底色没变，走向没变。

（2021 年第 2 期《东江文学》）

我的履历

一

我人生的第一幅照片，可谓"天真无邪（鞋）"，那是我 1970 年初中的毕业照。

画面上，七月盛夏，高大的火楝树下和简陋的小学校舍前，班主任慈爱地用双手揽着我的肩膀，那是他全班学生中最得意的门生。班主任是个数学老师，而我每次数学考试分数，总是离 100 分最近的那位。每次评卷，他必定先挑出我的试卷先评，以此来验证他的教学成果。平时同学们的数学作业，大多都是他叫我帮改的。照片上最显眼最刺目的，除了我们灿烂开心活泼天真的笑容，还有我的双脚——一双裸露出十只脚趾头的光脚板，这是五十多位毕业生中唯一没穿鞋的。

为什么在那么庄重那么严肃的场合赤脚上阵？并非要借机展示我独一无二的"铁脚板"，也并非我"光脚的不

怕穿鞋的"，实是我的无奈之举。

每次想起那张照片，都感到脚底和心头钻椎般凉飕飕地痛。

二

我的童年是在木屐上度过的。白天，我们光着脚板从这条小路到那条小路，从这个村子到那个村子，从这座山头到那座山头；晚上，洗完澡不能再弄脏双脚，便穿上木屐，那是我的双脚与大地分离的短暂时段。天一亮木屐便撇一边，出门上山下田，双脚与大地又零距离接触了。

不要理解成我们喜欢穿木屐。只是木屐两角钱一双，而鞋则要几元钱一双，是家中难以支付那份差价。贫寒，让我们远离了鞋，而亲近了木屐。

白天光脚晚穿木屐，只是夏天才有的事。夏天走了，双脚再也无法任性。我母亲早就考虑好这个问题，秋风刚刚吹到村口的大榕树梢，她就着手为我们准备过冬的鞋。

那是她每年必做的一道作业题。

首先是收集做鞋用的旧布料，大的小的，长的短的，厚的薄的，花的素的，圆的方的，装满了一竹筐。现在看到"五彩缤纷"这个词，就会想起母亲的小竹筐。

拆下一扇旧门板，将它洗刷干净。蒸一盆粟米糊糊，往木板上刷一层浆，然后往上面贴一层碎布，大大小小接驳平整，贴好一层，又刷一次，再铺一层。大概要铺三至四层，整个有半个门板大小，然后就拿到太阳下晒。几天后晒干揭下来，就是一张厚实坚硬的鞋底用料，这是做鞋的第一道工序。

第二道工序是纳鞋底，将全家每人的鞋底依样在硬布上剪下，十多层硬布叠起来大约有5厘米厚，再用沉重的石块压实。几天后就该纳鞋底了。每当秋日夜幕降临吃过晚饭，昏黄的煤油灯下，母亲就在人们天南地北、南蛇天狗的聊天声中，左右开弓，飞针走线，有时聊到她感兴趣的话题，她也会

搭讪几句，但手上的针线活却是一点都不会耽误的。纳鞋底很见手上功夫，母亲纳的鞋底密实均匀，整齐划一。钻鞋底是要很花力气的，她要准备一把锋利的椎钻，还要有一块经常磨钻的蜡片，蜡片是平时吃的中药丸封蜡攒下的。鞋底纳好后，还要用斧头有力敲打，将突起的绳头压平。母亲每做一个环节都精心致志，就像做一个心爱的工艺品。

最后一道工序就是安鞋帮，鞋帮布可不能用旧布，一般都是用新鲜黑布做成，也许是黑布不易脏吧。母亲会在鞋面 U 型的边缘，镶上一层或蓝或灰的布边，然后将鞋面牢固地安紧在鞋底上，在安鞋后跟时，母亲总会把我们叫到跟前，反复比试着我们的脚，尽量做得贴合脚型，所以她做得格外用心。安好鞋帮，剪掉最后那条线结，母亲就会将新鞋放到我们脚边，说快试试合不合脚吧。然后收拾好她的工具篮，伸了伸弯曲疲倦的腰身，拢一拢散乱的头发，打上一个长长的呵欠。

在寒冷刺骨的北风光临屋后的大山之前，母亲为全家人做的鞋总会准时完工。我穿着母亲做的千层布鞋上学时，总有一股暖流从脚底徐徐直往上冒，对刮过身后的寒风轻蔑地嗤之一笑。

三

不过，传统产品在科技新产品的冲击面前，总会不堪一击，溃不成军。

我上初中后，市面上开始出现一种由佛山鞋厂生产的"解放鞋"，是一种模拟解放军军鞋的草绿色胶鞋。它最大的优点是美观、防水、耐穿，五块多钱一双，可穿一两年。而布鞋一遇雨天就成"水货"，多则一年少则数月，便开膛破肚满身开花。我想，如果我有了这种胶鞋，也是母亲的一种解脱。但我家一直没有多余的钞票从街上的百货商店为我掂回一双心仪的解放鞋。在几年后的一次春节前夕，我家杀了一头大猪，父亲将卖猪肉的钱还尽所有的债务之后，终于给我买了一双解放鞋。那年春节我吃饱

饭就往外跑，从上屋到下屋向小伙伴们炫耀，生怕人家不知道。睡觉前后总是拿着鞋欣赏不已，有几回在梦中笑醒。过完年后，我才真正领略到它的无穷威力，穿着它上山下地健步如飞，不怕水，不怕滑，不怕树头草刺，犹如哪吒的"风火轮"。

不久，我发现了解放鞋的可怕特点，那鞋穿上三五天脚就臭气熏天，晚上脱下鞋，那鞋臭加脚臭会铺满整个房间，熏得人难以合眼。如果有个也是穿解放鞋的小伙伴聊天晚了一起睡，他在那头将脚伸过这头，简直要把我熏晕，要捂住鼻子或躲进被窝才能入睡。

后来大人提醒，要远离臭味，唯一的招数是每个星期必须洗鞋。

解放鞋的帆布鞋面极易褪色，洗过几遍，便不白不绿的很不受看，后来我干脆用鞋刷将鞋面打磨刷白，看上去很像白鞋，穿上去反而有种潇洒倜傥之感。看来要将坏事变为好事，稍为用心亦可办到。

一年之后，解放鞋的鞋面补了又补，已是百孔千疮，但我仍舍不得扔。鞋底磨穿了，便在晴天穿；脚已经长大了穿不进去，便踏跟穿。这双解放鞋无法退役的一个直接原因，是我们家无钱为我再买新鞋。想不到这样死缠硬撑，给我的脚趾带来了终身遗憾。

穿上解放鞋那几年，正是我身体长个的快速增长期。那双鞋已没办法再容纳我的双脚，我的大拇脚趾和食趾就充当了急先锋，率先将鞋头撑破探出头来，随之另几个脚趾也蠢蠢欲动，想破茧而出。弄得我在同学面前十分尴尬，夏天，我就干脆甩掉鞋子，但冬天就麻烦了，脚毕竟不是钢铁做的，不穿鞋根本抵挡不了刺骨的寒风。我灵机一动，干脆踏下鞋跟，胶鞋当拖鞋穿了。平时走路倒也将就，但有天早上跑步做早操差点将鞋踢飞，我一咬牙将鞋跟拼命拉上，脚挤得难受，只好请较长的第二个脚趾委屈一下，强行跟上队伍。

久而久之，我那正在生长的脚趾就逐渐定型，左右脚的第二个脚趾最后无法伸直，至今想来我都觉得愧对自己的双脚。

初中毕业那年，是我家经济生活最困难的时期，那双解放鞋浑身开花解

甲归田，整个夏天我的床底下再不见鞋的影子，照毕业相时只好踩脚而上，脸上虽然带着一丝微笑，心底却是无尽的心酸。

<h1 style="text-align:center">四</h1>

高中毕业回到生产队里劳动，由于每天爬山越岭，下地入水，百炼成钢，铸就了我的一双铁脚板。我可以光着脚，在漫山树头草刺的坡冈上健步如飞。晚上，我搓摸着硬得犹如野猪皮的脚底，心想一个十多岁的稚嫩少年，脚板却与壮年老农相比肩，我感到一种难得的自豪。那是我一生中脚板最硬的时期，唯一的一次赤脚走大地的历程。

两年后，我来到另一个公社，参加了一种叫"路线教育"的运动。作为光荣的工作队员，当然光着脚板走村串户有失一个"同志"的尊严。我看当时许多县政府机关来的工作队员，都时兴穿一种泡沫塑料凉鞋。这种鞋在设计上有个突破，扣子是从后跟上往前扣的，既方便又快捷。你可当凉鞋穿，也可以当拖鞋穿。于是，我省吃俭用，将每月18元的津贴，积攒下钱买回一双。在村民面前走动，显得很有面子。殊不知，由此种下终身病根。

因为做这种鞋的原料，是回收的废旧塑料，含有有毒物质，穿上之后，凡与鞋子接触的地方，皮肤就会发痒脱皮，尤其在脚趾处，溃烂崩裂，有时痛得走路都打颤。我一怒之下，将鞋扔进了池塘。但那病却无法扔掉，几十年过去，直至今日，脚上的病菌一直如影随形紧跟着我，丧心病狂、肆无忌惮地折磨着我。我用尽天下良药，也无法赶尽杀绝这些可恶的病菌，虽然这种病有一个可爱的名字"香港脚"，但我对其一点也爱不起来。至今我也没弄明白为什么叫"香港脚"，每次去香港，我都会自问这个问题：这种病毒与香港有什么关系？

那双解放鞋和塑料凉鞋，一直在我心底最阴晦的角落里反复显影，挥之不去。

五

当改革开放的春风吹进我们老家那古老的县城，过去被称为资产阶级生活方式的皮鞋，在市场上悄然流传开来。但国营商场里是很难买到的，有时摆上一两双亦价格不菲，对于我这刚参加工作每月仅有三张十元大钞的工薪族而言，只能望鞋兴叹。

一次到朋友家去玩，他不知怎么翻出一双旧皮鞋来，上面沾满了灰尘，又破又旧，三接头衔接处还穿了个洞。朋友说是亲戚穿过的，有十多年没穿了，正准备扔掉。我拿起来仔细观察，这是我第一次近距离看皮鞋。朋友看我瞧得认真，便说想要就拿去呗，我如获至宝。回去后将那破洞补好，买了鞋油将鞋擦了五六遍，擦得油光锃亮。但我还是不敢在县城穿，怕人家问起惹人笑话，只能唬唬未见过世面的乡下人，那年冬天休假回家穿上，瞬间威风八面，有种头晕眼眩的感觉，见人说话也语无伦次。我大哥见了，问我：

"听说穿上皮鞋冬天脚趾头就不会痛，真的假的？"

其实此时穿上皮鞋的我，脚照样冻得发痛，但我嘴上却说：

"真的。"为的是获得一种虚荣的优越感。

后来终于有钱买上真正属于自己的皮鞋，但那时的皮鞋制作技术不行，我买过好几双皮鞋，特硬，硌脚厉害。有时只在重要的场合穿，平时只能穿布鞋。心想美事可能不会两全，若要面子上好看，肯定背地里须忍受痛苦。有时穿着皮鞋回家，目的是给父母亲看一下，也让村里人知道，人家还有个在城里领工资穿皮鞋的儿子。但那时班车只能开到镇上，回家还要走五公里的黄泥土路。每次回家，皮鞋都沾满泥巴，且不让脚舒服，让其磨出好几个血泡，回到城里要好几天才能愈合。即使如此，仍然乐此不疲。

后来想，在城里有份工有什么了不起，你还不是农民的儿子？要那份假显赫干什么，受罪的还不是自己，以后就干脆不穿皮鞋回家了。

物极必反，被皮鞋硌怕之后，我对松软舒服的运动鞋忽然十分热爱起来，以致整天穿着。有次到《南方日报》记者站开会，上身是西装领带，脚上却套上一双运动鞋。站长见了不想扫我的兴，只说这种打扮也很精神，我听了还洋洋得意。后来我才知道，这种不伦不类的搭配实是无知。

随着皮鞋的款式越来越多，用料也越来越讲究，也越来越高档。有次，我看中一款咖啡色进口高档皮鞋，一问价竟要八百多元。我倒吸了一口冷气，但我爱人看出了我的钟爱，背着我买下来。那年春节回家，我堂弟见了问我："这双鞋要多少钱？"

我轻声地对他说："可能等于你全家过年的钱吧。"

这一点我确实没有吹水，在 20 世纪 80 年代，农村人全家过年有七八百元花销，算是殷实人家了。

六

人类靠着伟大的双脚，从洪荒走到现代，创造出人类的文明和财富。

现在人们的生活好了，从头到脚都发生了翻天覆地的变化，让几千年来饱经风霜历尽磨难的脚，时尚地奢侈一下，也未尝不可。

不过，这种过度保养和人为包装，让双脚与大地形成人为隔阂，人类将无法接地气，脚的功能在萎缩退化，那是对脚的一种伤害，对人类的前进和进化也是一种障碍。汽车进入家庭以后，双脚走路的机会更是大为减少。既往的结果，人类抗逆及生存的功能，将不断弱化。

终有一天，人类将后悔莫及。

其实，我也是包装的践行者和退化的受害者。看来，我得选个好日子，搞个"光脚开走日"，重返祖始，光着脚板，走向大地。

（2017 年第 3 期《东江文学》）

终身姻缘，源于美好星夜

一

我的终身姻缘，来自那个美丽星夜。

高一那年，刚开学不久，我们四联中学（3）班的一帮同学，踏着秋天的夜雾，来到学校附近的西长大队去看露天电影。沿着彭寨河往下走，经过一座高高的木栈桥，看到远处村庄里明亮的灯光，灯光周围人声鼎沸，我们加快了前行的步伐。西长村的同学早已为我们准备好了各种凳子，我们一到就坐了下来，静等电影的开始。

每个不同寻常的故事，往往都有一个惊艳的开头。

在我的正前方，站立着我们高一（1）班的一个女同学，我们都认得她是西长村人。她站在那里东张西望，也可能在等她们班同学的到来吧。忽然，又有一个少女走了过来，年纪看上去应该是十五六岁的样子，她迈着轻盈的步伐走了过来，热情地与我们那个女同学打招呼："阿姐，吃饭

没有？"这少女的到来，令我眼前一亮。她们下面的谈话内容，我没心细听，而全神贯注的，是这位青春少女。

她与我的距离不足二米，在明亮的灯光下可以看得十分清晰。她穿着一件素色花格衣，背后梳着两条小辫子，头发并不是很浓很多，甚至有点偏黄，她有着一张薄薄的小嘴，和一个小巧微翘的鼻子，还有弯弯眉毛下一双迷人的眼睛。她与人说话，声音亲切中带着甜美，浑身似在轻轻摇动，散发出一种含苞欲放的少女魅力。在我的印象中，在我们村，从小学到初中高中，我还没有见过这么一个活泼可爱、让我心仪的姑娘。

我和她之间的故事，就从那个夜晚悄悄翻开扉页。

只是她浑然不知。

二

我当时并不知道她的名字，也不知她是哪里人，只是记住了她的模样。当年的国庆节，我们去公社大礼堂看各大队的文艺会演。我们班铁长坑的一位同学说，其他大队的节目没什么好看的，西长大队的节目比较好看，他们有个演员，曾经到过县宣传队，谁也比不过她。那晚的演出，我一直关注着这个人的出现。当她出现在舞台上时，我一看，正是我之前看电影见到的那个女孩子，她的一招一式，确实与众不同。于是问我同学，她叫什么名字？他说，叫陈玉青。于是，她的名字让我记了一辈子。

一年之后，我已升入高二。一天晚上，学校团支部举行一个活动，所有的共青团员都去参加。忽然，学校断电了，一团漆黑。台上学校领导的讲话也只好停止。一会，在台下远处出现了一丝亮光，原来是有人提着一把大煤油灯来了，那人缓步走上讲台，我们全体同学的眼光，随着灯光的移动，集中在那个人的身上。我看清了，正是她。从此我知道，她已读高一来了，且还是一个共青团员。

沉寂了一年的美好夜晚，瞬间重又显影。

一天晚上，我到语文老师房间去坐，他是我高一的语文老师，现在又去当高一新生的班主任。我们正说着话，她也来到老师房间，手中拿着一张纸，说是国庆的投稿，要交给老师。老师顺手接过来，然后交给我说，你看看写得怎么样？我拿过来一看，显然她对中国的革命史还不太了解，一会说延安，一会又说井冈山。我便耐心地告诉她，如何调整事件发生的时间顺序。这是我人生第一次与她近距离的对话和交流。为此知道她就读于高一（3）班。

随后，学校成立了文艺宣传队，她理所当然地成为其中一员。我因为会写些快板书、表演唱、山歌等杂活，也硬拉进了宣传队，说是创作员。但我从没与他们一起进过排练场，只是在毕业时一起照相，算是第一次两人同框。高中同校的一年间，我们在校园里，也仅是在见面时，远远地打个招呼，没有任何的深层次交往。

零散的故事碎片，应该是整个长篇一层淡淡的玫瑰红底色。

三

我们的再次重逢，是在我高中毕业两年后的事。

1974 年，为迎接县上庆祝新中国成立 25 周年文艺大会演，我们彭寨公社于 8 月 15 日发出通知，成立了文艺宣传队，每个大队抽调一名文艺青年参加。我因为要进行文艺创作，6 月初便提前去了公社。我创作的节目获县文化局审核通过后，宣传队的演奏人员于 8 月 20 日才陆续到位。

她也成为三十多位宣传队员的其中一员，根据她的资历、长相、演技，很快成为众多演员中的主要角色，并成为编导组成员。我们就在同一饭堂吃饭，同一会场开会，同一舞台排练。我们之间的话题，从少言寡语，到片言只语，慢慢变成多言多语，偶尔也有甜言蜜语。排练的空隙她也会到我的房间看我刻写蜡纸，看我画画，还会拿几张黑白照片让我涂上彩色，有了许多

单独相处的机会。有天墟日，我带我们村的人看宣传队员排练，我们村的一位小叔子在扫描台上的所有女演员之后，忽然指着她，像发现新大陆似的大声告诉我："阿平，那个妹仔好靓！"

那年的中元节，宣传队放假一天，我和黄延钳、黄时妹及她共四人一起同路回家，走到黄土岭的地方，她最先分路往右边的路上走了。我看着她走下黄土岭的背影，感到一阵惆怅，真想与她一路走去。下午回到宣传队，我们两人相见后感到格外高兴，她还说"如不是下雨，中午就去你家了"。我们宣传队的都是年轻人，很容易看出我们之间有点那个，也有些取笑的语言刺激，更加快了我们的感情升温。

可惜，我们相处半个月之后，我被抽调去参加全县的路教运动，须在 9 月 5 日提前离开宣传队，其实此时我的创作任务已经完成，宣传队才愿意放我离开。分别前的那天晚上，排练结束得早，八点多钟，趁着夜色，我们沿着公社大楼旁边的田野，来到彭寨河畔的公路边，面对面坐在两堆水泥电线杆上，看着远处灯光闪烁的村庄和满天眨着眼睛的星斗，我们想了很多，说了很多，临分手时她忽然说了一句，"以后你结婚时千万不要忘了请我吃糖"。

回到公社大院，她快步地爬上二楼宿舍，用网袋装着一块肥皂、一条手绢和一本笔记本给我，作为分别的礼品。在那个买什么都要证的年代，一块肥皂，却是十分珍贵。至于那本笔记本，更为珍贵，这是她当兵的堂哥送给她的，十分精致，是湖南省政府送给每个解放军战士的"八一"纪念品，她一直舍不得用。由此我想到了我在她心中的位置，好像有点走近圆心了。后来我将那本精致的笔记本用来抄写毛主席语录、革命诗抄、唐诗宋词等，直到今天还庄重地端坐在我的书架上。

其实，在高中毕业之后的一次墟日，她也曾送我纪念品。我们相逢之后，说起当时很流行的钥匙圈上的丝胶线织物饰品，我说也想拥有一个。她听后马上去商店买了红绿两种丝胶线，三下两下便织了一个虾公，又拿出一张照

片一并给我。对着这两件特殊礼物，令我胡思乱想了好几天。

四

离开公社宣传队，我来到二十多公里外的另一个公社，马上投入了紧张的工作。参加完县里的国庆会演，宣传队解散，她去了一间中学担任音乐代课老师，我获得信息后斗胆给她写了一信。几天后竟收到她的回信，虽是简单的一页纸，我却如获至宝，回了足足三页纸的长信。

后来我在县路线教育办公室上班，她在县师范文艺班读书，刚好在大操场遇见，我知道她会用缝纫机，我当时裤子已经烂得不能穿，便求她帮我补一下，她也会帮我补好。有一次在彭寨的路上碰见了，我们都骑着自行车去找各自的同学，然后同路回家，一路走一路聊，直到我家不足几公里的地方，我激她说，你到处去同学家玩，怎么不敢到我家去玩？她说怎么不敢，现在就去。走到半路，我又不想她见到我家的破房子，委婉地将她推辞了。

几年间，我们虽然有所交往，其实我们之间的关系在逐渐淡化。

1977年春天，我来到惠州求学，当年暑假，她到她在惠州工作的哥哥处探亲。我们竟然在西湖百货商场不期而遇，我站在东头，她站在西边，中间隔着不到十米的距离，我们两人只双目对视了一眼，便互不理睬各自走开。我不知道，我当时的心情怎么那样坏？

那年寒假回家，与弟一起上街，看到街边摆卖的一张新床，我便驻足认真观看床上的画。我们身边人来人往，其中她也上街路过。我弟指着前面的她告诉我，说那不是你的同学吗？她刚才一直看着你，看了很久，却不与你打招呼。

我这才意识到，我们之间已经变得云淡风轻，至今竟回落到"路人甲"了。

此后，我们分别了整整五年。

五

事情总会在某一天拐弯，转机往往出现在不经意间。

1978 年冬天，我已毕业参加工作，被安排在县农业局。很巧，　12 月 17 日搭班车上城去农业局报到那一天，刚好她也上县师范学校参加毕业考试，同车坐在一起，一路上还能谈笑风生。到县城后她还叫我一起去朋友处喝茶，晚上我还帮她买了电影票。

1979 年 1 月 12 日，我随县委领导下乡，我们先来到林寨镇，第二天县领导要赶回县城开常委会，他交代我在镇上等他，说后天再下东水镇。我一个人在旅馆里感到寂寞，听人说她就在林寨镇的中前小学教书。晚饭后我一个人在街上散步，心想何不去找她聊聊天？于是便向一个上夜自习课的小学生问路，想不到正是她的学生。

将到学校，看到她刚好在小河边与一帮老师洗衣服。那个学生大声说陈老师有人找你。学生这样一喊，她也不敢将我拒之门外，只好带我来到她的房间，她给我倒了杯水，敷衍几句，便推托有事到旁边的老师房间去了。我一个人很无聊，便开始找纸写诗、画画、剪纸，我可以听到她在隔壁房间的说笑声，但她就是不愿过来与我说话。近九点钟，她才过来，我们说了几句，我便知趣地告辞。我知道我们之间已经淡如水了。

过后有人取笑她，说有男朋友了。她不屑一顾地说，男朋友？连目测都不及格！

重提旧事是在四个月之后。

1979 年 5 月 13 日是周末，我借出差的机会来到林寨。我们如约在晚上到学校与她见面。我们谈到很晚，也谈到了我们之间的事情，她直截了当地告诉了我，我们是不可能的。但分别的时候她又依依不舍，流下了眼泪，她说她心情很不好，不喜欢教师这个辛苦的行业，不喜欢独在异乡为异客的生

活，为此感到厌世，对生活非常冷淡。说让我白跑了一趟，嘱咐我今后不要想她。那晚，我一次又一次地开导她，想反复推开我们之间感情的大门，她却三次很明确地告诉我：我们只能做普通朋友。她的每次告白，都令我心如刀绞。

回到县城，我将这次伤心之旅写成一篇《夏夜记事》。6月2日，她上县城办事，到了我的房间。我不经意地拿了那篇记事给她看，看她有什么反应。她很认真很投入地看完之后，轻轻抬起头，深情地看着我说："如你再高一点，我会永远爱你！"

这句话，既令我有了一线希望，但又令我彻底失望。

暑假结束之前，她叫我帮她写个工作调动报告。6月22日是周六，我们县农业局组织股站长到林寨农科站参观，下午则包车过彭寨农场。午饭后我便去中前小学，通知她可与我们免费坐车回彭寨。我赶到学校，老师说她刚去车站坐车。我跑步赶到车站，看到有一辆下午2点开往彭寨的班车停在那里，我上车大声叫她的名字，就是没人答应。刚好有她同学在车上，告诉我说，她可能去搭运木材的顺风车吧。我跑到木材站看到有一辆卡车在装木头，但就是不见人。我急得要死，一面大声喊她一面四处寻找。终于在桥洞下面找到乘凉的她。我们又顶着辣阳回到学校，直到下午五点才上车回彭寨。

整个过程有点像跟踪追击的电影镜头。

晚上我如约第一次来到她家，也第一次看到了她的父母。他们都对我十分冷漠，她也由此看出，父母对我这个人根本看不上眼。深夜我才帮她写好工作调动报告。过后她对我说，我们之间的关系已经开了一道缝，但是有人不同意，意指她父母。

学校放假后，她带她妈妈去惠州她哥哥处探亲，叫我帮她买车票，还在我的房间居住，因为我单位去车站比较近。刚好我也去惠东县开会，需在惠州转车，于是我们三人同乘班车下惠。一路上，我们有说有笑。为了不致引起她妈妈怀疑，她假说我是结了婚的，老婆在农村。

我当时带了一部黑白相机，带她去汤泉看了我读书的农业学校，在九龙潭瀑布前，我用自拍功能，大胆地拍下了我们人生第一张二人合影。我从惠东开会回到市区，与她在南湖聊到很晚才回去。

六

暑假结束后，她如愿调回彭寨镇家乡西长小学任教。我也在当年初冬，来到彭寨公社隆周大队搞所谓的"刹单干风"运动。

正当我以为是"近水楼台先得月"天赐良机之窃喜，不料她在国庆节后的一封来信，让我彻底崩溃。

1979 年 10 月 3 日晚，我正要准备去厨房吃晚饭，邮递员送来一封挂号信。我迫不及待地拆开她的信，开头是这样说的："看到我的信，你一定很高兴吧？但你看了这封信，一定会悲伤，心痛，流泪。"

看后我方知，这是一封断绝关系的通知书。她说"已经决定最后退出我们的恋爱舞台"，文末落款为："没有良心的小妹"。那几个字，却如一枚重磅炸弹，闪电般将我击倒在床，令我泪如雨下，悲痛欲绝。我一下子犹如被抛入万丈谷底，一片漆黑，什么也听不见，什么也看不见，感觉整个世界都毁灭了。

我就这样一个人在房间里呆若木鸡地六神无主，既没有吃饭，也没有洗澡，更没有上床，在同事们的如雷鼾声和窗外惨白的月色中，我将这件事的来龙去脉撸了千回百遍，先是回忆过往，继而细查原因，再而思索良策，一会哭，一会想，直至翌日的旭日临窗。其实，之前她已经有两次直接拒绝了我，但之后又峰回路转化险为夷。

之前的一切努力，如今都被击得粉碎，化为泡影。

娶老婆难；娶自己中意的老婆更难；娶一个自己心目中如花似玉的人做老婆，难上加难；娶自己中意、对方又不中意自己的人做老婆，难乎其难！

这是我在星光惨淡的长夜里，躲在阴暗的角落苦思冥想了几个晚上，得出的结论！

那几天，我一直在扪心自问：我是否该照照镜子，有点不自量力？是不是那个什么"癞蛤蟆想吃天鹅肉"？按现在流行说法，是与"高富帅"一点不沾边的人，也梦想"逆袭"成功？

七

我读书不多，却将"不到黄河心不死"和"柳暗花明又一村"这两句记住了，当时对"距离产生美""事不过三"这两句话产生了极大的怀疑。我这人有点死心眼，冷静下来，细想她不是一个绝情冷酷之人，也许真能柳暗花明。于是，我以最诚挚的深情，给她写了一封长信。但我并没有寄给她，我决定要当面交给她。

1979 年 10 月 10 日晚，我约她在街上见面，来到我入住的小旅馆。我看到她还能如期赴约，又拿过我的日记本细心翻看，我拿出一张办理工会证的工作照，她看后也马上放入口袋。我知道事情并没有山穷水尽。于是我看准时机，将写好的长信适时拿出来。她拿过信，要放进袋里，我说，你要马上看。她看了几页，眼泪竟扑扑地滚落下来，没办法往下看。我抢过信念给她听。她越听越伤心，直念得她泪如雨下，痛哭不已。这可能是我人生写得最有感情的一封长信，最能煽情的一次朗诵。终于，她的感情城堡，在我的朗诵声中，慢慢消融。

我们走出旅馆，月亮已出现在前方，清澈月色为我们的感情回转铺上了恰如其分的清辉。我们沿着公路直下。一路上，我们依依不舍，直送到她教书的学校。分别时，在明媚的月色下，我看着她深情地说，我不相信你是一个没有良心的小妹。她流着泪扑过来说："有良心，我要有良心。"

八

为了方便联系，我向我最熟悉的县领导、公社工作队的负责人写了封信，要求调到公社工作队办公室。之后如愿以偿，我们约定每个周六见面。10月23日晚的周末之夜，我一句不顺耳的话戳痛了她的心，说再也不想见我了。但分手时她又说，下周六在她的学校还是见面吧。但很不巧，到了那晚，工作队办公室接到紧急通知，马上到一个大队去召开现场会。我们当时都是靠书信或事先相约来确定见面时间，又来不及通知她，竟惹下一场不小的风波，但也促成了事情的进展。

那天周末晚上，她拿着织好的一件准备送我的毛衣，在老地方等我，她在寒风中一直等，到了预约的七点，还不见我的身影，过了七点半，我还没出现，她以为我拒绝与她见面，伤心透了，回到房间泪水直往下淌。她对我的失约作了多种猜测，也许是我在赌气，也许是有其他事，也许病了。她最后决定，明天去我的家中看个究竟。

第二天，当她壮着胆子找到我家，我的家人看到她如明星光临，感到万分突然，因为我从没带过女同学或女朋友踏入我家大门。她看我不在家，我家人好言相劝挽留了半个小时，她还是推车而去。直到当晚，她上街看电影再见到我，经过我磨破嘴皮说明原委，才逐渐抚平她的心，转阴为晴。

从这件事我也读懂了许多层意思，她已将我们的事，半明半暗向我家公开。那道门缝，已经扩展到半掩半开状态。

当我们决心已下，事情并没有完结，我预感她父母这一关障碍极大。她父母一直视她为掌上明珠，寄予厚望。如果他们知道她找了我这么一个又黑又小又丑的穷小子，一定会气得七窍生烟。

我学过一点哲学，认为在众多矛盾中要抓主要矛盾，先转变她父亲的态度。我有个同学，与她父亲平时交往较多，我们请他出面，去做她父亲的工

作。几天后，同学给我们传递了她爸认可的好消息。

11月16日，我们决定专程去她爸打棉被的林寨街，当面征询他的真实意见。当我们走路来到彭寨公社汽车站，唯一一班到林寨公社的班车刚刚过去，其时已过中午一点。怎么办？我们没有多余的想法，走路去！于是我们迈开双腿，沿着公路往前走去。彭寨到林寨有二十多里路，一路上，她显得很开心，一会儿专走路边小道，一会儿脱下鞋走过路边草地，我很喜欢她这种天真无邪淳朴调皮的活泼劲。直至今天，我都记得她提着鞋走路的跳跃身影。将到林寨，我们抄小路上山，经过一座小水库，经过浰江河上的林寨桥，很快就找到她爸打棉被的供销社楼上，我给她爸的见面礼，是一袋柑橘。我们没有太多的话，也没有谈及任何事情，她爸当然明白我们来的一切目的。冬天黑得早，其时已是四点多钟，他爸看天已将黑，便将他的自行车给了我们。她爸的不言不语，不卑不亢，我们知道他对我们的事已经默许。

将近五点，我们才在街上吃午饭，她又去商店买了几尺布，到书店买了几张年画，就像农村媳妇买年货过年，心中充满喜悦和快意。当我们骑着自行车回到学校，天已黑得伸手不见五指，但我们的心里却呈现出一片光明。

九

1979年12月中旬，我又来到她家，单独一人找她父母面谈，虽比不上什么诸葛亮舌战群儒，也有着不小的难度。我知道，横亘在她父母面前的鸿沟，是我其貌不扬的外形和过早停止生长的个头，以及贫穷寒酸的家。她家可是四乡闻名的富裕人家。我当然不图她家的富有，但不符合婚姻门当户对的基本标准。我鼓足了勇气，表明了我们的坚定态度，她妈显然一时转不过弯，没有宣布散场便打着呵欠走了，边走边丢下长长的一句："睡觉了！"显然对我们的事索然无味而大失所望。只有她爸留下来，与我探讨着许多将要面临的现实问题。

那天晚上，我的费尽口舌并没有真心说服她的父母。但打开天窗说了亮话之后，摆在我们面前的障碍之墙，已搬除了大部分砖块，剩下的我们可以粗略不计，抬脚可以跨越过去。

我们为什么能走到一起？我凭什么能补齐我们之间的短板？直到几十年后她的小妹还一脸疑惑当面问她：为什么选择了"平哥"？我也多次问她：为什么敢于不顾父母反对坚决与我结合？

她说是我的《夏夜记事》打动了她，之前也不曾看到有人这样写过她，说从中看到了我潜在的才华；还有一点是看我尽心热心为她做事，是真心实意办事的人。我一直坚持不懈地苦心追求，可能是真心对她好；还有一点是她的小算盘，看我认识县上的一些大领导，可能可以帮她转行。不是说当教师不好，只是她不喜欢这个行业。至于外貌和家庭问题，在真心的爱情面前，则退居于其次。

后来她总是对我说，许多人的老婆是用钱买来的，你的老婆是写来的。至于她的转行问题，婚后两年便调入县委农村部工作；关于我这个人，长相确实无人恭维，亦没什么能耐和才华，但她的闺蜜总说她买了个"潜力股"。

十

古语说得轻巧：瓜熟蒂落，水到渠成。现代人说得更诗情画意：阳光总在风雨后。

幸福的时刻终于到来，1979 年 12 月下旬，在多次来往我家之后，一天清晨她忽然问了一句："我们什么时候去办手续？"

12 月 29 日夜，我们来到彭寨公社民政办公室，履行那道最神圣的手续。当我们各自拿出自己单位的证明，拿出各自的手印盖上，拿到那张印有精美图案的卡纸，我们漫长的恋爱史终于有了一个完美的结局，宣示了我们的终身结合。公社大院，我们当年在宣传队萌发爱情的原发地，如今又在这里领

到梦寐以求的结婚证书，历经数年终于画了一个大圆。过往的甜酸苦辣，都在今夜烟消云散。

我们步出公社大门，一轮即将圆满的月亮照在大街上，朦胧的月色下彭寨河两岸烟岚弥漫，如梦如幻，幸福的月光照亮了我们的周身，我们沿着彭寨河大步走去，在夜风里又唱又跳，陶醉在无边的夜色之中……

（2022 年 5 月 12 日于惠州西湖之滨云岭书屋）

异乡漫语

惠州，在赓续古韵

一

惠州，是一本厚重的线装古书，浑身写满了诗词歌赋和锦绣文章。

走进惠州，这座千年古城很容易与你玩穿越，你走在任何一条老街小巷，都可能踢撞到另一个朝代的地砖；你走进任何一条胡同，则会深入到古城悠长历史的字里行间；你随意走进一个景点，都可能仰视到苏东坡老人家的历史背影，洇染上满肩书香。大宋的那片微澜，荡漾在鹅城近千个春秋的宁静春夜。

这座城市的每寸土地都长满了故事，一座老桥，一段胡同，一棵古树，一间老店，都有它的前世今生。我由衷地喜欢这座城市，我喜欢曲折迂回的小巷和琉璃瓦下的古色古香，喜欢于清明时节在亭台楼榭下听落雨成歌，喜欢蓝天白云下江岸楼宇的在水一方，和它映入湖江美丽倒影的波光摇曳。

二

每当月明之夜捧读古诗文，都会碰到长须飘逸的苏东坡，我喜欢一代词人的千古绝唱，"大江东去，浪淘尽，千古风流人物"的大气磅礴，"乱石穿空，惊涛拍岸，卷起千堆雪。江山如画，一时多少豪杰"的壮丽画面，尤其是"不应有恨，何事长向别时圆？人有悲欢离合，月有阴晴圆缺，此事古难全。但愿人长久，千里共婵娟"的千古名句，无人能出其右。在浩如烟海灿若星河的中华五千年文化长河里，他的诗词总是绽放出异样的光彩，照耀在你的心灵深处。他人生多舛的故事更是流传千古，令人唏嘘，他的豁达，他的性格，他的人品，他的幽默，让千古文人为之叹息折服。

有幸，老先生曾经在这座城市居住了两年又七个月，为惠州写下587篇寓惠书画诗文作品，其中诗187首，词18首，留下了一笔丰厚宝贵的精神文化财富。"日啖荔枝三百颗，不辞长作岭南人""一更山吐月，玉塔卧微澜"等名句，已广为流传、耳熟能详。其实，东坡先生寓惠还有不少力作，如"梦想平生消未尽，满林烟月到西湖"的诗情画意，"晓日著颜红有晕，春风入髓散无声"的檀板轻唱，"枝上柳绵吹又少，天涯何处无芳草"的豁达大度。翻开他的寓惠诗文，每一篇都会让人爱不释手，如痴如醉。

解读惠州，我喜欢从东坡先生开始。

我曾多次登上合江楼和白鹤峰，去体验他留下的体温，沿着他留下的足迹，追寻他的诗书情怀，仔细揣摩先生对这座古城每一个细节的叙述。在月色朦胧的秋夜，我会独自一人来到孤山脚下的六如亭王朝云墓前，追思当年东坡先生离别朝云的寸断肝肠。"自从东坡谪南海，天下不敢小惠州。"惠州应该感恩苏东坡，是东坡先生成全了这座城市，他让这座城市升值，有了更高的含金量。他让我们至今在一如既往地自豪着、幸福着。

三

惠州的后人没有愧对苏东坡，将苏东坡的美好描述，一步一步变成美丽的现实，在现代的诗篇里写下最壮美浩荡的大风歌。正将古典，续成辽阔。

惠州至今让人亲切和向往，是他不断变化的日新月异，现代化建设的一日千里，作为粤港澳大湾区中一个重要的角色和位置，他按照自己的发展程序，在岁月的时光里疾驰行走。

惠州从改革开放之初的一个交警，一辆公共汽车，一个红绿灯，从创 4 块金牌起步，脚踏实地走向辉煌，成为珠三角的"岭南名郡"，现在已是港口、高铁、城轨、高速公路、铁路、机场一体化，打造出立体交通网络。当你登上高榜山，总会看到这座城市的每日变化；当你穿行在惠州的大街小巷，你总会看到这座城市在天天长高。

四

也许，我更喜欢惠州建设的另一个侧面，即不断恢复以及新建的许多古景点，也许最初的是合江楼，接着是丰渚园，丰湖书院，之后是高榜山上的挂榜阁，后又复建文星塔，重修永福寺，恢复黄氏书屋，后来又有东坡纪念园，宾兴馆，新建的金山湖公园和荔浦风清，点缀在五湖三江的无边春色间，嬉戏浅笑，沁人心脾，出人意料却又顺理成章。

千年古城，从此，山更有山色，水更有水韵，风更有风味。

徜徉在亭台楼阁，眼望雕梁画栋，我们似乎浸润在了博大精深的中国古文化氛围中，每一个细节都会给我们带来惊喜，情不自禁地为这座全国文化名城击节喝彩。

古之新旧八景，丰湖渔唱，半径樵归，山寺岚烟，水帘飞瀑，荔浦风清，桃园日暖，鹤峰返照，雁塔斜晖，后增加的六景象岭飞云，合江罗带，黄塘

晚钟，苏堤玩月，榜岭春霖，四新避暑，以及花洲话雨，玉塔微澜，留丹点翠，大部分已经重现当年的风貌，甚至比古代建筑更为立体且渗入现代的美。漫游惠州的城郭山水间，雄秀之峰峦，深幽之溪谷，壮丽之瀑布，明净之湖水，具体而微耳，而在每个风景节点间的古楼台，却是这座古城的万紫千红一点绿，让人们流连慨慕，迷醉心旌。

五

做一个惠州的建设者，需有历史的深邃眼光。

这些古建筑，并非仅仅城市的点缀，也不是单纯的历史回声，而是让这座千年古城重新焕发历史的光芒。恢复，并非照原貌复制，将旧底片再度显影。不是重新粘接那些支离破碎的旧貌，续接那些首尾断裂的往事。古代的许多建筑、景点，其实大多是极为潦草简单，有些景点布局毫无章法，有的根本没有任何建筑，只是一种大自然的原生态风光，有些已虚化为遥不可及的幻梦。作为历经千年的后人，当然不能原封不动复原，必须运用现代理念，现代风貌，现代技术，进行重新设计，重新进行包装。饱蘸浓墨重彩，绘出诗与远方。

一切的一切，都需要重新审视，重新掂量。既须继往，更需开来。复兴，也是一种创造，更是一种艺术。

这是古城留给惠州建设者们一道道严肃而美好的深刻课题。

古建筑的复现，反映出城市的兴衰，文化的起落，也体现着社会的枯荣。

但愿这种复古之风的涟漪，沿着时光的波纹，一圈圈延续，一圈圈放大，让这座千年古城的老八景、旧八景、新八景，一齐亮相，惊艳世界，在新的时代语境里，再次唱响抚动心弦的东江歌谣，唤醒十里桃花，荡起万里春风。

（2022 年 2 月 18 日《羊城晚报》）

我在土桥的多次往返

一

2020 年 7 月 15 日，已入"三伏"，我与市航道局工会的刘主席一起，顶着火辣辣的太阳，再次来到惠城区横沥镇土桥村。盛夏的阳光很直接，在大地间肆意地横竖撒捺，皴点勾斫，绝无半点的委婉和含蓄。

每次走过土桥那片忙碌的田野，都会荡起我心中的千层稻浪。

二

2007 年 3 月，那是一个桃花盛开的春天，我第一次陪老首长回到他的家乡土桥村，一幅乡土田园风光，绿意盎然得让我如痴如醉。在蛙声一片的水田里，不时掠过低飞的燕子，农民顶着袭人的花香，扬鞭催牛耕耘播种，在万

紫千红的春天里撒下丰收的希望。

2011 年，腊月二十七，我与市文联主席钟逸人、象头山自然保护区的曾水周科长，在老首长的引领下再次来到土桥村。虽然已近年关，但土桥人仍在紧张地收获梅菜，在冬日的阳光下，田野上到处晃动着人们劳动的身影，呈现出一幅如火如荼的动人画面。

2012 年秋天，老首长又带我回到他的家乡，让我为村里新建的村卫生站和老少活动中心撰写对联。这两座建筑，凝聚着他的一片心血。他的自豪感，洋溢在他头发花白的脸上，更令我诚惶诚恐，因为撰写对联是我的弱项，书法也不是我的专长，但他的信任他的热情，让我无法推辞。我像只鸭子，硬着头皮，接受了"上架"的任务。

2013 年腊月二十一日，老首长和村主任带着我们市老干部书画摄影协会的 8 位书画家，来到土桥村为农民兄弟现场挥毫送春联。我们从上午十点一直不停地忙，直到下午两点，我们才送走最后一位农民兄弟，收工吃饭。我们很饿很累，但虽苦犹乐，我们已将丹青和墨香，揉进了土桥村千家万户的新年。直至夕阳西下，我们才踏着晚霞而归。沿途不时响起鞭炮声，春节就在我们不远的身后紧紧追赶着，离我们是那么的近……

三

今天，当我们踏入村口，只见在宽敞平坦乡道边的土桥小学，琉璃坡屋顶仿古建筑的门楼上书一副对联："基础惟纲勤长智，品德熏陶育良才"，昭示着土桥人对"百年大计"的领悟感言。

走进土桥村委会大楼党群服务中心，一幅红色的"中国梦"招贴画吸引了我们的目光："中国要强，农业必须强；中国要美，农村必须美；中国要富，农民必须富。"道出了中国梦与"三农"的内在联系，指引着土桥人振兴乡村的前进方向。

碧波荡漾、浓荫蔽岸的池塘畔，一幢两层新楼吸引了我们的目光，这就是土桥人引以为豪的村科技文化室，广州部队原副司令李统厚将军的手书对联"土生土长土为根，桥乡桥兴桥人旺"，镶嵌入"土桥"两字。令人感兴趣的是"土桥歌谣谚语"，如"勤者得食，懒者得饿""为儿不知娘辛苦，养女才知谢娘恩""秋前插秧差一天，秋后插秧差一时"，那是土桥人传家立业、弘扬美德的心得语丝。

我们走进了土桥村老少活动中心，只见一副长联用金漆镌刻在红色大理石的大门上："箫声琴韵飘逸泥土乡音梅园里；秋光春色萦绕小桥流水人家中。"内嵌"土桥"二字，"秋光""春色"喻示老年和少年，点出了老少活动中心特色，正是本人的拙作。活动中心内四周墙上挂满了书画作品，一股浓郁的书香扑面而来，李白和苏轼横穿时空，正徜徉在土桥的田埂上吟诗唱和。乡村的舞池与都市女郎无关，与高跟鞋无关，与法国香水无关。是关于腌菜缸与协奏曲、豌豆花与华尔兹、淘粪勺与管弦乐，如何联袂演绎的故事。舀一瓢音符倒入黄昏，乡村的夜晚会腰杆挺拔，激情沸腾。

一幢气派的小洋楼静立大路旁，这就是土桥村卫生站。门口有一副对联："土药配好亦治百病，桥人和谐更健万家"，正是应老首长之邀，本人斗胆所题，对联嵌入了"土桥"两字。意想不到的是，在我书写对联的卫生站，在这里工作的曹玉洁医生竟是我的老乡，真是无法预测的缘分。曹医生毕业于广州白云卫校，后又去广州军医学校进修，三年前来到土桥卫生站，她爱岗敬业，认真负责，待人热情，为乡亲们送去关怀和温暖。她说新冠疫情防控期间，与土桥的乡亲们共度了一个难忘的春节，白天在路口村头值班检查过往行人，晚上则要深入农户，对外来人测体温，履行着一个医护人员的神圣职责。

四

土桥村的党支书兼村主任卢运才，高大壮实，意志刚毅。他告诉我们，

土桥村已获"三村"美誉：一是梅菜品牌村。当年梅姑播下的梅菜种子，已在这片土地上扎根繁衍成著名品牌，全村年产三千多吨梅菜，远销东南亚、美国，梅姑的传说与土桥梅菜一起，香飘四海，享誉八方；二是文化秀才村。一个三千多人的村庄，连续5年考上大学生127人，年均25人，村里有2个博士，一个博士后，有的留学英国、法国和美国；三是汽车教练村。全村有七十多人在各个驾校担任汽车驾驶教练员。

如今的土桥人，已将二十四个节气都腌酵得红红火火、有滋有味。"仓廪实而知礼节，衣食足而知荣辱。"五谷丰登、丰衣足食之后，他们"白天种梅菜，晚上学电脑"。21世纪的农民，会舞弄的不光是犁耙锄镰，还有鼠标键盘。新时代的"梅姑"，正脱下头巾围裙，点开田野稻花飘香的阡陌页面，链接今日农家的快乐幸福，让泥土的芬芳里飘逸出翰墨幽香。

五

其实，之前的土桥与我没有任何丝毫的关联，我在土桥的多次往返，与一个人紧密相关，这就是我的老首长卢慈佑，一位可亲可敬的老军人、老共产党员，一位土生土长的土桥人。他五十年前从军离家，在和平县武装部任政工科长时，我作为基干民兵，被推荐参加惠阳地区民兵通讯报道工作会议，由此认识。他后来调到紫金县当武装部政委时，我还专门去拜访他。之后他转业到惠州市航道总站工作，不久我也从河源调入惠州，我们的联系更加紧密，对他的称呼也一直保留在"卢政委"上。

他一路走来，岁月如歌，走过万水千山，总是故土难离，他热爱土桥这片土地，一直致力于家乡建设。他找过去的老战友和有爱心的企业家，为乡亲们兴办各种公益事业，他还动员女儿为土桥小学捐助了几十台电脑，创办了电脑课室。"花经雨后香微淡，松到秋深色尚苍"，在土桥演绎出一个个抑扬顿挫、感人肺腑的动人故事。他为家乡建设默默无闻奉献着自己的一切，

却从不愿向外界透露自己，我多次想报道他，均被他一口拒绝。更令人敬佩的是，他为土桥每年都筹集了不少资金，但他家的祖屋还是砖墙瓦房，依然旧时模样。如今，他却因年老体弱，躺倒在医院的病床上。他用平凡书写崇高，以无私展示大爱。

六

当天中午，卢运才书记带着我们，再次来到老首长简陋的祖屋前。我们满怀敬意，站在他的老屋大门前合影。陈年的旧墙和斑驳的大门，似在与我们一起，含泪为他老人家祈祷，祝福他早日康复，回到他挚爱的家乡，与乡亲们一起，走在奔小康致富的阳光路上。

站在土桥村头放眼四野，明媚的阳光点缀着青山田畴，这片满怀梦想的田野，已奏响新的田园牧歌，振兴乡村的春风扑面而来，让土桥的每片土地激情盛开，氤氲霞光绚丽的远山，洇染笙歌缭绕的冬夏，摹描土桥美好的明天！

（此文 2021 年入选由惠州市文联、市作协合编，羊城晚报出版社出版的《希望的田野——到人民中去文艺助推乡村振兴文学作品集》）

范和古村

一

作为"岭南名郡"，我市的古村落共有23处，但我对惠东县范和村却情有独钟。

范和村的闻名遐迩是在2012年评为"广东十大最美古村落"，也是我市唯一入选的古村落。对于喜爱画画的我来说，"最美"两字是最令人心动的诱惑力，于是，进入范和领略"最美"，成为我梦寐以求的美好愿望。

在我的印象中，古村落总是依存于荒郊远山，在时光的沙漏中仅剩颓垣断壁，于蒿莱荒草中苦度残年，与现代生活相去甚远。2013年6月7日，当我在惠东县文广电局吕股长的引领下，会同惠东县农民画家叶来聪，惠东县的市民协会员林汝和一起走进范和，所见所闻彻底颠覆了我对古村落的固有印象。

二

范和村并非"养在深闺人未识",每个惠东人对它都耳熟能详。出县城从广汕公路往东,经过稔山镇不足数公里,范和村醒目的招牌就在公路边带着微笑迎候我们,往右拐几道弯,具有现代气息的范和村委会办公大楼就呈现在我们眼前。

没有层峦叠嶂的山峰,也没有九曲回肠的山路,范和村如一叶宁静安逸的小船,停泊在大亚湾畔轻涛拍岸的港湾。

鱼贯进出的汽车,摩肩接踵的人流,热闹繁华的商铺,五彩缤纷的广告,播放的新潮乐曲,海岸崭新的楼宇……面前的一切令我愕然,这些似乎与古村落没有"链接"。

当转过几道街角,几树古榕耸立,一扇旧门开启,一道飞檐伸出,古村落就与我们撞个满怀,把我们拽进这本古籍线装书的字里行间。

要解读一座村庄,首先要读懂村名,村名往往是村史的题目,带有许多内存信息。来之前我曾猜想,这村是否与姓范的人有关?但进入范和才明白,其实范和与姓范的毫无瓜葛。查看史料,全村一万多人有50个姓,就是没有姓范的,我的猜想并不成立。

对于我的疑问,村民直接告诉我,村名彰显的,其实是范和的形胜。

范和原名为"饭箩",是范和的地形酷似一个装饭的饭箩。此地原本无名,便以此命名"饭箩岗"。从"饭箩"到范和,蕴含着音韵衍变的日渐演化。至于何时正式改为范和,史料阙如,村人无法给出准确的答案,史书记载是几百年前的事。名字由俗变雅的转换,是范和人筚路蓝缕、栉风沐雨的岁月历程,也是范和人创业守成兴衰更替、摒弃愚昧追求文明的见证。

三

得知村名的来历，更唤起了我们的求知欲。村人说，你要登上全村的制高点，才能窥见"饭箩"的真面目。

在村干部的引领下，我们冒着夏日热辣辣的阳光，踩着翠生生的青草坡，汗流浃背爬上了被村人视为圣山的"猪山"。这里虽然没有"无限风光在险峰"，也没有"一览众山小"的壮观，却让我们看清了范和的全貌。丽日蓝天下，前方是车水马龙的广汕公路，身后是广袤肥沃的田野，右方是碧浪无垠千帆竞发的大亚湾，在我们面前展现的是一幅"美丽范和"横式卷轴。

好一个气象万千、藏龙卧虎之地。

但任凭我如何辨认，就我一个凡夫俗子的拙笨寸光，怎么也难以看出"饭箩"的形胜，可见我与先人的独具慧眼有着天壤之别。

走下山来，倒是在罗冈围，我们终于看到了一个形似饭箩的门楼，即在普通门楼的外面，加盖了一个10平方米左右形似饭箩的小院落，前加门楼进出。史书说，前人为怕财富外泄，四周不开门窗，后来出于采光需要才开凿窗户。但我们看到的是天顶露天的门楼，当然不必装窗。上书对联："地灵开泰运，人杰辟鸿图"，颇为意气风发、气吞山河。

四

弄清了村名的出处，便追究起古村的历史。村干部拿出了一大沓史料和县老领导刘桂儒在今年出版的《走进范和》一书。刘先生就是土生土长的范和人，书中那份赤诚炙热的浓浓乡情，带我们走进范和。

范和村的历史，可能要追溯到"山河破碎风飘絮"的南宋年间，频繁的战乱让许多人流离失所，漂流四方。在某一天的傍晚，高、王、郭三姓人翻过万水千山，辗转来到了这片枕山面海的荒芜之地，驻足四野，清溪平川，

只见连接莲花山的狮头岭蜿蜒而来，碧浪千顷的大亚湾环绕四周，真是一块登山可樵、出海能渔、千载难觅的居家福地，他们睿智的目光瞬间放亮。于是，他们放下随身的行装，拂去一路的风尘，休整一下疲惫的身躯，在海岸边安营扎寨，开镰挥锄创立基业。

范和村的历史，便在那个漫天晚霞的黄昏，庄重地打开了扉页。

他们下地出海，播种撒网，垦地农耕，拦潮晒盐，久违的歌声和难得的笑容，在微风中荡漾开来。渔舟唱晚夕阳归，欸乃渔歌动地来，夏收千舱鱼，秋收万筐谷，"但说此方皆乐土，谁知斯地是仙居。"一时间，迁徙人群闻讯而动纷至沓来，"饭箩岗"人气骤增，兴盛一时。

潮起潮落，岁月如歌，风中撒下一粒种，换来百年好收成。

五

漫步在古村的大街小巷、古寺老屋，我一直在寻思，作为全省最美的古村落，它到底美在何处？

也许，布局完美、保存完整的古村落，是范和的外在美。

当我们登上罗冈围村最高的小楼顶层凉亭，环顾四处，天风徐来，犹如光临景山俯瞰整个紫禁城，"四十八座屋，十条巷，一百四十八间房"的宏伟格局，呈纵横之势排列开来，充满难以破译的玄机。举目远望，弯曲有序的海岸，白浪轻涌的大海，横跨河涌的大桥，红墙青瓦的庙宇，翠绿逶迤的山冈，让人惊叹"一折青山一扇屏，一湾碧水一条琴"。还有繁华的街区，繁忙的码头，繁多的庙会，繁密的人流，入画素材齐全、美得令人窒息的古村落，是一幅活生生岭南版的现代"清明上河图"。

在东兴巷，在吉塘围，在老米街，在新厝桥，"隔溪春色两三花，近水楼台四五家"。面对每一条青砖红瓦的古街，每一块磨得锃亮的青石板，每一个精雕细刻的飞檐，每一个图案精美的窗棂，你都能发现令人震撼难以忘

怀的美丽，你会追思风烟远去的岁月，产生空蒙无限的遐想。陈氏祖祠牌匾正面看是"诒远堂"，右观"金玉满堂"，左看"兰桂腾芳"的奇特技艺，绝无仅有的南门瓮城，镇围之宝红石狗，御赐匾额旗杆石……若不亲临其境，任你如何想象，也难识其奥秘。

六

也许，底蕴厚重、源远流长的文化背景，是范和的内在美。

稼穑、渔桨、婚嫁、潮汐，范和村在六百多年的繁衍生息中，兴盛了多脉宗支，融汇了客家、广府、福佬、港澳兼具的特色文化。范和村史上曾出过三位举人：才华横溢的陈鸿猷，"海底摸针"的沈敬德，亦文亦武的杨沛霖。也涌现出许多乡贤：富甲一方的吴祥财，乐施好善的郭琰公。一方水土养育一方人，他们是范和人成功的典范。范和小学是民国兴建的略带西洋风格的学校，几乎毁于战火侥幸得以保存，历经八十余年至今仍在使用。在这里走出了不少专家教授，还有无数的大学生。我们来到学校门前，正是下课时节，涌出一群天真活泼的花季少年，他们正是范和的未来。

徜徉古村，百米之内，你都会看到一座庙宇或祠堂，每座庙宇和祠堂，都有一段难忘的故事传说，"冯仙姑石门升天"，"鱼塘坳京娘显圣"，"日涌升米救贫寒"，将军射虎保平安，古井仙水治百病……这些故事传说，弃恶扬善，励志积德。对每个范和人都在潜移默化，规范言行。范和人的勤劳善良和睦相处，都会在这些故事传说中找到最初的出处。

范和村有三个保存完整的大戏台，逢年过节或庙宇酬神，都要听潮戏，看粤剧，品白字剧，演唱当地渔歌。开戏之夜，灯火通明，台上锣鼓喧天曲乐飘扬，台下灯影晃荡人头攒动。范和人划着龙船迎新娘，端午佳节"抢炮头"，高寿长者齐"食福"，扮景飘色闹庙会，在五年一度的"仙姑醮会"，十年一届的"谭公醮会"，出会龙景，歌舞升平，蔚为壮观。如今，村里组

建了渔歌队，渔歌已进入小学课堂，各种文化交汇相融，扩展着范和文化年轮的同时，也在陶冶着村人的灵魂操守。

我虽然无法听到古戏台上五口大瓮产生的历史回音，但却领略了几成绝响、已属国家级非物质文化遗产的惠东渔歌，渔民"出海三分命，上岸低头行"的海上漂泊生活，形成了哀怨伤感、旋律婉转的独特曲调——"海滨渔歌"，荣获全国渔歌邀请赛金奖的范和"龙船舞"，也许就是首先在古戏台上唱响第一个音符。

范和是诸姓汇集、万人聚居的罕见大村，有大族小房，大围小屋，大村小姓，但他们遵循古训，和睦生息，光前裕后，诠释出"海纳百川有容乃大"的千古哲理。有人为范和村赋诗："家以范而聚，人以和而处。"省文物考古研究员邱立诚撰联赠予范和："村中景物皆成范，居此人众重谐和"。村支书吴桂申、村主任李意发都是村中小姓人家，他们却能顺利当选，成为范和村的领头人，他俩对家乡和睦的村风淳朴的民风总是赞不绝口。为此，吴书记对范和的内涵归纳得更为直接简洁："规范，和谐"。

在村文化广场的老人活动中心，上百老人欢聚一堂，他们喝茶聊天、下棋打牌，一片其乐融融，他们安然地生活在"春有百花秋有月，夏有凉风冬有雪。若无闲事挂心头，便是人间好时节"。他们不屑于成为往返城乡的"候鸟"，范和才是他们永远的温馨暖巢。在活动中心的大墙上，挂着范和人、原市直属工委领导吴周带画的寿桃、梅花，以及农民画家叶来聪创作的巨幅国画，画题为"和谐范和赛江南"，正是范和的真实写照。

七

也许，范和的美更在于异彩纷呈、美景延年的未来。

作为古村落，范和并没有定格在历史的某一瞬间。范和村委会为我们提供的各项数据表明，范和村的一切都与时代共进，新建的村学校、村委办公

大楼、驻村派出所、驻村医院、电影院、文化中心，繁忙的码头，热闹的街巷，来往的人群……一切都在昭示，范和是一座充满生机活力的村庄。

在明亮的村委办公大楼，村党支书和村主任向我们耐心讲述建设新范和的长远计划，展示出范和的壮观蓝图和美好明天。

范和的明天让人憧憬更令人感慨。

走进范和，你会看到过去和现在不可分割的两个页面。范和人绝不希望古村成为最后的留影而湮没于历史的记忆，他们没有陶醉在古戏台边品茶听歌，而是在时代的大潮里扬帆破浪撒网摇橹，跟随时代脉搏去续写新的村史。范和人面对保存完整的庙宇老街，脸上总洋溢着引以为傲的笑；谈起范和的未来蓝图，更是扬起充满自信的脸。他们懂得维护古村落的历史价值，更懂得与时俱进的美好前景。范和人传承了一个已往的历史，又在开创一个崭新的未来，他们已让古村落与新时代成功对接，使之成为范和的古色封底和五彩封面。

或许，这正是范和与其他古村落的迥异之处。

八

离开范和，有个词一直在我耳边回响：乡愁。

城镇化建设为农民开辟新生活划出了一道美丽的弧线，但也给新农村建设设置了新的难题，现在的乡村正在日渐空壳化，古村落也不例外。如何留住原有的乡村，让村民离开了村庄却能记住乡愁？范和人为我们给出了新答案，虽然范和并非范本，但可以给我们启示。古村落是我们来时的路，是我们既往的历史，是难以复制的昨天。

我们作为当代人，站在新的历史节点上，我们必须有启下与承上的担当，有责任保护和维护好这些幸存的古村落，在建设新农村的同时，不能让古村落在岁月里殒没殆尽。我们不应让两者对立，更不能互相排斥。别让我们的

后代在未来的日子，站在古村落的废墟上空想悲叹。

我们不仅冀望继往开来，更要学会敝帚自珍。

我们既憧憬未来时，且重视进行时，更珍惜过去时。

我们眺望着未来的日子，更馨香着已往的岁月。

记住乡愁，这也是我们的"中国梦"。

（2016 年第 1 期《东江文学》）

杨屋荷塘

一

一直以来，特敬佩朱自清老先生，他的《荷塘月色》写得太空灵太煽情，他笔下那片略带寂冷哀怨的月色，那方并不宽阔的荷塘，却让几代人陶醉其间，流连忘返。我每当看到荷塘，总会惊叹"惟有绿荷红菡萏，卷舒开合任天真"。

2013 年 6 月 8 日，我们一行驱车上百公里，来到"广东省古村落"的惠东县黄埠镇西冲杨屋村，偶然瞥见了村口的数百亩荷塘，那迎风飘拂的田田荷叶，忽然"吹皱一池春水"，我的痴情瞬间被撞翻撒落在这古老渔村，抖开的思绪随徐来的海风漫天飞扬……

二

离开惠东县城一路向东，穿过繁华的吉隆、黄埠墟镇，

沿着东海岸线弯曲起伏的乡间公路，我们就来到了坐落在红海湾畔的杨屋村。视野中青绿的大山和苍翠的田畴，还有那六百亩连片的荷塘，一种浓厚的田园气息扑面而来，让一颗浮躁的心在回归自然中趋于宁静。

来到村口，吸引我们的不但有古色古香的街巷围屋，更有那片微风吹过柔情万种的荷塘，夏日的阳光反衬出远山的朦胧和恢宏，几只白鹤在荷叶间飞起飞落，在湛蓝色的天空下愈发地耀眼，犹如画家的神来之笔：将普蓝和青莲调出蓝天，以柠檬黄和草绿色绘出远山，用藤黄和群青抹出绿荷，再配以钛白点缀的鹤群，一幅冷色调的水彩画自然天成。顺着田埂一路走去，那万片随风翻卷的荷叶让我如痴如醉。

越过仪态万方的荷塘，风姿绰约的观音山就在上头，玄妙的观音仙圣犹如一方神灵，将震耳的涛声和呼啸的海风挡在了山外，佑护着这片美丽富饶的土地，为杨屋村创造了一片怡然自在的世外桃源。一道清溪从观音山流经响水岭绕村而过，滋润着这里的子民，水质清甜，沁人心脾，当地人称之能治百病的"观音液"，说常饮此水能长寿万福。杨屋村北靠观音山铜锣岭，南靠平海古灶咸水湖和著名的双月湾，三面环山东面临海，难怪这里冬暖夏凉四季如春，应感谢上天的恩赐和先人的慧眼。杨屋村距巽寮旅游度假区也仅十公里之遥，乘车或坐船前往度假区都十分方便，也是一个得天独厚的游览之地。

沿着石阶走进杨屋村，那片富庶的"鱼米之乡"如一幅祥和的画面，铺陈在我们面前。杨屋村的设计构造并没按常规出牌，而是呈罕见的前村后围之势，前村街巷六纵八横，显得与众不同；围村称为"杨屋城"，围村的设计也许当初是出于军事要塞的防卫需要，则为纵横交错。街巷平直，排列有序，看来先人是作了统一规划同时兴建的。走进古色古香的"城门头"，我们就瞬间"穿越"到了清代，在这里可俯瞰全城，圆弧的拱门，凹形的城墙，就如京戏里诸葛亮唱《空城计》坐上的城头。敲一敲凹凸不平长满青苔的古墙，我们就触动了杨屋村浩如烟海的往事。

三

杨屋村其实并不大，只有25000多平方米，全村900多人，全是姓杨的。令人称奇的是，在全是杨姓的偌大村落，却供奉着一座"方氏祠堂"，而全村没有一个人姓方，让人十分费解。村人张望着远方笑眯眯地说，这里隐藏着一个善意的谜底，那是个美好的传说，与杨屋村的村史有关。

杨屋村原叫杨厝寨，三面环海，风景优美，因寨子地势较高，是个躲避风浪的好地方。明末清初年间，云游四方的河南人方氏来到此地，厝寨的山川形胜让他立意扎根安居创业。于是，他白天开垦耕地，夜晚下海捕鱼，披星戴月夜以继日，光景一年胜一年，厝寨的袅袅炊烟，随着岁月的延伸越飘越高。家业做大之后，方氏便请了一个姓杨的人前来帮工，方氏创家立业，杨氏勤劳俭朴，两人和睦相处，彼此不分主仆。一个月圆之夜，方氏"举头望明月，低头思故乡"，一时感触忧伤思乡之切，数日后便收拾行装，返回万里之外的老家。

方氏走后经年杳无音信，如断线风筝一去不返。杨氏左等右等，每天黄昏到村头张望，年复一年，始终不见方氏归来。无奈之余，只得继承起方氏家业，上山下海，勤于耕种，将杨屋村繁衍下去。

后人为了纪念方氏的开业之功，在杨屋村修建了"方氏祠堂"世代供奉，但村人至今也不知道方氏的真姓大名。而杨屋村人的知恩图报、善良厚德，成为世代相传凝聚人心的"村魂"和族训。村落的思维抉择和村人的道德走向，最终成就了长盛不衰的百年古村。

走进"方氏祠堂"，那耸立而起的石方柱，高高隆起的龙船脊，别具岭南民居特色的镬耳山墙，古色的绿琉璃筒瓦和滴水剪边，都透露出杨屋村人对这位开业先祖冰清玉洁的虔诚和尊敬，以及承先启后继往开来的赤诚之心。杨屋村能五谷丰登人文辈出，正是由这种感恩之心坚实支撑，代代弘扬。

站在气势非凡的"大王宫"前，凝望那花岗岩石方框斗门，门前的三级垂带踏朵，屏门上精美的雕花和壁画，威严的大王神，手执兵器怒视远方，让一切妖魔鬼怪为之退缩。这一切都让人相信，是"大王"与这里的子民一起，坚守着这片宁静祥和的土地，让杨屋村百年来六畜兴旺鱼满舱，幸福的渔歌随海风穿透了每张渔网。

走进村人称之为"大厅下"的石屋，月梁双挑出檐，月梁背承驼墩和一斗三升棋承托的第二檩，巧夺天工的建筑艺术和精雕细刻的精湛工艺，让人感叹杨屋村人的心灵手巧和深思熟虑。杨屋小学的建筑也是硬山顶阴阳瓦，一色清水砖墙，一概石条框门，古色飘逸，书香横溢。那泛黄的线装书与精致的古建筑组成的画面，应是十分协调与般配的雅事。

四

杨屋村的令人称道处，不仅在于它的地灵，更在于它的人杰。淳厚朴实的村党支部书记杨赞连，操着本地特有的方言"尖米"如数家珍：杨屋村养育的人才堪称文武双全，有威震敌胆大名鼎鼎的东江纵队大队长杨宏声（杨翻），以及他的夫人、东江纵队双枪老太婆林珍，有东江纵队的排长杨庆祥，还有两个同是黄埔军校出身、担任了国民革命军连长的杨添铭和担任国民革命军副营长的杨车绵。还有著名的艺术家，中国书法家协会永久会员、中国国际艺术家协会终身艺术顾问、著名书法家杨益能先生。

杨屋村人不但建功沙场，也能成就商界，如民国时期的知名富绅杨秀雍、杨康连、杨奇辉等。

也许，惠州人更为熟悉的，是香港知名人士、大慈善家、省政协委员、香港旭日集团董事长杨钊先生，就是杨屋村人。

周围村庄的人都羡慕说，杨屋村是块风水宝地，"自从盘古开天地，杨家代代出状元。"

可惜我对风水地理一窍不通，任我走遍杨屋村的每条巷道每个角落，远眺每座山峰和每汪小溪，也无法破译杨屋村百年兴盛的莫测玄机。

真没想到，这小小渔村为新中国的建立还写下难忘一笔。革命战争年代，杨屋村聚拢起一群热血青年，他们向往光明，秉承正义，铁肩担道义，碧血铸军魂，敢于担当，拯救国难。今天，当你轻轻推开杨屋村每扇圆形门环门脚腐残的古老大门，也许就会碰到一个名人之后，都能听到一段荡气回肠的精彩故事；当你轻击长满小蒲草的石墙，你也许会听到当年红色歌谣的不息回声。

穿过用石条排成篱笆的小菜园，跨过大山深处飘来的淙淙小溪，爬上了杨屋村山后的小树林，香蕉、苦楝、樟枫，藤蔓缠绕伸向小路尽头。我们想，这条小道，是否就是当年东纵战士传递情报投入战斗的出发之路？曾否是村中青年男女投奔革命告别儿女情长缠绵悱恻的浪漫之地？

总有一些事久远了还存有微微的温度，也总有一些欲望的眼神难以抑制，让人心潮起伏浮想联翩。我想，在这条绿意盎然而美丽宁静的小路上，太容易撩人情感产生遐想，肯定会有玫瑰色的故事曾经在这里发生。

五

当地人总是抱歉地说，你们来早了，没能让你们看到荷花盛开的迷人美景。但我说还有一个遗憾，当天是农历月底，看不到月亮，因为荷塘就应该和月色连在一起，她们是天造地设不可分割的一对。荷塘没有月色，那是不出彩的景色；月色不近荷塘，那是残缺的月色。

如果有月亮的晚上，我们可能会在村中住下来，看看现实版的"荷塘月色"。想那月亮端坐在荷塘之上，挥泻着最抒情的柔光，与荷塘相映成趣，演绎烟笼轻纱的梦幻美景，该是多么浪漫多有诗意的夜晚。

同来的惠东农民画家叶来聪先生说，杨屋村每到六七月份莲花才盛开，

到时是绿肥红瘦，莲香绕岸，"藕海莲花一片红"。叶来聪进村之后一刻也没安闲，已经在村里画了不少速写，他为一个老人的写生刚刚画完，那画就给老人要走了。

看来，杨屋村人不但热爱生活，更懂艺术。

杨屋村是惠东县种植莲藕生产基地，种植的莲藕爽脆入口无渣久负盛名。村里人说，每年的八九月份，是采莲收藕的季节，也是村上最热闹的时候。"棹将移而藻挂，船欲动而萍开"，采莲少女，举步荷塘，"恐沾裳而浅笑，畏倾船而敛裙。"正是梁元帝在《采莲赋》里描绘的采莲收藕嬉戏光景。

收藕时节，一片欢歌，"稻花香里说丰年"，村人也许会舞起麒麟和独角狮，欢迎远方贵客，到时还得请一批批慕"藕"前来的游客品尝莲藕宴。杨屋村人以莲藕为主料，可以制作出数十道菜，其中有清炒莲藕、酿莲藕、莲藕花生汤等。莲荷，让杨屋村人的生活锦上添花，活色生香。

莲藕，不仅在菜肴上形成一地方特色，在形象上更是人间一道美景。瞧那摇曳多姿迎风轻摆的荷叶，那排列齐整韵味十足的叶脉，那带有小刺充满质感的荷梗，那迎风盛开娇艳无比的荷花，更有那出淤泥而不染的高贵品质，为历代文人墨客诗人画家所倾倒，为我们创作出无数的旷世精品。甚至不少现代人仍然为莲而迷，为荷而痴。

如果有哪位画家或诗人，在莲藕的丰收时节有幸来到杨屋村，他的收获肯定是那些有形的箩筐难以盛下的。

六

令人叹息的是，杨屋村已有不少人外迁搬走，有的房子二三层楼只有一位老人居住，但仍有不少老人小孩在古村坚守着，其中不乏年轻人壮年人。

傍晚时分，几位年轻人从海边打回了一大篓海鲜，即刻围拢来一大群男女老少，分享着大自然恩赐给这片土地的物产。打鱼，这是一个古老的职业，

靠山吃山，靠海吃海，与杨屋村人世代相伴的，有鱼篓渔网、渔船渔桨，还有响彻大海的渔歌。

"月照竿头一手扶，聚神危坐类跏趺。多情最是渔家女，渔市归来酒满壶。"坚守在杨屋村的人，过着令人羡慕桃花源式的传统农耕田园生活，享受着不一样的"杨柳岸，晓风残月"美景。他们左手挥锄，右手撒网，白天在田野上"作画"，晚上在大海里"赋诗"，播春藏冬，种夏收秋，让如歌岁月在指缝间慢慢飘远。看来，杨屋村坚守下来的人，并没有跳出祖辈生活的打算。

吸引他们坚守这片土地的，有丰饶的物产，有美丽的村落，有祖辈的家业，也许还有那片让人魂牵梦萦的荷塘。

（2016 年第 5 期《东江文学》）

爱心小巷

那是真实的一幕，我至今记忆犹新。

2009 年夏天的一个周末上午，我开车去市区下马庄"将军井"装井水家用，顺便在附近的农贸市场买菜。那是一个阳光很明媚很灿烂的日子，故事就在这样的好天气里发生。

当我买好菜走出市场门口，令我动心的一幕就开始上演了。故事的主人翁是一个老太婆和一个小伙子，我只是一个适当时候出现的配角。

我轻悠悠地走在马路边，突然看到前面有一个老太婆，在拄着拐杖迈着小腿费劲地挣扎着往前赶路，在她身后，是一个戴着眼镜的小伙子在一溜小跑追去。

其实故事已经发生，或者说已走向高潮，甚至于接近尾声。

我丈二和尚摸不着脑袋，不知发生了什么事，就像刚打开电视看到的电视剧，过去常听说路人抓小偷，但那么高龄的老太婆不会是小偷吧？

于是我静观事态的发展，并准备出手相助。

老太婆已是一个风烛残年之人，当然无法快速脱离现场，被小伙子三步两步追上。小伙子手里提着一个塑料袋，内装有十多个鸡蛋。他上前一把抓住老太婆的手，大声地说："阿婆，你把鸡蛋带回去，带回去！"

而老太婆则想尽力挣脱，边甩手边说："我不要，不要。"

老太婆当然不是小伙子的对手，鸡蛋最终回到老太婆手中。

争执不下之际，老太婆竟将鸡蛋放在马路中间，扭头便走。

我不知事情原委，但据现场分析，这里面肯定有故事，且绝不是坏事。于是，我快步上前，轻声问小伙子："这是怎么回事？"

小伙子看了我一眼，见我不像坏人模样，便对我说："这个老太婆来我这里看病，她没钱，便拿这些鸡蛋给我，她那么困难，我哪里敢收？"

此时我才注意到马路右边有间药行。小伙子见我搭话，马上将鸡蛋递到我手上说："阿叔，你帮我劝劝阿婆。我的药行还没人看档。"

说完便转身回那药行去了。

我猝不及防，一时手足无措。主角既已退场，我只好充当配角，粉墨登场，无奈地将故事演绎下去。

我转身对阿婆说："阿婆，你怎么了？"

老太婆轻轻抬起头，此刻我才看清，阿婆已是耄耋之人，脸上布满沟沟坎坎的道道皱纹，头上只有数十根稀疏白发，整个犹如冬天里一把枯萎的茅草，毫无生气可言。她张着没牙的嘴巴，用含混不清的客家话，向我叙述事情原委。

原来她病了好几天，来这间药行看病捡药。昨天来这里打针吃药，这"小老板"不收她一分钱，今天来又不收钱，她过意不去，家中又没有钱，便拿了几个鸡蛋给他。我顺眼看去，见阿婆那穿着残破拖鞋裸露的脚踝上还贴着药用胶布，是刚打完针的样子。我说："阿婆，那'老板'是个好人，但他生活没你那么困难，这鸡蛋你还是拿回家去吃吧，或者拿去市场卖了换钱也

好。"

同时，我灵机一动，将身上的零钱全部掏出来，放进鸡蛋袋里，一起交给她。她干瘦的嘴唇吧嗒了几下，浑浊的眼里涌出了泪花，声音哽咽地说："你看你还给我钱，真感谢你。"

我轻轻拍着她的肩膀，安慰她说："小意思，你回家去吧，好好养病。"

故事就此结束，小伙子和老太婆向着两个不同的方向退场。舞台上只剩下我一人，还站在原地，感慨良多。

故事发生的时间很短，大约不到十分钟，比春晚的小品短多了。事前也没进行任何的排练，人物也就三个，我还是一个可有可无的小配角，但我们却演绎了一个真实的故事，一个发生在这座全国文明城市的爱心故事。

我抬起头，眺望前方，夏日的阳光热辣得可爱，无可商量地铺满了整个小巷，街角那棵勒杜鹃，正艳放得如一把火……

（2010 年 8 月 15 日《惠州日报》）

一座小骊山，半部中国史

一

骊山，它静静地伫立于西安东南方三十公里外的临潼境内，与三山五岳相比，平凡得确实不足挂齿，它不险、不奇、不高、不美，普通得少有人提起，却印证了中国一句老话："山不在高，有仙则名"。在它周围所发生的，全是流传千古或震惊中外的经典故事：秦始皇之于兵马俑，杨贵妃之于华清池，蒋介石之于西安事变……

一座小骊山，半部中国史。

我是在 1997 年 6 月一个阳光明媚的日子走近这座山的，当我爬上这座历史名山时，觉得它与临潼周围的山没有太大的区别；而与相隔一百公里外的西岳华山相比，其险峻，其旖旎，更是天壤之别。

二

发生在骊山脚下的头件大事，当属被誉为"世界第八奇迹"的兵马俑，这是我国历史上第一位皇帝秦始皇的骇世之作。我们今天无法想象秦始皇当初萌生这一创意的初衷，或许他也不知道自己在创造一个世界奇迹。不过我想，当时奴隶制还没彻底废除，在此之前的秦穆公、秦景公均要臣子、奴隶为其殉葬。人们不是把秦始皇说成是暴君吗，如秦始皇将活人陪葬，史学家似也无从说三道四，但他毕竟没延续旧制，而是代之于兵马俑，这是否也算秦始皇一大功德，人类社会一大进步？

从现在挖掘的现场看，兵马俑阵容强大得有点令人头晕目眩，八千多个兵马俑排列于二万平方米的秦俑坑内，装束华盛，气势恢宏。如今站在威武雄壮的兵俑坑前，我们仍然能感受到两千多年前旌旗蔽空的猎猎风声和狼烟滚滚的飒飒脚步声。这也许就是他当时自己军队的原型复制，人们据此可以推想秦国军队的阵容和秦始皇的威仪。

秦始皇二十二岁亲政，用十五年剿灭六国，建立了中国历史上第一个统一的、多民族的、封建中央集权制国家，统一货币、统一度量衡、统一文字，将秦、赵、燕三国旧长城加以修葺连接，形成了举世闻名的万里长城。看来秦始皇是个闲不住的人和喜于异想天开的人。天下太平，朝野无事，秦始皇便潜下心来寻找"长生不老"之仙方，他周游列国，泰山封禅，五次出巡，二到蓬莱，结果是无功而返，春梦一场。虽然他内心充满着矛盾，至死仍然颠簸在求"仙方"漫漫长路上，但他终于相信，皇帝老子也是凡夫俗子，终有一日魂归西天。故从他十三岁即位始，一刻也没有停止过修建陵墓，这是否算他唯物论思想的一次胜利？

"世界第八奇迹"的秘密是不经意间揭开的。1974年3月29日，一个极普通的日子，正是春暖花开之时，远处骊山已披上绿装，生机盎然，近处果树绽放出鲜花，桃红李白。骊山脚下的十几位农民来到村南边打井，便揭

开了兵马俑惊世的面纱。兵马俑要不被后人发现，我们无法推断秦始皇的军队威仪。但直到两千年后的今天才被发现，这恐怕是他始料不及的。数千年沧桑岁月，西安一带活跃着无数的盗墓高手，却无人窥见兵马俑的秘密，也属奇迹。要不是这十几位农民的偶然发现，兵马俑至今仍和秦始皇墓一样沉睡地下。世界八大奇迹，两个属于中国，且同出一人之手，秦始皇不愧为制造"世界品牌"的高手。长城是明摆在地球表面一直公之于世，兵马俑则是暗藏于地下几千年才被发现。

如今，这两件奇迹震惊了世界，全世界的人慕名而至，以登上长城为荣。毛主席说得既富于诗意又气冲云霄："不到长城非好汉"，而外国人的表述虽不浪漫却也实在："不看兵马俑不算真正到过中国"。以焚书坑儒毁灭中国文化恶名昭彰的秦始皇，却因他创立的两大奇迹，为中国为世界留下了一份弥足珍贵的历史文化遗产，这也算是秦始皇对人类文明的将功补过罢。

而肃立在骊山脚下，修建了 38 年、总面积达 56 平方公里的秦始皇墓，是中国历史上规模最大的陵园，已于 1987 年被联合国教科文组织列入"世界人类文化遗产清单"，但至今没有开发，一则目前无法开掘，二则难以保护文物，当有朝一日人类科学水平达到可开掘之日，是否又将成为轰动世界的一大奇迹？

三

在骊山脚下发生的最为后人津津乐道的事，恐怕当属杨贵妃与华清池的故事。到底是唐明皇李隆基为杨贵妃兴建华清池，还是先有华清池而李隆基喜欢于此地与杨贵妃幽会，后人不得而知，但我们已知的一点是，华清池与杨贵妃关系密切，传说李隆基第一次与杨贵妃发生恋情，发生地就是华清池。遥想当年，从华清池走出的湿淋淋、气腾腾的杨贵妃，如出水芙蓉，"春寒赐浴华清池，温泉水滑洗凝脂"，使唐玄宗龙颜大悦，一把拥入怀中，演绎

出一段"不爱江山爱美人"的千古风流史话。

其实，李隆基爱美人不假，说他不爱江山却不实。历史上的李隆基不失为一位励精图治的皇帝，他兴修水利，检括户口，改革税制，唐玄宗"貌虽瘦，天下肥"被传为佳话，举国"稻米流脂粟米白，公私仓廪俱丰实"，史称"开元之治"，使中国成为当时世界上最先进、最强盛的国家之一。但一个不容否认的事实是，杨贵妃"始是新承恩泽时"，"从此君王不早朝"，李隆基终日沉溺于儿女私情中，不理朝政，腐败日甚，终于酿成"安史之乱"。"女人是祸水"，但受其祸的却又是女人，杨贵妃最后魂断马嵬坡，成了"安禄山兵变"的牺牲品，也成了"红颜祸水"的代名词。在这出流传千古的史剧中，杨贵妃付出了生命，但数千年间没有任何人要为她洒下一掬同情泪。

骊山向以"风景秀丽，富有温泉"著称，成为历代帝王争相驻足的"风水宝地"。但当我今天走进华清池，一点也感受不到昔日的豪华与浪漫。确切地说，今日的华清池已是一口枯井。华清池其实共有五个泳池，而著名的"贵妃池"则是靠左边一口最小的池，共分两层，下面一层是呈莲花状的泳池，上面一层为圆形楼道走廊，从上往下看，泳池尽收眼底。想必当年李隆基就是站在这里尽情地欣赏"贵妃出浴"的吧。

而如今"贵妃池"井底干竭，残墙斑驳。上面挂着"禁止拍照"的牌子。我当时带了相机，如允许我拍照，我也不会为此浪费时间。现在看来，这只是一座普通的建筑。我敢说，如果池里放满了水，让游客免费游泳，也少有人下去重温尘封的浪漫。

当初的华清池已离我们而去，远去了数千年。

四

骊山脚下令今人记忆犹新的现代故事，是在离华清池只有数步之遥发生的历史事件"西安事变"。

故事的发生地叫"五间厅"，一个既不风雅也无内涵的名字，故事的情节却起伏跌宕精彩异常。这只是坐落于华清池东南隅的五间平房，清末修建，向为高级官员浏览憩息之地。八国联军进攻北京，慈禧西逃时曾滞驻于此。这里曲栋画梁，浓荫覆盖，微风轻拂，池荷摇曳，不失为纳凉避暑的好去处。

1936年间，西线战事日紧，蒋介石两次入陕，下榻于华清池。第一次平安无事，第二次出事了，出的是震惊中外、载入史册的大事。如今，发生在1936年12月12日凌晨惊心动魄的历史事件的主要见证，是留在墙壁和窗玻璃上的数孔弹痕。我们从后窗爬上骊山，沿着当年蒋先生逃遁的路线寻找"兵谏亭"。那是整个故事高潮戏点睛之笔的落墨之处，我原以为路途不远，想不到又远又陡，中间还要翻越一道不低的围墙。

据说蒋逃跑时只穿着睡衣、拖鞋，在此掉了一只鞋，还摔伤了腰。杨虎城的士兵就凭此鞋判断蒋翻墙逃上骊山。我们走得气喘吁吁，才在离"五间厅"五百米外的半山腰找到举世闻名的"兵谏亭"，可见当初蒋先生是多么的惊慌失措，"慌不择路"是最好的解释。当时蒋先生见无路可走，便窜入骊山虎斑石夹缝处，他从此走进了一道历史夹缝。

蒋先生从虎斑石夹缝往回走下，中国历史便翻开了新的一页，国共合作，携手御敌，浴血抗战，最终将可恨的东洋人赶回了他们老家。

"兵谏亭"由胡宗南于1946年修建，初叫"蒙难亭"，复改"正气亭"，后称"复兴亭"。新中国成立后当地百姓叫"捉蒋亭"，改成现名是1986年12月7日纪念"西安事变"50周年前夕的事。

从这座亭子名字的更迭变化，世人似乎从中可以窥见中国现代史的发展轨迹。

五

历史的烟云在岁月的长河中变幻消逝，骊山，作为历史的见证，它永远

耸立于天地之间，史册之上，挥之不走，抹之不去。它告诫人们：历史是无情的，却是公正的。

"得民心者得天下"，但失民心的始作俑者，往往不是外人，正是统治者自己。千古一帝秦始皇，自认为"德兼三皇，功包五帝"，"自古以来未尝有，五帝所不及"，自称始皇帝。并企望"后世以计数，二世、三世至千万世，传之无穷"。但他杀人如麻，焚书坑儒，横征暴敛，修阿房宫、陵墓、长城的徭役达二百多万人，占当时全国人口的六分之一。秦始皇的暴政是他为秦朝覆灭种下的祸根。他梦想传世万代，但秦朝仅二世十五年而亡，是我国第一个最短命的大王朝，历史与秦始皇开了一个大玩笑。

传说秦始皇曾对史官曰："寡人乃千古一帝，要占半部《春秋》。"遂取"春秋"二字各一半为国号即"秦"。史官谏道："春无日则黑暗，秋无火则气沉"。果然，秦朝暗无天日，万家断炊。百姓一起来造反，秦朝顷刻土崩瓦解。

唐玄宗李隆基亦如此，执政之初，革除弊政，开创基业。只可惜"侈心一动"，"宵身失国"。谓之唐明皇，其实只能算是半明半暗的一个皇帝。最后自己不仅做不成皇帝，连身边的人也留不住，"红颜知己"杨贵妃被缢身亡，亲信宦官高力士贬离出宫，只剩下孤家寡人，郁郁寡欢，在荒园落日中不适辞世。

蒋介石更是如此，国人皆知，毋庸细说。却是"西安事变"中的两位主人翁张学良和杨虎城将军，在民族危亡紧急关头，秉持大义，挺身而出，赴汤蹈火舍身为国，全国百姓疼之惜之，成为彪炳青史的千古功臣和民族英雄，是骊山脚下无数经典故事众多男女主角中，最光彩璀璨耀眼夺目的明星，令后人永远景仰而流芳百世。

（2001年12月24日《惠州日报》）

暮色屯溪

看过宋代画家张择端的《清明上河图》，对汴京的市景城郭总是魂牵梦萦。朋友告诉我，黄山有个"活着的'清明上河图'"，这就是黄山屯溪老街。于是，慕名而往。

九月的黄山，秋高气爽得令人心旷神怡。爬了仙境黄山下来，游了徽俗民居，已近傍晚，暮色中，便直扑屯溪老街而来。

屯溪，因三国时吴国名将贺齐屯兵溪上而得名。站在水埠之头，新安江、横江、率水三江汇流而来，讲述着千年的沧桑。老街成名在宋代，繁华于清朝，至21世纪二三十年代，徽商云集，镇长四里，名噪一时。中国文化源远流长，"文房四宝"被历代文人推崇到出神入化之地，"文房四宝"中的安徽宣纸、歙县徽墨、浙江湖笔、广东端砚，徽籍占了"半壁江山"。而四大名砚中，我们广东肇庆的端砚排在首位，排在次席的，即安徽歙县所产歙砚。歙县就在黄山市境内，黄山更是人才辈出，一代儒商胡雪岩、

文学大家胡适、国画大师黄宾虹、人民教育家陶行知，皆生于此。黄山果然人杰地灵，钟灵毓秀。

踏入老街，《清明上河图》的线条和色块就显得生动而具体。从街东牌坊起向西绵亘，路面全用浅赭色条石铺砌而成。两侧店房鳞次栉比，多为两层楼面的砖木结构，一色的徽派建筑风格。白色马头墙，小青瓦敷盖的双坡屋顶，山墙前后长出房檐，店房廊庭前伸开阔，门楼窗棂、梁檩椽柱雕花彩绘，再加黑漆鎏金的店招匾额，悬挂于门楣上的八角玲珑挂灯，飘拂着的犬牙形字号旗幡，无不透溢着一股浓郁的古风神韵。每间店铺都有着厚重的历史，漫步老街，我们就穿行于历史的字里行间。

步入店铺，只见徽墨、歙砚、宣纸琳琅满目；"徽州四雕"：砖、木、石、竹雕令人目不暇接；徽派国画、版画、碑帖、金石随处可见，古老的徽州文化展现出迷人的风采。老街的魅力倾倒了全国影视界，自《小花》捷足先登之后，几十家影视单位纷至沓来，老街至今已拍摄影视作品逾百部。2001年8月，一位国家领导人慕名前往考察，连世界著名大师伊文思也从荷兰赶来抢镜采风，老街从此闻名中外，游客如云。

我随意地跨入一间叫"集雅斋"的古店，里面的摆设景致幽雅、古色古香，斯文雅儒的斋主、工艺美术师甘而可先生向我递上了他的一张名片。细谈之下，方知前段那位国家领导人来老街视察，走进的正是此店，先生讲述了那位领导人与他交谈的许多趣事，先生还向我讲述了徽墨歙砚的逸事轶闻。

在上黄山之前，我们去一家酒店吃饭，老板走出来，郑重其事地对我们说，你们真幸运，我们店里的大厨，曾经为一位登黄山的伟人宴席掌勺。那一年去成都，也碰到一个师傅大叔，他说他曾是一位国家领导人的司机，那位领导人从成都进出西藏，都是他开的车，于是我们对他肃然起敬。

回想那一年去山东旅游到青岛啤酒厂参观，我们随意坐在办公室听厂领导介绍。厂领导说，前不久一位国家领导人来厂参观，也是在这个办公室听他做汇报。他突然指着我说，当时那位领导人就坐在这位先生现在坐的椅子上。大

家的目光刷地一下全部转向我，令我忽然感到一种从天而降的幸运感和幸福感。

在这些闻名世界的风景区，我们总会走近名人要人，或与他擦肩而过，甚至忽然面对。

在"集雅斋"老板的悉心指导下，眼花缭乱的砚台中，我选购了一方名为黄山石的立体古砚，其石表层青褐，古朴天然。砚池如墨，柔比婴肤。奇峰秀峦间，古松千姿百态，亭台楼阁隐显其中，一方砚台，原本就是一幅立体的画，让我爱不释手。临走，老板看我好像是个读书人，赠送我两本有关歙砚的书籍，让我受宠若惊，忽然感觉屯溪人原来是那么的质朴和友善。

怀揣古砚，步出老街，想起欧阳修老先生当初喜得歙砚时曾赋诗一首："徽州砚石润无声，巧施雕琢鬼神惊。老夫喜得金星砚，云山万里未虚行。"心中窃喜：有这方巧石在手，我这次游黄山老街，不虚此行！

回到家后，我看着这方墨砚，总感略有不足，于是，喜欢拨弄手工的我，来了个深化精加工，将这方墨砚再艺术化些。

首先，我在墨池处往上的山谷间，开凿出一条登山石阶，沿山崖蜿蜒而上。同时将山顶上的松树缩小，在松针间刻出了半轮红日。经过一番操作，景致瞬间大变：一道小径隐约于险峰间，一轮旭日穿过松间，正冉冉而起，整个景色气象万千，云蒸霞蔚。在石崖上，我刻上了"黄山红日"几个字，还刻上一方小小的印章。我用水彩色，将那行字和小印章，分别涂上蓝、红色。

我将这方墨砚放在办公室案头，朋友欣赏过后，没有任何人发现有什么异样。说明我的操作已与原件融为一体。当我向别人说起我的加工，人们在仔细观摩之后，才向我投来惊异的眼光。

当我办公累了，仔细端详墨砚，都会想起黄山，想起屯溪，想起那个暮色的黄昏。

（2005 年 3 月 20 日《惠州日报》）

冬游凤凰城

2012 年 12 月 13 日，到湖南辰溪参加完《纪念湘西剿匪胜利 60 周年新钢笔画展》之后，便与爱人及一帮画友直奔凤凰城。

三个"凤凰"，我只游了两个

凤凰，这个"可能是中国最美丽的小城"，对任何人都有着不可抗拒的诱惑。有人说，中国有三个凤凰，一个在沈从文的笔下，一个在黄永玉的画里，一个在真实的湘西。前两个我已游历，后一个我今天就要亲身领略。

天阴冷得可怕，汽车在斜风冷雨中缓缓爬行。古朴的村落，起伏的远山，为美丽凤凰的出现作了最好铺垫。

一路上，沈从文动情叙述的沱江上美妙的月光，黄永玉精心描绘的沱江两边的吊脚楼，总在我的眼前交替闪现。

经过四个小时的颠簸，汽车才到达凤凰城。下车后，

我们便各走各路，有的要当天赶回广西，有的要次日坐飞机回到兰州，有的要转往张家界。当然，每个画家都有自己的取景角度、作息习惯和思维特点，在一起反而扼杀了各自的个性。于是我们分道扬镳。

我考虑明天回怀化方便坐车，便在凤凰城牌坊广场旁边的旅馆住下。后来我了解到，凤凰城的旅馆业相当繁荣，大部分为家庭旅馆，档次不一，价位差别很大，有的几百元，有的仅三五十元，但大部分为八十至一百五十元之间，供游客的选择性空间很大。旅馆大部分集中在沱江老街。我们居住的旅馆，似乎属于凤凰城的边缘地带。反正仅住一晚，也就不再计较。

小巷深处，隐藏着最动人的细节

下午开始，我们就尝到了独往独来、我行我素的美妙之处，没有了往时的催叫起床，没有组团的成群结队，也没有进出的大声喧哗。睡好了就出去，背起相机，自由行走，且行且看，随机停留，直往沱江边的老街走去。

走过巷道，有不少颇具特色的门楼，有古代遗留的也有新盖的，朱漆木椽，飞檐红瓦，宁静里有着灵动，古朴中带着优雅。有美院的学生三五成群在现场写生，我也拍下不少照片。沿着沱江一路走去，店铺林立，酒肆成行，柳絮飘拂的人行道上，摆小摊的中年妇女，穿着华丽的苗家服饰，操着湘音的普通话，在热情地招徕顾客。吊脚楼下，穿着各色衣服的姑娘，在清澈的沱江上洗菜浣衣，与不时驶过的色彩斑斓的游船相映成趣。

踏上沱江上的栈桥，每走一段，都要站在桥墩上为对面过来的人让道，人与人之间的近距离接触，能让人有一种不一样的亲切感，也让我想起小时候走过故乡的小栈桥。走到河中间，看着东边的门楼和西边的水车，浓荫的南华山映衬着古老的山城，两岸韵致各异的吊脚楼，还有哗哗流淌的江水，我醉入画中，激情难捺。

天色渐暗，音乐从远处飘来，突然，沿江两岸灯光全亮，似万道金光亮起。

金色的灯光与傍晚淡蓝色的远山互相辉映，形成鲜明的对比色，两岸游客一片欢呼声，照相机咔嚓声此起彼伏。难怪有人说，到凤凰，千万不能错过夜景。

沿着幽深的小巷走去，酒肆歌厅 CD 店的音乐声荡漾在每条小巷，一阵动听的鼓点吸引了我们。循着鼓声，我们走进了一家 CD 店。只见一个少女在合着歌碟的节奏敲响一个苗家长鼓，突缓突急，忽高忽低，变幻莫测，直捣心田。我们跟着她低吟浅唱，她也教我们几个简单的鼓点，我们挑选了几个有湘西特色的 CD，自是价格不菲。

在一个宁静的小巷我们找了一间餐馆吃饭，这是一个当地大嫂，活跃开朗，纯朴善良。我们边吃边聊，解读到最草根的凤凰人的喜怒哀乐和每天的柴米油盐。

夜深了，实在太冷。我们踏着凤凰的夜色依依不舍归去。

沈从文故居，我慕名而来

次日上午，我们再次进入古街，寻找慕名已久的沈从文的故居。故居在老街的中心一条不起眼的小巷里，淹没在万间民居中，朱门蓝瓦，青砖石阶，与周围的房子并没有显赫之处。其实，一个伟大的文学家，未必有神奇的风水和特殊的环境，全在个人造化。在同一巷子里，为什么只出现一个沈从文？

在书店里，我购买了一本有照片和速写插图的《湖南凤凰》，还有精装版的《边城》，满意而归。

翻开日记，忽然发现，今天正是我的生日。一生中，有一个生日在美丽的凤凰城度过，也是人生一幸事矣！

（2015 年第 1 期《东江文学》）

艺坛絮语

惠州，把岳飞的根留住

一

岳飞，这风一样的名字，在华夏大地上翱翔激荡了九百多年。

少年岳飞身强力壮，射箭弄枪，练习武艺，竟成"一县无敌"之人。岳母，在岳飞背上刺上"尽忠报国"，四字深入岳飞肌肤，更透入骨髓。此后岳飞出生入死，建功立业，他创立的岳家军，所向披靡，令敌丧胆。

"撼山易，撼岳家军难！"既有国人对岳家军的由衷赞叹，也有敌人对他们发出的无奈悲叹。

只可惜，岳飞生不逢时，一心求和投降的宋高宗和秦桧，此时岳家军的英勇善战正戳到了他们的痛处，于是，对岳飞连下十二道金牌，是对岳飞的催命符。风波亭里，那"莫须有"的罪名，更是将一代爱国名将送上了断头台！

一位旷世的军事天才，在三十八载春秋的锦绣年华，

戛然而止。

千古奇冤的悲壮故事，令人扼腕，撼人心魄。

其实，岳飞可以不死，那就是屈从于宋高宗，与秦桧之辈同流合污。当时，求和避战的压力不但来自朝廷，部将及下属对岳飞也有很多阻力。在大牢里，岳飞绝食，表明心志。并写下："天日昭昭，天日昭昭"八个大字。受审时，还据理申冤，袒露背上"尽忠报国"四字，表明自己"无所负国家"，至死不屈。

这就是岳飞，一个宁可站着死，不愿跪着生，对国家至死忠贞不渝的伟岸男儿。

因此，他的美名千古传扬。

二

我童年起喜欢读书，也喜欢画画，岳飞的故事让我彻夜难眠，常将这种热爱付诸笔端，将岳飞的形象画满了课文和作业本的空隙之间。岳母刺字更刺入我的心田，心想我的母亲怎么不在我的背上也刺上几个什么字，能让我终生难忘。

那一年到了杭州，我竟离开大队伍，一个人直奔岳王庙，拜谒英雄的风采。我记住了那充满血性的四个大字："还我河山"！对门口的那四个奸臣，我轻蔑地吐了一口唾沫，然后扬长而去。"莫须有，莫须有"，真让人欲说无语，这是何等虚伪和荒唐的搪塞，又是何等空虚和苍白的说辞！

后来，我又喜欢上岳飞的诗词，常将他的《满江红》写了书法赠送于人。

岳飞的《满江红》写得大气磅礴，惊天动地，词中的第一句："怒发冲冠"，就来个先声夺人，震撼心津。让人感觉高楼独上，阑干自倚，面对漫天狼烟，满腔热血于胸中激荡沸腾。"靖康耻，犹未雪。臣子恨，何时灭！"沉痛之笔，带着风夹着雷，掷地有声。"壮志饥餐胡虏肉，笑谈渴饮匈奴血。"畅其情，

尽其势，一股真气在。"待从头，收拾旧山河，朝天阙！"一腔忠愤，蓝天之下的碧血丹心，肺腑倾出。尤其是"三十功名尘与土，八千里路云和月"。高怀致远，壮志凌云，更是令人迥出意表，谁不为之拍案叫绝，何等胸襟？何等识见？成为千古绝唱。

岳飞这首词脍炙人口，名闻天下。其实，岳飞还写有另一首《满江红》，同样精彩绝伦，有异曲同工之妙，创作时间略早。"遥望中原，荒烟外，许多城郭。""万岁山前珠翠绕，蓬壶殿里笙歌作。到如今，铁骑满郊畿，风尘恶。"岳飞眼中，敌人的铁蹄遍布，人民处在水深火热之中，何不让人肝肠寸断？"兵安在？膏锋锷。民安在？填沟壑。叹江山如故，千村寥落。"战士浴血奋战，伤于锋刃；百姓饥寒交迫，无辜被戮。真让人欲哭无泪！"何日请缨提锐旅，一鞭直渡清河洛。却归来，再续汉阳游，骑黄鹤。"将军恨不得挥师北上，解民倒悬。

岳飞有一首《小重山》，却是用另一种艺术手法表达出将军的抗金报国壮怀。"昨夜寒蛩不住鸣。惊回千里梦，已三更。起来独自绕阶行。人悄悄，帘外月胧明。"月下忧深思远，凄怆沈郁，辗转难眠。"白首为功名。旧山松竹老，阻归程。欲将心思付瑶琴。知音少，弦断有谁听？"壮志难酬，胸中抑塞，只有仰天长叹。有人说，将军佳作世争传，三十功名路八千。一种壮怀能蕴藉，诸君细读小重山。

将军的诗，总是带着血性和阳刚之气，充满了爱国情，忧民思，让人读了荡气回肠，热血沸腾！在那个腥风血雨的年代，他的意愿最终付诸东流，留下的是千古冤、万古恨！

三

意想不到的是，岳飞将军的后续故事，竟然与惠州有关！

岳飞被害后，其妻儿发配惠州二十年，其儿子在惠成亲，孙子孙女均在

惠州出生。惠州这座远离帝都的瘴疫之地，为保存民族英雄的血脉，却作出了非凡的贡献。

岳飞先后娶两妻，生下五子一女，后人遍布全国，大约有上万人。第一任妻子刘氏，生下岳云、岳雷。岳飞南渡之后娶第二任妻子李娃。当年，宋高宗杀掉岳飞、岳云和岳飞的部将张宪，还不罢休，还抄了岳飞的家产，并将岳飞的家属流放到了广东。宋高宗在圣旨中说道："岳飞、张宪家业籍没入官，家属分送广南、福建路州军拘管，月具存亡闻奏。"南宋《夷坚志》里有一段记载，说是岳飞死后，其子岳霖和岳震携家带口抵达惠州，在惠州军官兵马都监后面搭了几间最简陋的土坯房，兄弟二人共住一间，各睡一张单人床，平常吃饭、买菜、上厕所，都要向兵马都监打报告，经过批准才可以出门。

宋朝流放犯人和犯人家属，有两种方式。一种叫"刺配"，就是在脸上刺字，然后发配到某个牢城营做苦力；一种叫"编管"，脸上不刺字，不去牢城营，但是必须离开家乡，去朝廷指定的地方，在当地官员和官兵看守下居住。岳飞的家属没有被刺配，而是被编管，跟去牢城营相比，当然自由多了。因为有一定限度的自由，所以岳霖得以在流放地娶妻生子。岳霖是在惠州成家的，生了一个儿子叫岳琛，后来又有了岳珂。岳雷是岳飞五个儿子中的一个，在流放之前就成了家，流放期间又添丁进口，生下三个儿子，分别叫岳纬、岳纲、岳纪。

从此，岳飞与惠州，就有了血缘的关系。

岳飞一生戎马倥偬，只到过一次广东。那是1132年，他和岳云率领八千精兵追击叛军，从湖南追到广西，又从广西追到广东，在广东连州与部将张宪会师，随后就领兵北上了。

其时的岳飞做梦也想不到，他的后人会在遥远的惠州，留下血脉，繁衍后代。

四

岳飞——惠州，两者本不相关，就这样无缝对接，历史连线。杭州有幸埋忠骨，惠州有幸续血脉。杭州、惠州，本就因同拥有西湖而闻名于世，如今，更因岳飞，两座城市又有了更多一层的因缘。

我在惠州生活了三十年，之前对岳飞后人在惠的故事闻所未闻。苏东坡在惠不满三年，他的故事却铺天盖地，史籍文学和大街小巷，随处都会碰上苏老先生。令人遗憾的是，至今很少发现岳飞后人在惠州的有关史料和记载，甚至民间传说和野史也没有，这很让人迷惑不解。如此，我们只能作如下推论了：一则，岳飞的冤案太伤岳家后人之心，他们的家人对此埋入心底，讳莫如深。二则，我们惠州人民不再打扰岳家，让他的后人休养生息。三则，惠州人民为保护岳家后人，故意帮其隐姓埋名，让他们过上安稳平常的百姓生活。

没有留下传说和故事，并不等于没有传说和故事。没有留下传说和故事，也可能就是一件了不起的好事。随着历史的变迁，也许有两种可能，一是终有一天，谜题被揭开，整个事件浮出水面，大白于天下；二是哪怕千年万年，始终难觅任何历史碎片和事件始末的一鳞半爪，成为永远的悬案。当然，我们更希望是前者。

冬日的傍晚，晚霞染红了西湖东江，我站在东新桥头，思绪万千。眼前的合江楼东江码头，应该是岳飞家眷流放惠州的登陆上岸之地。远处的桵山，当年惠州府所在地，正是当年岳飞家眷流放之地。这些地方的残墙断瓦深处，都留有岳飞后人的故事和余温。徜徉东江之滨，沿着英雄和其后人走去的方向，看着西沉的夕阳，回望历史，追忆往事，让人潸然泪下。

我们今天缅怀英雄，追寻英雄的足迹，说明我们中华民族已经进入了一个新时代，让英雄回归本位，让历史还于清白，表明我们这个时代，尊敬英雄，崇尚英雄，需要英雄。

　　岳飞，早已远去，但他的精神还在，并长留人间，他年仅38岁的生命虽短，却给我们中华民族留下了宝贵的精神财富。"还我河山"响亮口号，当年不但鼓舞了万千抗日英雄走上前线，驱除日寇，今天又激励着我们，万众一心，众志成城，完成统一祖国的千秋伟业，只有台湾回归祖国，实现完全统一，"待从头收拾旧山河"，我们才能"却归来"，"骑黄鹤"，"朝天阙"！

（2022 年 5 月 8 日于《惠州日报》）

"汤司令"谈演反角

刘江何许人也？或许你对这一名字略感陌生；但若说起电影《地道战》中的"汤司令"，或《闪闪的红星》中的"胡汉三"，你一定会格外熟悉。

1993年的"六一"前夕，刘江老师随中国少儿艺术团赴惠演出，"汤司令"的到来，在鹅城引起不小的轰动。在惠州西湖畔的市文化中心大剧院，我作为《惠州日报》文化记者，前往采访，终于见到了这位仰慕已久的明星。我递上名片后，不忘幽默了他一下："刘老师，你扮演坏蛋的水平——高，高，实在是高！"一句"汤司令"的台词，逗得他朗声大笑。

交谈之下，方知刘江老师一生中扮演过不少反角：伪司令、日本军官、狗地主、大汉奸、土匪头，等等。其实，刘江老师是个真真正正的革命军人。他出生于北国哈尔滨祖籍辽宁，1946年便参加中国人民解放军，参加过三大战役中的平津、辽沈两大战役。在三年解放战争的炮火硝烟中，

作为部队文工团员的他，写通讯报道，参加演出，抬扶伤员，教育俘虏，样样都干。新中国成立后，1952 年，他调至武汉的中南军区，1953 年冬又调到广州军区，在美丽的花城工作生活了 5 年。1958 年，中央军委扩大会议决定拍摄国产战斗故事片，成立了电影演员剧团，刘江便调到了八一电影制片厂，从舞台走上了银幕，开始了他辉煌的电影生涯。

作为国家一级演员、著名电影表演艺术家的刘江，在四十多年的演艺生涯中，出演了近百部电影、戏剧，绝大部分是反角；他成功地扮演了"汤司令""胡汉三"后，更是"臭"名远扬。当我问及他饰演反角的成功经验时，刘江摊开双手笑了："没什么秘诀，体会倒有一条：演反角比演正角难！因为演正角，可以到现实生活中去找相应的对象模仿、学习，甚至可以亲身体验其生活，比如要扮演县委书记或英雄团长，你可以去挂职当县委书记，或到部队去近距离接近部队首长。但演反角你到哪去体验、观察？总不能跑到日本军营或国民党部队里去体验生活吧！"一席话说得我大笑起来。

刘江老师喝了口水，继续叙说，"当时，我们电影制片厂刚刚建立起来，还没有任何图像影视资料可供参考，要塑造好反派人物，只能靠演员平时的舞台经验和生活积累，然后自己仔细揣摩、体会、想象。所以，演反角很能体现一个演员的艺术素质和艺术水平。"

刘江老师眯缝眼睛，望着远方说，好在他的人生经历比较丰富：日本人占领东北的 14 年，正是他的青少年时期，他耳闻目睹日本侵略者在中国土地上灭绝人性的胡作非为；在解放战争中，他曾教育过国民党官兵，有改造俘虏的斗争经历，对这些人的内心世界有了更深入真切的解读；土地改革中的斗争经历，又使刘江有机会面对面地接触社会上各类反面人物——军阀、兵痞、劣绅、土豪、恶霸、汉奸等，与他们进行各种较量和斗争，对他们的狡猾阴诈和阴暗心理有了更多的了解，这些都为他扮演各种类型的反面人物，奠定了十分深厚的生活基础，也让他更加渴望要扮演好反派人物，以揭露这些人物的丑恶心态和罪恶人生。将这些人物的形象刻画得越深刻，越能更充

稻浪千里

分地暴露出这些人的反动本质。

"演反角还必须具有较高的道德修养，必须不断地净化自己。"刘江老师用手轻轻地敲了一下桌面，诚挚地说，"反角演员在现实生活中必须是严肃、正派的。在银幕上，如果说正角是红花的话，反角则是陪衬的绿叶。反角可能永远站在阴暗的角落，遭人唾弃和谩骂，终生都不一定有掌声和鲜花，这就要求反派演员能够经受名利思想诱惑的考验，永远扮演好自己的角色。"以擅演反角著称的刘江，一生正是这样脚踏实地、一丝不苟去说去做的。他的道德风范，他的敬业精神，永远值得后人敬仰。最近，刘江参加了电视剧《大进军序曲》的拍摄，又是饰演敌司令。他说，只要观众喜欢，我就演，一直演下去，而且还要出彩。

"日出江花红胜火，春来江水绿如蓝"。红和绿，其实是互相影衬、互相辉映的两种颜色。在无数如花似艳、光鲜耀眼的英雄人物背后，刘江老师，就是神州影苑中一片不可多得、常青不老的绿叶。

（1994 年 6 月 19 日《南方日报》）

驾鹤西去　风范长存

——忆"情报处长"陈述在惠的日子

　　打开 2006 年 10 月 18 日的《南方日报》，一条惊人的噩讯映入眼帘："情报处长"陈述辞世。不禁叫我想起 13 年前陈述老师来惠演出那段难忘的日子。

　　1993 年 9 月 27 日，《惠州报》为庆祝改为《惠州日报》举行中国影星国庆文艺晚会，陈述便和中国电影家协会副主席苏云，《西游记》中猪八戒的扮演者马德华，电影《长征》《大决战》《血战台儿庄》的导演翟俊杰，著名影星刘琼、于飞、宋春丽、朱琳、黄馥荔、黄梅莹、阎青，歌星孙国庆、韩特、李殊、廖忠等来到了惠州。我当时作为《惠州报》文艺副刊部主任，负责整台文艺晚会筹划工作，有幸接触到久仰大名的"情报处长"陈述。在惠州演出、参观的三天三夜里，所到之处，陈述绝没有"情报处长"的"奸诈阴险"和"虚情假意"，留给人们的是面带笑容的平易近人与和蔼可亲。

　　9 月 28 日晚，首场演出完毕，我陪他到西湖畔的惠盈

宾馆聚会，刚步入电梯，便被一小伙子认出，那个小伙子指着陈述老师直接大声地说："你不是那个著名的情报处长吗？"陈述含笑以对。随后在惠三天，我陪他街上行走或出入酒店，均被观众一眼认出，可见其形象深入人心。

令人惊讶的是，他这个"阿拉"上海人的粤语却十分"地道"，那晚在惠盈宾馆，他与服务员说话"白话"连篇，对答如流。据我所知，他从没在广东生活过，问其白话从何学来？他说是小时候在上海读书时，跟广东籍体育教师学的。间或，他又飞出几句潮汕话，令四座称奇。

陈述不但善于学习语言，他的书法也颇见功力，且随身携带宣纸、毛笔、印章，随时应对别人索要墨宝。他写字一划一顿，一丝不苟，章法严谨。他给惠州日报、TCL集团的题字，稳重大方，苍劲有力，观者无不称好。陈述说，学习语言，学习书法，这应是演员的基本功。

陈述告诉我，他原名陈致通，演戏并非科班出身。他少时家境贫寒，新中国成立前开始在邮局谋得个小职员，他的演员生涯是从业余演话剧开始的。在名剧《雷雨》《日出》中都担任过角色，他还饰演过大总统袁世凯、明朝崇祯皇帝。新中国成立后的1952年，才进入上海电影制片厂成为专业演员。

陈述一生共拍摄了五十多部影视剧，分别在《老兵新传》《林家铺子》《铁道游击队》《难忘的战斗》《开枪，为他送别》《摇啊摇，摇到外婆桥》中饰演角色，堪称经典的当属《渡江侦察记》中的敌情报处长，他成功地刻画了这一人物的阴险狡诈和诡计多端，他惟妙惟肖、入木三分的精心演绎，使他成为家喻户晓的人物，从此驰誉影坛。

那次惠州之行，陈述向我透露了一些鲜为人知的细节。他说《渡江侦察记》共拍摄了两次，第一次拍摄他穿的是真正的国民党军服。相隔二十年后重拍《渡江侦察记》，全剧数百个演员全部易人，只有陈述一人原角不变。这一形象被电影界公认为反派此种类型角色中，最为成功的艺术典范，至今无人超越。

在惠州文化中心大剧院，他将该片中江边伐木时与解放军侦察连长化装的

敌军工兵营参谋一场戏重新演绎了一番，他动作到位，台词娴熟。只见他腰身一挺，嘴角一撇，三角眼一瞪，还没开口说台词，立即博得满堂喝彩。

陈述从事影视事业跨越半个多世纪，至今虽然驾鹤西去，但他的精湛演艺，他的为人风范，不但显现银幕荧屏，而且长留国人心中。

（2006 年 11 月 24 日《惠州日报》）

《警魂》，为惠州英模喝彩

由珠江电影制片厂拍摄的纪实性电影故事片《警魂》，1994 年获中国电影第一届华表奖的优秀故事片奖，第 15 届中国电影金鸡奖最佳故事片提名奖。

这是一部与惠州有关，与我有关的电影。这部电影，是根据全国公安战线一级英模、我市惠阳民警彭宝林烈士的英雄事迹改编的；与我有关，则是我向珠江电影制片厂祁海先生提供的信息素材。为此，我有幸应邀参加了在惠阳举行的首映式，与众多演员明星有了亲密接触。

一声彭宝林　双泪落襟前

1995 年 1 月 9 日下午三时，《警魂》惠阳首映式在淡水举行。惠阳区淡水影剧院座无虚席，主席台上红旗鲜花竞艳，省市领导及《警魂》主创人员和彭宝林亲属依次而坐。当介绍到烈士母亲杨月琴时，全场掌声雷动，经久不息，

表达了人们对烈士的敬仰。饰演彭宝林的演员冯远征发表情真意切的发言后，分别向观众、向烈士家属、向惠阳人民三鞠躬，观众掌声如潮。

省市领导及珠影厂领导分别讲话，个个情绪激动，眼含热泪。

放映过程中，整个剧场悄然无声。许多观众泪流满面，放映结束后仍不愿离去。散场前，广东电视台记者采访了泣不成声的烈士母亲杨月琴，围观者莫不泪下。

王薇含泪塑警魂

电影散场之后，在惠阳市政府小宾馆，记者采访了珠影厂的女导演王薇。王薇大将风范，谈锋颇健。作为国家一级导演，她已执导过《复仇的女人》《飞天神鼠》《神捕铁中英》等多部影视剧。

虽是首次拍摄警察戏，她却胸有成竹。烈士的事迹及烈士家乡人民对英雄的怀念，深深地感动着她，令她发奋努力。为了拍好这部戏，她单枪匹马直闯京城，看片挑演员，不辞劳苦。

为追求真实感，她要求影片中英雄与歹徒搏斗的地方，就是烈士牺牲的现场；抢救烈士的仍然是淡水医院医护人员的原班人马，一个不换一个不缺；全片的外景地亦全部在惠阳惠州拍竣。

不知多少次在拍戏中动了真感情，戏已拍完她仍泪如泉涌。

冯远征再现英雄风采

来自北京人民艺术剧院的冯远征是全国著名演员，后曾获第 24 届中国电影金鸡奖最佳男配角奖，2015 年，被评为"全国中青年德艺双馨文艺工作者"，后任北京人民艺术剧院副院长。

冯远征与我合影后，热情地拉着我的手说，回到淡水他感到格外亲切。

他1.79米的个头，仅比彭宝林略高3厘米，已接近剧中角色。他说自己身体苗条单薄，本不是演警察的料，只因刚演过《针眼儿警官》，王薇导演便瞄上了他，还说眼鼻颊骨处还颇像彭宝林。更主要的是，他敬仰崇敬、渴盼塑造英雄的诚心，令导演当场拍板。为此，他辞掉了八一电影制片厂让他扮演徐洪刚的邀请，全身心地投入《警魂》的拍摄。

冯远征悄悄告诉我，在开机仪式上，他首次与烈士父母见面，两位老人连正面都没看他一眼，便轻轻握握手走了过去，使他有点伤心。但他发现两位老人坐定之后，不时向他偷偷窥视，并向公安局领导表示他像宝林时，他才转悲为喜。当初没怎么理他，也许是心情悲伤，或还不了解他。

电影散场后，当烈士亲人请他与他们合照时，他才感觉到了两位老人对他的真正认可。之后，他像亲儿子一样搀扶两位老人登车，像哥哥一样与烈士妹妹告别，令烈士的亲人及在场领导均热泪盈眶。站在夕阳下的晚风中，他蓦然觉得这块英雄的土地，给他生命里从此留下了一种特别的意义。

同心铸就铁血英雄

我是在临近首映式开始才见到《警魂》的编剧李彦雄和王德康的。随同的市电影公司领导告诉他们，电影素材就是我首先告诉祁海老师的。其时祁海老师来到惠州，问惠州有什么题材可拍电影？当时彭宝林的英雄事迹才发生几天，我便向他强力推荐。吃过早餐，祁海老师便直奔惠阳。他们听后都感谢我向他们提供了一个真实感人的电影原型。

记得李彦雄老师十年前创作的电视剧《手枪队》风靡南粤，不想近年他的《情满珠江》更轰动华夏，同获"飞天""金鹰"奖而双喜临门。细谈之后，才知道李老师还是我们和平人的女婿。王德康是惠阳市公安局办公室副主任，他与李彦雄及珠影的廖致楷三人历时三月，数易其稿，才让剧本脱颖而出。由著名的摄影大师吴本立拍摄。

在这部电影中，拥有强大的阵容，其中有著名演员普超英（扮演阿美，后在著名电视剧《情满珠江》中扮演谭蓉，曾获第三届电视电影百合奖优秀女主角奖）、梁丹妮（扮演王县长，冯远征的夫人，曾获第五届中国话剧金狮奖）、扮演派出所所长的蔡鸿翔（后在《雍正王朝》中扮演隆科多）、刘交心（饰黑社会头目区耀煌，共参演过65部影视剧）、施大生（饰反动头目尤光远，后在《人民的名义》饰演王大路）。广东观众熟悉的郭昶（饰彭宝林的好友叶金水，后在《外来媳妇本地郎》中演二哥康祈宗）、李强、柏崇新等。

其实，在电影中还有一个后来红遍大江南北的人物——李冰冰，后曾获中国电影百花奖最佳女主角，台湾电影金马奖最佳女主角，主演好莱坞电影《巨齿鲨》，票房突破十亿，她在《警魂》剧中扮演英雄的妹妹彭小芳，只是李冰冰当时刚出道，还没有引起更多人的密切关注。

"宝林"回到派出所

首映式后已近黄昏，冯远征及主创人员来到淡水派出所。当冯远征出现在派出所门口时，全所干警欢呼雀跃："'宝林'回来了！"几位干警拉住冯远征的手谈笑风生，十分融洽。干警们说，看到冯远征，感觉宝林战友又回到了身边。派出所叶所长告诉我，电影中的中秋联欢戏，就在楼下大厅拍摄的。他又指着楼上204房和210房深情地说，这就是宝林生前先后住过的两间房子。

彭宝林的妹妹彭小英走了过来，她说这是第二次看《警魂》，每次看都是泪如雨下，难以止息。叶所长轻轻告诉我，组织上本打算把她安排在条件较好的派出所，但她执意要在她哥战斗过的地方工作，继承哥哥遗志。谈到她的工作，叶所长赞许有加，说彭小英不愧为烈士妹妹。

《警魂》震动京华和鹅城大地

采访中，王薇递给我们一份国家广播电影电视部、文化部、公安部、全国总工会、共青团中央、全国妇联 6 单位联合发出的红头文件，要求全国各地做好《警魂》宣传发行工作，他说此事绝非偶然。省委对此片甚为关注，列为广东"五个一工程"重点项目，省委书记谢非欣然挥毫题写片名，省委领导带队上京审片，均为前所未有。在公安部、中南海礼堂、公安大学、警官大学、全国组织工作会议等连映上十场，反响强烈。广电部将其列为1994 年度重大题材影片，认为此片从剧本、导演、摄影到表演，均属一流，堪称精品。

三月的鹅城，柳绿桃红，春意盎然。而在我市各影院隆重上映的彩色故事片《警魂》，更给这万紫千红的春天增添了一丝绿意。

纵观 1994 年的中国影坛，春兰秋菊呈异彩，"喜看稻菽千重浪"，一派喜人丰收景色。珠江电影制片公司拍摄的《警魂》，犹如出墙红杏，奇葩独放，淡水首映万人空巷，连映六场场场爆满。

《警魂》的艺术特色

《警魂》无疑是成功之作，它有何特色？

创意的纪实性。《警魂》是根据全国公安战线一级英模，我市民警彭宝林烈士的英雄事迹改编的。彭宝林经我市多种传媒介绍，已家喻户晓。就原始素材本身，已相当生动感人，可歌可泣。高明的编导者们深谙其道，影片中主角采用真名，主要事件都实有其事，外景、场景全部实景，部分演员由当地群众担任，这些富有创意、原汁原味的纪实风格，拉近了故事与观众的距离，使银幕上的英雄显得真实可信，真挚感人。

但故事片非等同于纪录片，对生活不能原始照录，它必须裁剪取舍，艺

术加工，《警魂》的编导者们将英雄生动感人的细节放大，进行精雕细刻，制造出艺术上的"慢镜头"，淋漓尽致地展现英雄的精神风貌和内心世界。为了展现彭宝林想当民警的决心和过硬本领，编导设计彭宝林来到训练场找叶所长，恳切追问叶所长那事怎样，叶所长不动声色，拿起手枪，正中靶心，问彭能行吗？彭接过手枪，连开三枪，枪枪命中，叶所长终于脸带微笑。又如英雄牺牲那场戏，导演运用握枪的手、乌黑的枪口、放大的脸、滚下的汗珠、对峙的眼睛等特写镜头，往返重复，多次出现，渲染出扣人心弦的紧张气氛，以烘托出英雄的壮烈。

精湛的艺术性。彭宝林当过武警，枪法甚好，又在与香港悍匪搏斗中牺牲，也许平庸的导演就此拍成警匪片、枪战片或武打片，但《警魂》并没有落此窠臼，而是另辟蹊径，把惊险紧张的故事情节与叙事的风格相结合，形成自己特有的艺术特色。影片中，彭宝林与恋人的定情戏、彭宝林不徇私情，将昔日的好朋友叶金水绳之以法等戏，都堪称神来之笔。

然而我认为最成功、尤为感人的是收枪还枪两场戏。当彭宝林遭坏人诬陷为受贿时，叶所长执行上级命令要彭交枪，彭内心复杂，却强忍怒火反诘："你相信吗？"后含泪掏枪放于桌上，转身便走。叶所长爱莫能助却意味深长地说："宝林受点委屈，会更成熟。"

如说交枪戏属细腻，则还枪戏更动情。深夜，皓月当空，万籁俱寂。所长来到宿舍前，正犹豫着，谁知宝林也因委屈辗转难眠，穿好警服对镜整容，当他瞥见所长便故作潇洒凭栏赏月，所长轻轻走近用肘碰他，他装着看不见不予理会，所长嘴角一笑，将枪在他眼前一晃，彭见到枪即喜笑颜开："审查结束了？"继而请求参战。这段戏内涵丰富、感人肺腑，宝林那纯洁而倔强的形象毕现于银幕。

纵观整部戏，或简练勾画，或画龙点睛，一气呵成，不露痕迹。从而使影片跌宕起伏，悲喜反差，情景交融，给人以震撼和感奋。

鲜明的时代感。影片故事发生在改革开放如潮翻卷的九十年代，编

导者大刀阔斧地展现了社会主义市场经济大潮中的人事风貌，选取打击贩卖妇女罪犯、为保卫招商会而深挖香港黑社会势力等典型事件，具有鲜明的时代感和地方特色，塑造出改革开放新时期人民警察的精神风貌。表明九十年代所摆在彭宝林及战友们面前的，不但有金钱和女色的诱惑，也有血与火的考验。

我们看到彭宝林面对昔日情同手足的好朋友已沦落为罪犯，他既痛心疾首又义正词严，不徇私情秉公执法时；当我们看到彭宝林面对成叠金钱、娇媚美女表现出大义凛然、不为所动时；当我们看到彭宝林面对丧心病狂穷凶极恶的歹徒，毫不畏惧奋然向前时；当揪心的钟声和哀乐响起，逐字跳出英雄牺牲的字幕；当湛蓝的天空飞起飘舞的彩球彩旗，逐字跳出招商会的丰硕成果，谁不为我们的英雄流泪，谁不为今天的警察喝彩！

感谢这个时代，诞生出一位可亲可敬的英雄；感谢惠阳人民，养育了一个可歌可泣的人民警察；感谢珠影的艺术家们，塑造了一个可喜可贺的艺术精品！

（1995 年 1 月 10 日《惠州日报》）

在画笔间读懂乡愁

　　我一直认为，城市的风景千篇一律，除了竖线就是横线；乡村，才能找到高低不一、变化无穷、富于韵律的入画元素。我喜欢乡村间逶迤的远山，蜿蜒的河流，微风吹过的山冈，青翠欲滴的绿谷，鸟语花香的村居，历经沧桑的古屋，每块残瓦每片青苔，都长满如梦如幻的乡愁。

　　于是，我总愿意行走在乡村，徜徉在最美的画图中。

一草一木注乡愁

　　拜托生活，我的许多画，就是乡间大自然中提供的基本素材，经后期重新构思后形成的。

　　2016年国庆节假期，我回到阔别几十年下乡搞"路教运动"的和平县东水镇大田村，去看望当年的"三同户"。当路过一间废弃的小屋，我随意往屋内一望，墙上挂着一个很大的簸箕，周围挂满了蛛网，虽然岁月流逝，但簸条

完好，纹路清晰，从中间往外呈放射状，有一种难以言说的美。回来后我将照片上背景白色石灰墙处理为砖头墙，以增强质感，加上簸箩阴影更显立体感。构图上，整个圆形没有全出，右侧刚好可见圆边，下圆全在画面中，以留出足够空间书写题目和盖印章。上边与左边处在画外，呈向外延伸状态。题目是《丰年乐》。很多对我推介的专页，都会选用这幅乡土气息极强的画。

《风调雨顺》中洗番薯用的藤萝，《连年有余》装鱼苗的竹篓，都是我在一些古村落无人问津的角落，发现后成画的。

两个鸡笼则是在我们小县城逛街时发现的。那天正好是县城墟日，走到我当年居住过的家属房楼下河边，那里有一个不大的竹木市场，摆放着许多竹器。我看到有一排鸡笼，我当即用相机拍下。正式绘画时，我只画了一大一小两个鸡笼，其余省略了。在鸡笼的尾部，我加上一朵小菊花，题目也有了：《菊月》。这幅画每次发在网上，也许是触及人们的童年记忆，都有许多人点赞评论。

《仲夏》中的水瓜，也是偶然看到的。2015年夏天，我和爱人来到和平县粮溪广西坪，去看望她的妹妹。午饭前，我一个人在地坪上转悠，发现在门前的土坡上，有一堆红砖，旁边有一棵野生的瓜苗，藤蔓爬上了砖顶，并在上面开花结瓜，一条大水瓜和两条小水瓜处在显眼位置，田田的瓜叶和卷曲的丝蔓，富有张弛有度的韵律感。正式成画时，我将顶上的砖头处理成不规则状态，将背景的砖头加浓加重，以留白形式，画出三条水瓜和瓜藤，以及卷曲的三组丝蔓，很多画友都说这幅画很值得玩味。

2013年秋天，我们回到老家，到万家寨下铁长坑的朋友家玩，等人的时候，我发现杂草丛生的路边，有一辆修路时用过的钩机，锈渍斑斑机件毁损，已报废经年遗弃路边。引起了我的许多感慨，想当年这钩机也是为修路作出了自己的贡献，如今路通机废，在荒草野岭历经风雨沧桑。我从不同角色拍了照片，后整理画成《残年》，被天津一家艺术中心收藏。

一颦一笑闻乡音

其实，更有鲜活意义的，还是活动着的自然人。人是整个社会的缩影，人的喜怒哀乐，人的生活日常，最直接最生动地反映出各个时代的鲜明特征。

那年在县城逛街，随意地行走，看到一个补鞋匠，正在为一个顾客补鞋，两个都是上了年纪的人。补鞋匠全神贯注在补鞋，顾客在准备掏腰包付款，神态生动。我很远偷拍下照片。成画时，我将杂乱的周边背景删除，只留下两个人物，画面集中。为了形成强烈的对比，我将顾客换成一个年轻女郎，形成一男一女、一老一少的最佳搭配，画名为《街头》，体现随意性和现场感。

《买卖公平》卖鸡蛋的一帮人也是在县城碰上的，那天太阳即将落山，一个老太婆带着两个年轻姑娘前来买东西，两个女孩估计是那位老太太的孙女，她们开着一辆红色摩托车，一个旁边站立，不经意地看着那把秤；另一个则拿出手机，准备刷微信付款；地上蹲着的老太婆，全神贯注看着那把秤，生怕称头不足。各种神态丰富生动。现场卖鸡蛋的是个中年女性，为了改变人物构成，我将卖东西的女人改成男人，人物比例比较多样化。

《卖凉粉的人》《赶集去》这两幅画，都取材于我们老家彭寨街的真实场景。卖凉粉的人群周围，其他人物都在画面中，我将站在靠街边喝凉粉的人，转移放进画面中，显得画面丰满生动。《赶集去》的原是个中年汉子，我将之改成年轻人，寓意农村青年在乡村创业，继承传统手工艺。我将街景改成了村郊，加上朦胧的远山和弯曲的村道，车上增多了不少竹器，在下面加了两个图案精美的篓子，显得更有生活气息和美感，远处是墟镇一角，表示驾车的年轻人，即将走完崎岖的山道进入墟镇，希望在前。

《少年不识愁滋味》是我们回到乡下亲戚家，喝入住新屋酒的真实情景。当时一群小孩拥挤在一个小房间内，嘻嘻哈哈，都摆出一个八字在下巴的流行手势，天真烂漫活泼可爱，欢笑声溢出画面。当时有一个小孩并没有摆这动作，为了统一，我也画上摆的动作。构图上呈弯月形，在空白处我写上一

首古诗。

这幅画题目的书写，我花了一点小心思，为了突出小孩子的天性和个性，我先写出"少年不识愁滋味"几个字，让我当时上幼儿园还不会写字我的外孙女，叫她用另一张纸照着写好，我又将外孙女的字一个一个再临到画里。小孩子那种稚嫩气息，跃然纸上。日后看画时，真的有人问我："这几个字谁写的，你是怎么弄上去的？"

一时一刻觅乡情

我出门都喜欢将相机和速写本带在身上，一有时间和机会，便拿笔画画。我的车上，还准备了几本大小不一的速写本，带了登山用的解放鞋、折叠椅、草帽、雨伞等附属工具。一时一刻，都离不开画画。至今我已画了数十本速写本，这些都是活生生的画画素材。

2014年11月23日，省电台记者和宝安区委宣传部领导，都是我的老朋友，我们一起去博罗县观音阁镇，我就在现场画速写。到了吃饭时间上车，我便在车上继续画，至餐馆下车，我的画已经完成，令我的两位朋友感到惊叹。

2017年7月19日，是一个炎热的夏天，我们一帮同学去河源东江高新区古竹镇的赖运添同学乡下家，同学们都在大厅喝茶聊天，只有我一个人，头戴草帽，在烈日下画速写，满头大汗直往下滴。同学们怕我中暑，都喊我别画了，回去喝茶，我坚持将画画好才回去。

我回到县城，每时每刻都在画画。我们和平县开县鼻祖是王阳明，县城所在地取名为阳明镇，建县已有五百年历史，文物古建筑很多。我一有空便步出大街，沿着河岸，去寻找画境。和平桥、大井头、飞凤桥，都是在人来人往的现场画的。和平老县城旧貌图，则是凭我年轻时的记忆画的。

2015年9月21日早上，我们住在老家县城的和平宾馆，早上正准备出门画画，天降大雨无法出门，我只好爬上楼顶，看能否看到远景作画。我往

下一看，宾馆旁边就是一个很大的围龙屋，我赶紧拿出画笔速写本，直到吃早餐我才下楼，画也已完成。

我曾经买了面包，带上矿泉水，带上折叠椅，一个人开车到县城郊外河边画画，从上午十点画到下午二点。还有一次从下午三点画到太阳下山。画画时，我完全融入大自然中，忘掉一切。

在我们家乡，我画得更多。我小时候读书时，会经过一个小山村高塘，过去走的是山间小路，现在公路开通之后，我们几十年没有走那条小路，那段路也因为少人行走变得荒芜，难以踏足。高塘村的人进出山村，则是从另外一条路进出，要绕很远的路。但这个山村在我的头脑中一直挥之不去。有天下午，便叫我连襟踩摩托车载我同去，在那个山村我驻足良久，画画拍照。《高塘村》画好后，高塘村的人看了十分惊喜。我北京的一个画家朋友，也认为此画挺美。

《晨光》是我在2014年10月4日早上七时，于我爱人家乡的房顶上站着一个多小时画的，村里的人下地干活进进出出，他们好奇地看着我站在那里那么久，他们都不认识我，也不知道我在干什么，又不方便上来问个究竟。我只听到他们在楼下低声互相询问，我不管这些，直到画好为止。后来我将此处风景，画成一幅完整的彩色钢笔画，挂在我连襟家。有个村人看到了，说这不是我家的房子吗？画得那么好。问我连襟，能否将此画卖给他？他愿意出20元。我听了此事一点都不感到好笑，一个农民，能出这个钱数买画，说明他对这幅画的认可和喜爱，那是好几包烟钱啊！

《梨乡春早》也是我在老家附近看到的风景，2013年8月27日下午，我来到这里写生。古老的炮台，淡色的远山，荡漾的池塘，小溪石桥，绿油油的田野，充满了诗情画意，我在傍晚离开前拍下夕阳西下的照片。为了找寻最佳光源，第二天凌晨，我又跑去，等候太阳从东方升起的景色，拍下照片，从两个不同光照方向进行比对，择优构图。翌年春节，我又发现，在古屋和炮台边长满了梨树，景色迷人。我成画时，处理成早春时节，春风吹过，

梨花盛开，田野是收割后的禾头，呈不规则波浪状，别有一番韵味。

一心一意绘乡景

2021 年国庆期间，为了帮现在深圳工作的县委办公室原同事朱先生完成《红色上围》彩色钢笔画，我来到了与江西省交界的和平县下车镇云峰村。

上围包涵了云峰在内附近的几个行政村。当年东江纵队三支队在这里广播革命火种，省委原书记林若同志，创立了上围革命根据地和粤赣湘边纵队"长车大队"，他曾在这里生活战斗三年，也曾居住在朱先生家，朱先生的祖父经常给林若同志送饭。朱先生家当年的土纸厂，就成了长车大队的指挥部，林若同志与这里的老百姓建立了深厚的革命感情，1985 年秋来和平视察时，专门来到这里，重温当年的战斗历程。他当时只能说出两个人的名字，一个是他的老堡垒户，另一个就是朱先生的祖父。上围村为新中国的成立，作出了自己应有的贡献。原国防部长迟浩田上将为此村题词"红色上围"。

10 月 3 日早晨，我从我的老家彭寨镇驾车出发，经安坳、优胜、长塘镇一路走来，到了这里一看，群峰耸立，风光旖旎，气势磅礴，令我惊喜，真是乡村少见的好风景。

下午，我同事找了一辆半旧的小货车，沿着陡峭弯曲细小的乡道，爬上高高的雪山嶂。在大山深处，找到当年林若养伤的山洞和游击队居住的岩洞，感受到当年革命先辈的"革命理想高于天"。如今，这里已种上了漫山遍野的猕猴桃，赣深高铁就从山脚飞驰而过。革命前辈为之奋斗的幸福生活，已如所愿得以实现。

回到山下，爬上云峰村对面的一户人家楼顶，整个云峰村呈现在眼前，雪山嶂下，风景如画，左边是飞驰的赣深高铁，整个村庄新楼林立，湛蓝的天空，黛青的山峦，金黄的稻田，好一幅精美的田园风光。那天天气晴朗，我用手机全景模式，拍下这一难得的镜头。

回来后，我始终感到美中不足，总想拍下阳光从东方投射过来"紫气东来"的感觉，同时想看到整个上围的全景。两个月后的11月底，我们又相约来到上围，我老同事还邀约了深圳朋友开着房车带着无人机前往，拍摄了不少珍贵的镜头。那天清晨，我和我的老同事很早起床，冒着寒风，再次爬上那间房顶，拍下旭日东升的镜头，然后两人又拄着小木棍，沿着山路爬上村庄正前方和西面两座山头，拍下许多创作素材。

回到惠州后，根据朱先生提供的老照片，画了一幅旧址的黑白钢笔画。然后用主要精力，用四尺熟宣画了《红色上围》彩色钢笔画。我在绘画时，为了突出上围的美，在公路沿边增加了各种颜色的树和花，整个山村显得异彩纷呈。为了突出红色上围的人文意义，我将迟浩田上将的"红色上围"题词，临到画面上，叫朱先生撰写了一百多字介绍上围的人文历史沿革和红色上围来历的资料。我安排放在画面左上角，与这幅画实现了书画互补，图文并茂，相得益彰，使这幅画显得更有人文价值。同时画了四幅小幅黑白钢笔画，以起辅助作用。

为了画好这一组画，从开始筹划到最后完工，下深圳，上和平，历经大半年时间，与同事互相来往上千条微信，发来数百幅照片图片，同事还亲临惠州面商。同事将每块地尺寸、标高，周边树共有几棵，生长位置，树种、树高等，画了几十张图表，我也画了十几张草图。其中的复杂烦琐，是我从画以来所花功夫和精力最多的。这幅画完成后，获得广泛好评，认为画好书妙，是现代版的"十里家乡图"。南方日报一领导也为此专门赋诗："密密纤纤钢笔尖，一花一草一分甜。家山如织心如锦，此画将名不可淹。"

这次绘画创作过程，我体会到：要绘制一幅好画，如果没有一种严谨认真、不畏艰难、不厌其烦、独立思考的精神，是难以完成的。

2019年夏天，我的一位朋友，说他大哥在香港的小孩对他抱怨，你们长辈老说要我们下一代记住乡愁，但老家只剩下一座老房还在，周围都已建了厂房，家乡已变得面目全非，乡愁何在？此话勾起了朋友的心事。他找到我，

想借助我的画笔，恢复当年的旧貌，留给后代一种念想。我与朋友回到他的故乡，听朋友在老屋现场对当年旧貌的详细描述，拍了许多资料照片。回来后根据朋友意向，多次画出草图，反复听取朋友意见，一次又一次进行修改，花了近半年时间，终于完成作品，让乡愁永远留在纸墨间。

2019 年深秋，我们原在和平县政府农林水办公室工作过的一帮老同事，相会于惠州西湖之滨。有个老同事拿出一张老祖屋的平面图，上面注明了具体标高和尺寸。他说这座兴建于清朝道光十年气势豪华的老祖屋，已在二十世纪七十年代夷为平地。想请我将之恢复为一张立体的钢笔画，以供后人怀念。这幅画纯属"无中生有"，根据老同事提供的平面图和有关描述，经过几个月的努力，几易其稿，终于实现了他的愿望。每逢春节全家老少团聚之日，都会拿出这张画来共同欣赏，齐忆乡愁。

"悠悠天宇旷，切切故乡情。"乡愁，是家国情怀，是文脉延亘，是精神依归。眷恋故土，是人类共同而永恒的情感；美丽乡村，是艺术创作的不尽源泉。更多的美丽，需要我们去发现，去挖掘，去衍变出更多更好的作品。

愿更多的艺术工作者，更多地深入乡村，用更多的好作品留住乡愁，让更多的人记住乡愁！

（2022 年 5 月 28 日）

我与新华书店的莫逆情缘

　　我平生去得最多的地方，非新华书店莫属。喜欢新华书店，不仅能景仰毛主席"新华书店"那几个字写得龙飞凤舞，还有我与新华书店的幸福情缘。

　　小时上街，最乐意去的地方是新华书店，最羡慕在新华书店上班的人，认为他们天天可以免费看书。我当时的伟大理想，就是长大了当一位新华书店工作人员。

　　从小学三年级开始，我对看书开始入迷。村里凡是能借的书，我都千方百计借来看了。为了借一本书我反复跑了不少路，有时费尽口舌死缠烂打才能借到。当时乡村书籍奇缺，一本书传来传去，最后只剩旧书残页，往往看到最精彩的高潮部分，书页就戛然而止。我看《红岩》时，解放军炮声响起越狱就要行动的紧要关头，便没了下页。弄得我很长时间一直纠结：到底有没有人逃出来？直到参加工作在县城书店书架上突然看到那本《红岩》，赶快叫服务员拿来看完最后几页，积郁在心头十几年的谜底才终

于揭开。

有些好书看过之后，真不情愿还回人家。心想，如果我能拥有那本书该多好。于是，看书成了我的第一个愿望之后，买书又成了我的第二个愿望。小时家贫，买书是奢侈之事。我在读高中时，喜欢上了一本书，进出新华书店好几遍一直垂涎欲滴。我用捡石墨和养鸭积攒了大半年的钱，于1972年3月2日终于买下了人生第一本书——《十万个为什么》第6辑天文卷，价钱是0.36元。当天晚上我一直看到星月西斜方才罢手。尽管后来搬家十几次，这本书我保存至今。

工作之后，无论我生活在哪个城市，居住在什么地方，新华书店肯定是我最经常的光顾之地，而且十有八九不会空手而归。日积月累，现在我家藏书已达万册。这些书，有的孤身独往，有的成群结队，大部分随我步行回家，有的则是从天南地北坐汽车、火车，甚至坐飞机随我回家汇聚一堂。他们的来处大多只有一个地方，那就是新华书店。

如果说，新华书店只是为我提供了读书、购书场所，那还不致让我感到我们之间的幸福情缘，关键是新华书店在我人生历程中扮演着不可替代的重要角色。

由于我的外婆是地主，在那个特别注重社会关系的年代，高中毕业回到乡下之后，大队规定我"三不准"：不准参军，不准入党，不准上大学。当前途之路一条一条被封堵之后，我选择了读书写作。墟镇上的新华书店，成了唯一能带给我温暖和抚慰我心灵创伤的地方，从字里行间我似乎看到了远方的一丝光亮，在茫茫书海中我拼命汲取着需要的养分。我边劳动边学习边写作，不断地在报纸和文艺刊物发表文章作品，慢慢地有了名气，引起了各级领导的关注，然后推荐我去中专学校读书。从此我跨过泥泞的田埂，迈出了偏僻的乡村。在重重围城中帮我找到突破口的，正是新华书店。

几十年间，我遗憾没能实现自己小时的伟大理想，却有幸与新华书店结下了不解之缘。在新华书店的福佑和帮助下，我从一个读书、买书的读者，

成为写书、出书的作者。虽然，书中没有黄金屋，书中没有千钟粟，书中也没有颜如玉，新华书店却让我实现了许多人生愿望。我至今已在报刊上发表了上百万字的文章，在全市全省乃至全国的征文大赛获奖，出版了散文集《放牧乡思》《岭外春声》。已成为中国散文学会会员，中国报告文学学会会员，中外散文诗学会理事，中国钢笔画联盟理事，广东省作家协会会员，入选《中国散文家大辞典》《中国散文诗作家大辞典》。并先后评为惠州市十大书香之家，广东省十大书香之家，全国首届书香之家。

凡事都有个前因后果，我的这些小小成绩如果算是后果的话，也许，新华书店就是不容置疑的重要前因。

无论过去，现在，还是将来，新华书店都是一盏照亮我人生走向、永远不灭的智慧心灯。我愿在这盏心灯的指引下，迈向人生的远方。

（2018 年 8 月 11 日《惠州日报》，获惠州日报、惠州新华书店有限公司主办的"新华书店杯——我的读书生活"征文一等奖）

斯人已逝　师言犹在

——怀念恩师钟逸人先生

一

2016 年 10 月 10 日晚，月色下的鹅城，华灯璀璨。

20 时 30 分，一个电话打破了往日的宁静。一位原在和平县工作时的老同事打来电话说，刚刚看到一个信息，钟逸人老师今天去世。开始我不太相信。一会，陆续接到朋友报信电话，之后又看到市作协发布的告示，各种信息反复证实：老师确已仙逝。

钟逸人老师退休之后，长期身患十多种疾病，多次进出省市医院，每次都被死神撵了回来，他总说还有许多写作心愿没了。难道这次他没能迈过那道坎，手中那支笔一掷方休了吗？

二

这意外的消息让我辗转反侧难以入睡，40 多年来，与

老师交往的每道细枝末节，在朦胧的月晕中历历在目起来……

1974 年秋，高中毕业当了两年农民的我，由大队推荐去参加第二批党的基本路线教育运动工作队，进驻和平县东水公社大田大队。

与农民"三同"（同吃同住同劳动）了一年之后，运动结束。上级通知我继续参加第三批运动。1975 年 6 月，我报到时才知道，自己被分配到县委路教办公室。同时报到的，还有在全县工作队中挑选出来的，三个与我年龄相仿，也能写点文字材料的毛头小伙。我们都同分在调研简报组，组长就是钟逸人老师，他当时在县委宣传部工作。有人告诉我，他是暨南大学中文系"文革"前的老牌大学生，县委、县政府的大材料全得由他执笔，他还兼任县委书记的秘书，在大院内众多秀才中首屈一指。他让我这写文章还属小学生水平的人，立马感到一种巨大的震慑。

出于好奇，我便去打字室看他写的文稿。令我诧异的是，他的字写得如二三年级的小学生，十分幼稚拙朴，但一笔一画一丝不苟，很少连笔简笔，认真揣摩，倒也不失一种独特的书写风格。再细看文章，笔锋颇健，精炼老道，每个用词每个字眼每个标题都准确到位，且没有官场常用语言，通篇找不到一句多余的空话废话套话，言简意赅，深刻生动，令我惊服。心想，在当时的这种情况下，还有人能将公文写得如此别开生面、引人入胜的？真让我大开眼界了。

出于崇拜，第一次开会便想认识他。那天他走进会议室，只见他一头硬直的短发，一张皮肤黝黑的国字脸，挎着一个绿色帆布军用包，穿着一双绿色解放鞋，衣着简朴不修边幅，说话时常习惯性地挠头发，与旁边的人谈笑风生，声音洪亮笑声不断，骨子里透出一种知识分子的桀骜不驯与精明强干。

从此，我们四个小伙子就做起了他的学生，也开始了与他的人生交往。他开始修改我们的文章，手把手教我们如何写调查报告、典型材料、经验总结、领导讲话，分析他们之间的异同点，包括语句、用词、口气、语言风格、开头与结尾、大小标题的区别等，一一从细道来。我们四人，三个高中毕业

一个初中肄业，以前从没学过公文写作，每样都是从零开始，逐项学习，就像小学生学"山、石、田、土，日、月、水、火"。

我不知道他何时注意上我，也不知道他对我的印象如何。1976年冬，组织上将我和另一个小伙子推荐去读书，属最后一批工农兵学员。临走前，调研简报组召开了一个小型的欢送座谈会，钟逸人老师对我们四个年轻人逐个点评。他对我的评价是，可能会在写作上有较大的突破，且在写作道路上会走得最远的一个。

直到今天已经证实，我们四个人，以后全部从政，一个是深圳福田区政协办公室主任，一个在老家当了常委、常务副县长，还有一个先后任公社书记、县局长，后在惠州象头山自然保护区担任科长。四人中，在写作上谁有较大的突破无法定论，但可以肯定的是，决心终生以文字为伍、"执迷不悟"舞文弄墨到底的，看来确是仅剩我这小子了。

可见他的眼光独到。

<h2 style="text-align:center">三</h2>

1978年冬，待我读书毕业重新回到和平，钟老师已调到县委办公室工作，担任县委新闻秘书，后提拔为县委办公室副主任。

1983年，他又提议将我调到县委办公室。近距离接触到他后，两件小事影响了我的一生：一是记笔记，二是写日记。不论下基层采访，还是跟领导下乡；也不管大会小会，他都手持笔记本记个不停。领导在下乡途中讲的某一句有价值的话，他都马上记录下来。他说领导的工作意图并不一定全部表现在会议上，也许会表露在平时的谈吐中。他工作过的单位，领导对他的评价尽管不甚统一，有一条却是高度一致，就是记得十分勤快。几十年来，我碰到两个整天拿着笔记本，记个不停的人，一个是钟老师，另一个是人民日报的记者刘虔老师。钟老师还坚持天天写日记。虽然几十年来多次搬家，

但他的笔记本、日记本保存完好。他后来撰写的材料，包括报告文学、小说、散文、政论文章等，那些笔记本、日记本为他帮了很大的忙。他的工作生活习惯也影响了我，参加每项活动，我都详细记录。参加工作至今，每天坚持写日记。我也不敢说这两个习惯是绝对的好，但我的一些文章，其实也是根据当初笔记日记的记载，整理成文的。起码，事件发生的具体时间，一般而言，是比较准确靠谱的。

1983年冬，他离开和平县调到惠阳地委办公室。他走后，我们县的文字工作留下一段空白，地区开会需报送材料，都要先与他请示沟通，由他提出思路，之后我们动工起草，初稿写好后再送他修改，稿件改定后传回我们，最后才报地委办公室。县委、县政府领导包括县委办公室的主任们，都习惯叫他"老钟"，他三十多岁就拥有这个尊称，可见他在文字方面的老成和睿智。他对上级政策的理解和解读，深刻得总是超出常人；他写的政论文，在我认识的人当中，至今无人能出其右。

他走后，还有一个问题亟须解决，就是县委新闻秘书的人选。因为之前由他兼任，他调走后曾由另一个同志担任，即当时在县委路教办一起来的四个小伙子之一，也算是钟老师的学生。那小伙子不久也调到深圳去了。谁来担任县委新闻秘书较合适？县委办公室主任去电征求钟老师的意见，他毫不犹豫地推荐了我。也许是"塘中无鱼螃蟹贵"吧，我这"廖化"也要当先锋了。刚上任时，我一片迷茫和束手无策，投稿的程序，新闻单位的通信地址，发稿要用复写纸复印多少份等，一概不知。只能在电话里向钟老师——讨教，他不厌其烦地向我细说其详。在钟老师的指导下，我在新闻秘书任上干了三年，从零开始，不断努力，连年被评为优秀通讯员，还为此晋升工资一级，省政府颁发立功证书。随后我又被提拔为县委办公室副主任。

当上副主任的我，并没有在和平工作多久。1988年3月，河源撤县建市，我调往河源市委办公室工作，也离开了家乡和平县。

四

似乎与老师的缘分未尽，命运安排我们 7 年后重又聚首。

1990 年夏天，那是一个炎热的季节。省委办公厅在惠州召开信息工作会，我在会议期间，顺便去长寿路他的家中拜访。其时钟老师已由市委副秘书长、政策研究室主任，调任东江报社任总编兼社长。当时惠州正风生水起掀起开发的热潮，一时间成为全国关注的热土。他一边习惯性地挠头发，一边兴致勃勃地叙说报社正乘势而起，扩充发展，需要在全国范围内引进大量记者编辑。我听了心头一热，打断了他的叙说，弱弱地问了句：我能否加入这个行列？他停止了挠头发，盯着我大声地说：这个可以啊。我们就这样三言两语，很快达成协议。

调动中间，费了点周折，但最终在当年冬天，我从河源市委办公室调入东江报社。于是，我从河源市委崭新的办公大楼，从东江的上游，来到了东江下游，来到残旧的只有一幢家属房的办公地点——当时的东江报社上班。

开始我在编委办工作，新来乍到，新闻和报纸的许多业务还云里雾里，处于糨糊状态。他便教我如何写作新闻稿件，说与公文写作又是一个不同的领域，并分别说明消息、通讯、特写、专访、评论的不同写法，同时还对报纸的排版，各个版面的侧重点，新闻标题的制作，按语的写作，新闻照片的选配、位置等，向我一一讲解。也经常跟他下基层采访，每次采访的路上，他都会谈及本次采访的目的意图，报道时如何安排，如何配照片和评论，也会听取我们的建议想法，然后又说出他的编辑意见。回来后他常会连夜亲自操刀，翌日拿出稿子，并配好言论。他的敬业精神和写作速度，不得不令人折服。叫人暖心之处，所有参加采访的记者都署有名字，不会遗漏任何一人。

根据业务发展，报社需成立文艺副刊部，他有意让我挑起这副担子。他知道我在和平县就是文艺创作的业余作者。他为了考察我，让我写几篇散文给报社其他领导和同事看看，我熬了几个晚上，写了《山村小夜曲》《山村

除夕》两篇散文，刊登在副刊上，得到他及报社其他领导的认可，算是通过审核，走马上任做了报社首任文艺副刊部主任。我的散文写作，也是始于此时。

报社在他主政下，几年内连跃几个台阶，从东江报到惠州报大报，再到日报，完成了历史进程。他对这份报纸的发展壮大，其贡献是不可否认的。

五

依然是好景不长，不久他又离开报社，调入市文联任主席。1997 年 3 月，我调到市人大常委会机关，因同在政府大院内上班，我们经常在一起交流，我们抛开公文和新闻，又讨论起小说及散文，他写的每一篇作品，第一时间总是与我们分享，并虚心诚恳地听取反馈意见。

回想我们师生之间的业务交往，开始是公文写作，随后是新闻写作，最后是文艺创作，涉及了三个领域，每一项都是在他的引领下，破题、上路、前行。只可惜本人天性愚钝，每一样只能望其项背，学点皮毛。

他看过我第一本作品集《放牧乡思》后，给我传授写作散文的一个方法，说写散文不能光举几个例子，最后写一段话概括点明主题，这是一个老套路。要学会将你的感情和意图，贯穿渗透在文章的每句话每段文字中，引导读者在读你的文章时，潜移默化，进入你预设的意境，融入你的喜怒哀乐，不知不觉间与你发生共鸣。

前年他写了篇《魂断九连山》的中篇小说，他叫我用钢笔画为他设计封面，并提出了总体基调。因故事的发生地，文中的主人翁，我都熟悉，我依靠回忆画了旧时的和平县城，还配了和平县的标志山峰仙女石，整个封面采用湛蓝色调，烘造出一种与本书相符的悲剧气氛，书名的"断"字用毛笔手写，其他字用电脑字，"魂"字用中间断裂的手法表现，他看后认为体现了小说的创作意图，颇为满意。

回忆四十多年来，钟老师对我感染最深的，是他以写作为生命的精神。

他一生从不讲究衣食住行，不享受生活，也不修边幅，只享受文字。他一生感兴趣的，似乎只有写作。喝茶吃饭聊天，写作永远是主题。每次见面，他都会带一个胀鼓鼓的文件包，掏出来的不是他的新书就是刚写好的作品。出差或开会与他同住一个房间，常见他半夜起来开灯写作。也许是用脑过度，也许是对生命的透支，退休之后，他一直疾病缠身。与他通电话或见面，不是说准备住院就是说刚刚出院。我们常劝他以身体为重，量力而行，但他怎么也不舍手中的笔。对待病痛，他似乎只能用写作进行缓解。身患癌症的他，支撑生命力的，也只有写作。

今年6月，他从广州住院动完手术回来，大病初愈，我们几个请他在天悦饮早茶，他又拿出刚完成的中篇《烛光无泪》，每人复印了厚厚的一大本给我们，还谈了他的设想打算，计划日后写几个中篇。我回家认真拜读了《烛光无泪》，并划出了重点，还提出了修改意见，后来市作协召开《烛光无泪》研讨会，可惜我回了老家无法参加。国庆节前，他打电话说节后要与几个老朋友相聚一下，由他"买单"。

我一直等着他的电话。想不到，等到的竟是他的噩耗！我接到他手机拨来的最后一次电话，是他侄子钟海岚用他手机打给我的电话，报告了他叔离世的消息。

2016年10月10日上午11时23分，他的生命永远定格在75岁。

我们长达四十多年的交往史，从此永远没有了续篇。

抬头仰望阴云密布的天空，拭去眼泪，心中默念：

老师，请一路走好！

（2016年第6期《东江文学》）

浅评片语

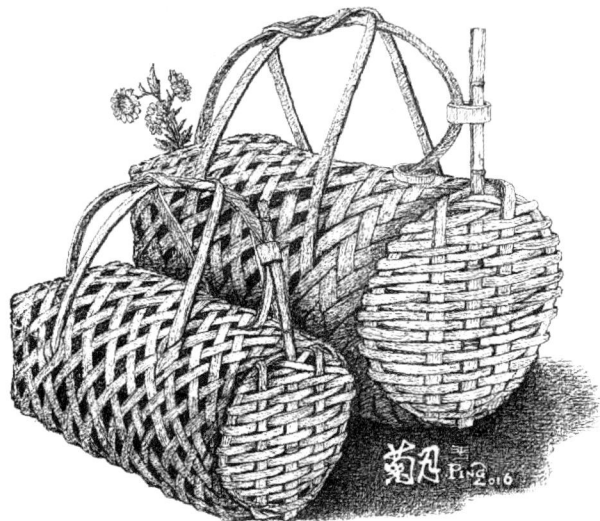

三十而立

—— 《惠州市老干部书画摄影协会成立三十周年纪念册》跋

一

2016 年 12 月 1 日，晴空旷远，云淡风轻。

惠州市博物馆，市老干部书画摄影协会成立三十周年书画摄影作品展将在这里隆重开幕。

这是一场盛会，展馆内外，人如潮涌。省老干部书画诗词摄影家协会班子主要成员共 18 人前来庆贺，市委书记、市人大常委会主任陈奕威亲临祝贺，市四套班子领导和市老领导出席，省老干书画会余定军会长，市委常委、组织部长王开洲，先后致辞，市委组织部副部长、老干部局长朱毅凡主持开幕式，全市新闻媒体倾巢而出。

在此之前，省和各市老干书画会先后发来贺信和恭贺书画。

这一切都让人想起，三十年前那个不平凡的日子。

逝去的岁月，并未走远。

二

1986 年的冬天，"也无风雨也无晴"，而对于我们老干书画会而言，绝对算是一个特殊的季节。

在这年十二月一个冬阳柔暖的日子，我市 13 位有识之士，汇聚在西湖之滨的市档案馆，成立了东江老年书画研究会，这是全省第一家老年书画会。13 人中，有地委行署的现职领导，有烽火岁月走过来的离休干部，有享有盛名的资深文化人。在那张难得的合影里，他们或站或坐，笑容可掬，那种洋溢着文化自信的微笑，将镌刻在永恒的历史空间，直至永远。

老干书画会的历史，从此有了序言。

三十年来，老干书画会在惠州文化舞台上频繁亮相，展示风采。在重大节日举办大型书画展，为会员举办个展，与各县区合办书画展，并走出惠州与外市联办书画展，编印书画摄影作品集，出版诗歌集《二春集》。会员队伍从当初的十几个人，逐步发展到上百人，且正在接近二百人，并被省老干书画会接纳为会员单位。

鲁迅先生说，世上本没路，走的人多了，也就成了路。开路先锋，需要敢为人先和智慧魄力；且同路人越来越多，十年，二十年，三十年，并一直走下去，更需要当初的决策正确和远见卓识。

任何成功都由综合因素构成，穷究其因，无非古人所言之范畴：天时地利人和。天时，应该得益于改革开放之后的春风荡漾，万物竞生，有了合适的空气空间和阳光雨露，书画会破土而出，应运而生；地利，惠州文化历史名城浓郁的历史底蕴和文化氛围，是书画会生存发展的土壤环境。人和因素可能更多些，一则市委市政府、市领导和市老领导的关心支持，是书画会的强大后盾和强力支撑。二则一帮文化热心人士的无私奉献，高擎旗帜率队向前。三则有一大群热爱艺术的书画会员，志趣相投汇聚一堂，让这支队伍歌声嘹亮地向着太阳，步伐铿锵地永远向前。

三

我们能三十年风雨兼程一路走来，离不开两个领军人物。

当然首推第一任会长、地区档案局长戴梧先生。他个子不高，其貌不扬，却有着过人的勇气和远见，以及难得的亲和力。他是一个穷苦的放牛娃，仅读过四年书，在牧童时光以树枝为笔，以大地为纸，练开了书法。投身革命后，为建立新中国奉献了青春。新中国成立后转业地方，看到许多与他一样的穷孩子，早早参加革命而没能走进学堂。甚至看到个别人参与赌博影响家庭，他为此感到痛心。于是，触动了他的心灵，他决心开创一块文化阵地，让这些人老有所学。他积极奔走呼号，主动争取上级领导的大力支持。书画会成立后，要让这帮过去拿惯了枪杆子的老战士，捻起望而生畏的毛笔，绝非易事，但是这一切都难不倒戴会长。他多次成功地举办了书画展，让这些过去没喝过墨水的大老粗的书法作品，登上了大雅之堂。

现任会长杨祥，从市老干部书画摄影协会创建至今，他一直在书画会工作，是首任秘书长。从当初的年富力强到耄耋之年，三十年如一日。他退休后的二十年间，以协会为家天天上班，甚至病倒在上班途中被送进医院。在他身上，体现出两个字：坚持。这一点，书画会难有人出其一二。任何的坚持，都有其执着在，意义在。在他已年逾八十高龄行走不便时，仍在他老伴和女儿陪同之下，不时来书画会走走看看，说明他对书画会的一往情深。他为人低调不喜张扬，总是低声说话谦恭有礼。他书法造诣精深，仍每日苦练不辍，就像一头永不言倦的老黄牛。

老干书画会发展史册每一页的书里行间，都留有这两位前辈挥抹不去的墨迹。他俩就像两位勤劳的老农，在精心编织一道道篱笆，让我们拥有一个温暖如春的家，在这块土地上挥锄播种，稼穑满园。没有过去，就不成为其历史，"吃水不忘掘井人"，书画会能有今天，我们永远不要忘记这两位前辈。

在我们这支浩浩荡荡的队伍中，有太多让人感动的故事。他们将自己与

艺术缚定一生，立志将自己的晚年致力于丹青光影，老夫聊发少年狂，就像一朵朵迎风怒放的山花，将书画会装扮得花团锦簇，春意盎然。他们从当年的倚剑走天下，到今日的翰墨伴终生，抛却功名利禄，惯看秋月春风，并不是简单的华丽转身，是一种精神境界的美丽蝶变。

四

春江花月夜，渔舟唱晚时。

往事，如一缕笛音，在天际轻轻飘来。

1993 年我在报社任记者时，曾采访过两位会长，友谊的丝线从此轻轻扯开。花开花落，峰回路转，重回布衣之后，我有幸融入老干书画会这个团体。我是在 2007 年创建全国文明城市时参与到书画会的工作，不觉间已过十年。虽没有弹指一挥间的潇洒惬意，却也有栉风沐雨的柳暗花明。当我逐渐介入书画会的工作，感觉每个字的横竖折钩，每笔画的勾勒皴擦，都能让人不堪重负。我自知自己能力有限，有太多的短板拙处，总是诚惶诚恐，常会迷惘彷徨，也会拔剑四顾心茫然。

静夜，待满纸洇染慢慢散去，月色下是半干的隐隐墨痕。每当我感到身心疲惫，想到前辈创业的艰辛，领导的殷切期望，众多会员如父辈兄长般的关心呵护鼎力支持，我又会感到一种坚毅的力量和舒心的温暖，激励我昂首前方砥砺前行。我想，既然踏上了这条路，"莫听穿林打叶声，何妨吟啸且徐行。"纵使前方月落乌啼霜满天，也要踏出个霜叶红于二月花。

"三十功名尘与土，八千里路云和月。"三十年来，风云变幻，沧海桑田，我们用色彩光影描绘精彩走到今天。三十而立，风华正茂；"年年岁岁花相似，岁岁年年人不同。"三十年后，我们又将重新出发，踏上新的长征路，奔向彩墨生辉、春色满园的美好未来。

2017 年 8 月 23 日

窗底自用十年功

——曾平钢笔画集《钢笔生画》后记

九月十九柿叶红，闭门学书人笑翁。

世间谁许一钱直，窗底自用十年功。

近读陆游的《学书》诗，对"窗底自用十年功"句，如一缕亮光触动心底。回想我学钢笔画，亦近十年。现将笔墨痕迹梳理成集，内心总诚惶诚恐，恐人贻笑大方。虽不入大雅之堂，但借此检视学画的历程，见教于同道，亦未尝不可。

书名《钢笔生画》，是借用"妙笔生花"一词。我没"妙笔"，遑论"生花"，只是用钢笔涂成画罢了。喜欢钢笔画，是因为喜欢它黑白之间的简单明了。用最简单的线条，最单调的颜色，捣弄出斑斓怒放的满坡山花，实在是钢笔画的魅力所在，是其他画种难以比拟和无法企及的。

其实，最简单的事往往最复杂，小如巴掌的地方，用毛笔画国画一蹴而就，我们画钢笔画得描上数百上千条线，有时得几十分钟才能将线铺成密不透风的筛网。又比如钢

笔画中的灰色调，需用线条的粗细浓淡来显示，各种笔调的深浅十分微妙、变化万千。简单与复杂，却迥然易位。

有人质疑钢笔画写实风格的艺术性而不屑一顾，也有人认为精雕细刻的钢笔画只是一种工匠行为。讨论此事题目过大，艺术本身就是百花齐放，无需一种统一的风格；而学习钢笔画，确实需要一种耐心极强的匠人精神。

总有人问，一幅钢笔画要画多久？当我说短则一周，长则数月，甚至一年，闻者总是咋舌，似乎不太相信。我说你找一张 A4 白纸，用钢笔将之全部涂成黑板一块，你就知道何谓久、何为难？

十载春秋，一路走来，寡闻掌声，少见鲜花，更多地感觉疲惫艰辛。多少个残月之晨，多少个青灯之夜，所有的闲暇，我都趴在了纵横交错的线条上。虽没有曹雪芹的"满纸荒唐言，一把辛酸泪"，却有行走在夜风间的寂寞孤独。有时也会犹豫彷徨，面对灯红酒绿，是否空负时光？但一觉醒来，所有的疑虑都烟消云散，依然义无反顾拿起画笔，将那些纵横交错的线条涂画下去，涂满我的日月星辰，春夏秋冬。

中国钢笔画联盟主席李渝基先生，他一直鼓励和指导我，当我准备出版钢笔画作品集的时候，我第一时间想到请李主席为我写序，但我又不敢直说。当我很委婉地说明来意后，想不到李主席欣然应允，令我万分惊喜。深圳特区报副总编侯军先生对我说，你一定要将钢笔画作为很有意义的事情坚持下去。春节前夕我请他写序，他说文人之间，邀序是大事，岂敢怠慢。年后即奉上一篇美文。我国著名篆刻家韩天衡的入室弟子、曾任《中国老年报》社社长的孙立仁先生，为我的书名治印"钢笔生画"。《说文解字》里并没有"钢"字，为了求证"钢"字的通假字为"刚"字，查阅了不少资料。如今刻的"刚笔生画"，并非错字。孙先生这种严谨的学术作风，令人敬佩。

还要感谢我的德高望重的老领导和许许多多的朋友、亲人，对我的支持、鼓励、帮助；感谢曾志平先生、钟汉光先生、彭松先生对我出版作品集，从各方面的鼎力支持。

更感激家人的全程呵护和默默奉献。我爱人对我的事业始终不渝地支持，她是我的钢笔画第一读者，她的评论往往一针见血，我也会从她的只言片语中发现作品的瑕疵，及时进行调整和改进。还有我的女儿，她毕业于大学艺术系，成为我身边最专业的指导老师。

有一次在老家乡下写生，一个没读过书的老婆婆，扛着锄头在我身后足足看了半个小时。我问她画得好吗？她说画得好像。有一次我在老家县城宾馆大厅等人，拿出当天的速写本进行加工时，被一帮小学生发现，他们马上围上来与我合影，将我的画全部拍照。

我常想，目不识丁的老婆婆和认字不多的小学生尚喜欢艺术，难道，作为钢笔画人，潜心画画还需要其他更充足的理由么？

"闭门三月梨花雨，遍写千林柿叶霜。"严寒酷暑披星戴月的耕耘，如果收获的不是果实，也没有花朵，也绝不后悔，我愿做一介冰清玉洁的"画痴"，坚守在这片土地上陶醉自我，描摹属于自己的岁月静好。透过那万千线条间的缝隙，窥见她的万里晴空、春风拂面。

（2018 年 8 月 1 日于惠州东江之滨阳光名邸朝阳阁）

我读风语

—— 曾玉仿《桐乡风语》读后

一

仿弟《桐乡风语》即将出版，正逢桐花盛开时节，故乡的桐花此时正端坐在春天的肩头，将馨香撒满了整座村庄。夜读这本文集，我犹如又走进了那片桐树林。我认为最能在近距离解读风语的，应是我。不为别的，我是他世上唯一的亲哥。书中描述的那群攀爬桐树顽皮少年，领头的正是鄙人。

不免想起 2012 年国庆前夕，获悉仿弟加入了广东省作家协会，感到由衷的安慰。并非因为新中国成立以来我们全县仅有 5 位省级以上作家，我们兄弟就占了两位，而是作为秀才霞久老爹的后人，我们没有辱没"文林第"的书香门第。

只有我知道，仿弟能有今天，其步履走得比常人更为艰辛。

二

仿弟先天不足，且命运多舛。

他出生于 20 世纪 50 年代后期，正是我国经济困难时期。母亲奶水不足，父亲在一个中学当厨房工友，微薄的工资勉强还能买上几瓶牛奶，无奈仿弟嫌腥不愿碰牛奶半口，平时又缺乏营养，便落下一个羸弱的身子。他入学那年，刚好村上开办了不甚正规的"半耕半读"小学，他便成了"首届耕读生"，后又在一所小学上的附设初中，学习就一直无法系统化。好在他发奋读书，全村 7 人去考高中，仅他一人金榜题名。他从小学直至高中，正是"文革"时期。恢复高考后，他踌躇满志，埋头复习，由于营养不足加之劳累过度，他在临考试前三天又吐又拉，开考那天早上还拉肚子，他是带着疲弱的病体走进考场的。凭着他惊人的毅力和昔日的功底，竟也中专入围，但随后的体检却因身体虚弱没能过关，他被无情地挡在了中专的门槛之外。

饮恨沙场之后，他被逼上了另一条充满荆棘的崎岖小道，开始了人生最磨难最低谷的 10 年乡村生活。不幸的是，干农活并非他的强项。一百斤重的稻谷，别的农村小伙挑起来健步如飞，而在他体弱瘦小的书生肩上，却摇摇欲坠举步维艰。为了避开繁重的体力活，也为了养家糊口，他试图改变命运，四处拜师学艺，想当裁缝未果，又想成为砖瓦匠，无奈到处碰壁沮丧而返。穷途末路之际，提起我曾经用过的画画工具箱，硬是用他半生不熟的画技走村串户招揽生意。为了求人画一张床画，他绞尽脑汁费尽口舌，时近 9 点还在空着肚子动员主家画画；为了回避主人家突发的丧事，已是黄昏他需收拾行装起程，孤身一人赶往另一陌生的山村；为了投宿，冬夜他与一孤寂老人为伴，同盖一张又臭又脏中间还有个大窟窿的破棉被。那一个饥饿的早晨，迷茫的傍晚，风啸的寒夜，是他不堪回首刻骨铭心的人生经历，至今读来仍令人为之动容，唏嘘不已。

三

　　我们出生在一个贫寒的家庭，父母没甚文化，兄弟姐妹众多。我还尚好，小时候能喝上牛奶，身体比仿弟结实得多，高中毕业之后仅在乡下一年便外出做事，也较早找到工作。每当我回到家乡，看着瘦弱的仿弟卷起裤脚，露出白皙的双脚，扛起笨重的犁耙下地干活，心中充满了歉意，怎么干活的不是身体壮实的我，而是文弱的仿弟？我真想与他换位。因此，一回到家，我总是与他一起下地干活，想从中减轻他的劳作；有时也与他一起出门画画，想从中帮他一把；他在乡下结婚，我虽然工资不高，却倾尽囊中所有，尽可能将婚礼办得风光体面；我一边自己努力工作，一边为弟弟的工作操心，一有机会马上向人推荐；每次回家都要翻看他的日记，了解他的悲欢苦乐。晚上则同床共被彻夜长谈，直至鸡鸣数遍才倒头睡下。

　　失之东隅，收之桑榆。错过了风，他便收获了雨；失去了春花绚丽，他便赢得了秋叶静美。正是有了这种苦难经历，让他更加珍惜来之不易的工作岗位，无论在镇府，在工厂，在机关，他都把工作视为自己的第一生命，干一行爱一行钻一行。也正是有了这些常人难以遭遇的经历，走出了他独特的人生之路，也铸成了这本书的出彩之处。

　　当初仿弟在我的影响和诱惑下，在乡村艰苦的劳作之余，也爱上了文学，在昏黄的油灯下爬起了格子。在《和平文艺》，有时我们兄弟俩会在同一期发表作品。我感到既惊喜又纠结，既高兴又惶恐。我不知道，我领着他走上的文学之路，不知是布满荆棘，还是铺满鲜花；是满天阴云，还是漫天彩霞。

四

　　如今，仿弟已经出版了一本诗集《家园秋梦》，加入了省作家协会，并且有了一个幸福的家庭。妻子秋花勤劳善良；儿子智聪毕业于武汉理工大学，

现于南方大都市一高端车评网担任主编；女儿小健毕业于华南农业大学，现就职于团县委。可喜的是，一对儿女均爱好文学，已在报刊上发表作品。我能荣获第七届广东省"十大优秀书香之家""首届全国书香之家"，仿弟一家功不可没。

马年春节，我和仿弟两大家子回到家乡欢聚一堂，在修葺一新的祖屋"文林第"前，我们畅饮欢歌，笑谈人生，在故乡温馨沁人的春风里，在枝丫横斜的桐树林下，我似乎听见风声轻轻，风色清清，风语亲亲……

（2014年夏月于惠州西枝江畔）

烽火岁月的异彩人生

——肖以锦《嶂下烽烟》序

嶂下，是一个时代传奇。

嶂下村名的来历并不复杂和神秘，是小山村蜷伏在粤北的鱼潭江畔气势峻拔的鸡公髻嶂下，故而得名。嶂下村在层峦叠嶂的九连群山之中，偏安一隅安度着漫长的岁月。千百年来，她的名字就掩藏在林木茂密的大山深处。因了那场红色烽烟，山村骤然成为闻名遐迩的"九连小延安"。

肖以锦，就出生在这个小山村里，当年的一介文弱书生，目睹激情燃烧的革命烽火，在高亢嘹亮的革命歌声中，毅然决然地参加了游击队，投入到这场伟大的革命洪流中。在风雨如磐的艰苦岁月里，铸造了他不同凡响的异彩人生。

但他很不幸。因父亲当年为了革命需要，做了"白皮红心"的伪保长，新中国成立后，他的父亲为此判刑坐牢病死他乡，他和妹妹也受到株连，大好前途随即断送，屡次运动都难逃厄运。虽然几十年后父亲的案件得以平反，但全家蒙受的影响和损失，却无法挽回。

但他又是万幸的。他万幸出生在一个红色的山村，他万幸没有倒在敌人的枪口下，他万幸最终平反得以重用，而且他还能万幸高寿地活着。

离休之后，他本可以安逸平和欢度晚年，但他历尽劫难，初心不改，他善良正直，爱党爱国，他不忘生他育他的嶂下村，不忘今天来之不易的幸福生活。他没有忘记那些为新中国的建立而献出青春和热血的英雄，没有忘记那些为革命胜利而失去宝贵生命的英烈，以及被敌人杀害的革命老区众多乡亲。他立志要在有生之年，收集资料，编撰文章，自费出书，记述嶂下村的红色家史，重现那段难忘的历史烽烟，为那些英烈们树碑立传。

经过多少个日日夜夜的不懈努力，终于有了这本书。当然，作为一个嶂下村人，他收集的这些史实，都以嶂下村为中心展开。这些人物和事件，都和嶂下村有关，有的是在嶂下生活和战斗过的东纵官兵，有些就是直接记述村中的游击战士或山村的历史，所以取名《嶂下烽烟》，是很准确和恰当的。这些事件都与一个中心人物紧密相关，那就是我们和平人家喻户晓、威震敌胆，被乡亲们亲切地称之为"大林"的林镜秋。如果没有"大林"，嶂下仍将是天下人不识的默默无闻小山村。

肖以锦以饱含深情和敬意的笔墨，重点记述"大林"在嶂下开创红色革命根据地的革命活动轨迹，描述了东纵北撤后那段隐居深山孤立无援的艰苦岁月，写了"大林"在大山深处，运筹帷幄决胜千里的大智大勇，以及大进大退惊心动魄的无数次战斗。既重点描绘了几场大仗的战斗画面，也精心记述了数次深入虎穴的除奸行动，读来历历在目，如临其境。看着一叠厚厚的书稿，真难以想象，这些竟然出自一位年近九秩高龄的长辈所为，不但惊艳，还得叹服。

之前，我对肖老并不熟悉，读了他写的全部书稿后，他的形象突然立体清晰起来。他为人谦虚随和，处事低调，脸上总是带着春意盎然的微笑，加上他并不健硕的身躯，很容易被误认为是一个弱不禁风的长者。其实在他的胸中，有着四海翻腾的万丈怒涛，有着坚如磐石的钢铁意志，有着熊熊燃烧

的冲天烈焰。他在战争硝烟中形成的注入骨髓的红色基因和家国情怀，是支撑他面对生活和笑对人生的强大精神力量。为此，我对他肃然起敬。

我也曾在去年国庆节慕名两次前往肖老的家乡嶂下，汽车毫不费劲地沿着水泥路直开到山村的地坪上。只见今日嶂下，远山苍翠，溪流潺潺，山村宁静，鸟声啾啁，蓝瓦红墙的民居散落山间，树影横斜处，花开篱笆外，如果加上清风明月，四时风景，必是风雅一时，犹如世外桃源。是现代都市人在热闹喧嚣的间隙里，偶然回眸的闲心牵念。但是，当年的"大林"绝不是看上山村的秀美风光，他认可的是易守难攻的军事价值。当年进出大山的路可是崎岖曲折，荆棘密布，是对根据地的天然屏障和最好防护。

现在，和平县委、县政府用重金打造这个红色基地，让更多的人能来这里缅怀革命历史，接受革命传统教育。当年的那场烽烟，已消失在淡蓝色的远山尽头。但那些饱经风霜的断墙残垣，却永远耸立在历史的山巅上，闪闪发光。进山的弯弯曲曲唯一公路，成为联结过去与未来的历史诗行。在司令部旧址和前进报厂房，我的思绪飞向了遥远的过去；我抚摸着先辈们用过的旧床旧桌，就像在细读嶂下那段烽火岁月的红色历史。人间正道，既是沧桑，更是真情。古墙上书写着习近平总书记的一段话："革命老区是党和人民军队的根，永远不能忘记。"在灿烂的阳光下，分外耀眼。

我推荐大家都来读读肖以锦的《嶂下烽烟》这本书，将会受到一次不同寻常的思想洗炼，会品尝到一位东纵老战士的良苦用心。我们每一个人都应学会感恩，都应懂得，有了那段艰苦岁月的红色烽烟，才有今天春光明媚的幸福生活，才有艳阳高照春暖花开的新时代。

（2018年"八一"建军节于惠州东江之滨阳光名邸朝阳阁）

永远的追梦人

——巫伯年诗集《向往》序

　　惠州市老年大学文学社八十高龄的社员、市作家协会会员巫伯年老先生要出版一本新诗集《向往》，让我为他的诗集写一篇序言，我不太写诗，对诗少有研究，只好硬着头皮说几句外行话吧。

　　巫老的诗，非关朦胧，非关新潮，非关小资。只是一种自我澄明的原本质朴，一种自我揭示的直截了当，一种自我释放的解读世界。如同花朵般悄然打开自己，在天地间绽放属于自己的花瓣和香味，全不顾倏忽来去的春华秋实，用诗化的笔触和钟情的色彩，点染成张力无限的生命之花。

　　请读《诗是磨盘》：

　　了解了语言功能之后／把汉字放入磨盘不停旋转／诗言情、言人、言物／诗是私语、是钻石、是宇宙／诗是虚无和消失、是矛盾和纠结、是宣言和旗帜／诗在无限的字词里／语言如蜜，心怀敬意地聆听和倾诉

这是一个历经了人世沧桑而又始终不改初衷的诗人，对诗的一种深刻理解和精到解读，是一种长途跋涉之后的"子在川上曰"。这种在心中持久地沉淀发酵，进而不仅内化为某种与之对称的感知眼光，而且被锻造成某种与之相匹配的诗艺尺度和形式要求。这样的眼光尺度和内在要求，互为表里，彼此渗透，从而形成作品的厚重纷繁和人生的复杂况味。

还有《挑水的女孩》：

女孩踏着露珠 / 去村东头挑水 / 方井边长满青苔、井水如镜 / 倒映出 S 形的曲线和一张玫瑰脸 / 一轮旭日跌落方井里 / 满天彩霞在桶里飘 / 扁担在女孩肩上跳

这是一幅晨雾氤氲的水墨画，又是一段独角戏的演出本片段，一连串的哑剧式的动作效果：有水井的涟漪和井边青苔的特写，有摇移的长镜头和鸟鸣鸡啼的画外音。在具象与抽象、听觉与视觉、线描与泼墨的转换中，形成多种元素的交集变幻，勾勒皴擦出一个唯美雅致的"诗情画意"。

巫老十八岁从军离开家乡，而后浪迹天涯，故乡如无时不在的风，不管冬夏朝夕，总在他身边轻轻地吹。在《故乡，故乡》里，我们瞧见了从巫老故乡飘出来的那缕炊烟。

咀嚼童年的故乡 / 让我满眼泪水 / 难以遗忘的许多往事 / 激励我对未来充满着希望 / 故乡和煦的阳光、温馨月亮 / 杉木林、翠竹、水牛 / 屋前禾仓栋、屋后的福坛岗

诗人在捕捉瞬间即逝的往事中，揪住情感的触发点，将那片锅状凹地的弧度再向上弯曲一些，或将那枝油菜花开出的小花向深处放大，就能看出家乡的独特要素。在一段平缓舒曼之后的傲然向上，制造出不同凡响的高八度，直逼诗歌的精魂要素。

巫老在多首以其桑梓之地的山川地貌为材质的诗中，注入了一种别样情愫，洼地里那汪飞泻出山的小溪和屋角拐弯处那片迷蒙月色，淹没了他的身边存在和一切思维，剩下的只有一抹斑斓色彩。请看《山村的颜色》：

昔日荒山现在披上青春的彩衣 / 放纸船的小溪办起水电站 / 带动碾米机、冰箱和彩电 / 夜幕降临送来万家灯火 / 深山清醇的泉水 / 通过水管流过农家小院，灶边的水池清澈就像一面镜子 / 灶台上冒着香味的午餐倒映在池里

"诗言志"，在巫老诗集中的 109 首诗中，我们听不到气喘吁吁的声音，看不到一个耄耋老人的两鬓斑白，看到的是一个不断挑战自我，大刀阔斧地变革自己，勇敢地迈向新生活未知领域的长者。正义、善良、豁达、简洁、低调、温润，决不轻易跃入高音区，显示出对生活的虔敬和对生命的坚韧，体现出一种"踏遍青山人未老"的壮志情怀，一种"烈士暮年，壮心不已"的高远志向。他对过去的似水年华，对岁月的摔打磨砺，没有让自己的生命沉沦和记忆褪色，而是拂去满目纷纷扬扬的岁月风尘，变换编织出另一种诗意生活。

待到山花烂漫时，春风作伴好还乡，祈望巫老在文学的森林中和艺术的殿堂里，展开翅膀，放飞梦想，继续追逐他的文学梦，做个永远的追梦人！

（2016 年 5 月 23 日于惠州西湖畔）

一曲琵琶唱晚归

——黄祖柏《夕阳箫鼓》序

在我的家乡粤北山区和平县彭寨镇的仙人嶂下，有一条弯弯曲曲的滚水河，滚水河畔有一个美丽的小山村叫塘背。世世代代习惯于"锄禾日当午"的村人，并不知道他们村日后会有一个叫黄祖柏的人，在某一天抱着琵琶登上中央电视台的大舞台。

其实，童年的黄祖柏亦不晓得除了戽鱼打虾还有诗和远方，也不懂得什么叫琵琶，琵琶这两个字此时在他脑中仅是个零，一片空白。不断搅扰他少年梦的是另一样东西：手枪。

年幼的黄祖柏因家庭贫寒，也为了像村中的那个威风凛凛的游击队交通站长身边的警卫员那样，能肩挎一把漂亮的盒子枪，立志参加为穷人打天下的游击队。12 岁那年一个月黑风高的夜晚，他缠着村中的游击队员翻山越岭来到了部队驻地，大队长看他年纪尚小，叫警卫员拿出一支左轮手枪试试他的手劲，黄祖柏用尽九牛二虎之力，始终

无法扣动扳机，只好沮丧地打道回府。

举起手枪的一瞬间，成了他命运的分水岭。

如果他当时能扣动扳机放响人生第一枪，就将留在游击队当上"红小鬼"，成为打天下的有功之臣。虽然新中国成立后他也参加了工作，配上了梦寐以求的手枪，毕竟不可同日而语。

但世界上没有如果，只有结果。就在放下手臂的那一刻，命运为他指往了另一个方向，有一扇门在悄悄为他敞开门缝，静候他的来临。

新中国成立后，组织上派他去粤北行政干部学校、省艺术学校学习，后任四联文工团长，再后来到汕头戏曲学校学琴，他终于轻轻地推开了那扇艺术的大门，并不断地走近艺术的圆心。

初识琵琶有点偶然。在省艺术学校的某天晚上，驻地小院，月华满地，华南歌舞团吴伟中老师怀抱一种乐器在潜心演奏。看老师轻拢慢捻，低眉信手，江风月色，扑面而来。黄祖柏的眼睛忽然放出万道光芒，蕴藏在心底的艺术之火，似被从天而降的闪电点燃，这种弹拨乐器让他陶醉入迷。当老师告诉他，这种乐器叫琵琶，当夜他即暗下决心：学弹琵琶！

机会很快来临，1960 年秋天，当他被派去汕头戏曲学校学习时，毫不犹豫申报学弹琵琶。三度寒暑的孤单寂寞，他从未回头。一旦将琵琶抱于胸前，他就感到心花怒放，温暖如春。那时他虽没读到白居易的"犹抱琵琶半遮面"的动人诗句，却真切地感受到了琵琶"嘈嘈切切错杂弹，大珠小珠落玉盘"撞击心灵的奇妙旋律。

技艺最怕有心人，一旦上手，再难搁下。走出戏校大门，在连平汉剧团、惠阳地区汉剧团、东江歌舞团的数十年间，他的琴技日臻完美，以至于炉火纯青，人琴合一。始料不及的是，偶然邂逅的那个起源于秦朝有着二千多年历史的乐器，那四根弦线会与他的命运紧密相连，给他带来如此多的乐趣和荣誉，即使他并非唯荣誉而来。

拥有属于自己的琵琶，一直是萦绕在心头的梦，实现这个梦的过程有

点辛酸。1968 年，他与小丁师徒二人商量着自己做琵琶。他俩凑了几斤粮票和数根钢条，换了一根三米长的上等木板，小丁用半年时间，做成了琵琶背板，由黄祖柏找到广州乐器厂的师傅，求师傅做成了琴，那是一把真正的"土琵琶"。

1982 年，他调入市纪委工作，只能暂时搁下琵琶。这里的舞台异彩纷呈却波谲云诡，在狡诈阴晦的作案对象和错综复杂的关系网中，案件的幕后，并非如琵琶六相二十四品构成的十二平均律那般音阶分明，办案过程也没有他演奏琵琶那么轻松自如，前弹为琵后挑喻琶，许多时候对方并没有按常规出牌，此时更需要具有非凡的勇气和智慧来个"反弹琵琶"，用共产党员的意志和做人的准则，弹奏出铮铮铁骨的正气之歌。在那本"广东省纪检监察系统先进工作者"的荣誉证书背后涌动着的，是密云急雨下的一腔热血和震动山岳的击鼓鸣钟。

1998 年，他办好退休手续，卸下一身重负走出市政府大门，踏着西湖的绚丽晚霞回到家中。当他撩开那层薄薄的纱巾，重新抱起那把"心爱的土琵琶"，才发现木板开裂，音质变差，已经"老态龙钟"。于是在退休后的第二年，去苏州旅游时，自费买回一把真正的琵琶。晨风临窗，怀抱新琴，他要在"轻舟已过万重山"之后，走进"柳暗花明又一村"。

进校园，登舞台，收学徒，一切都似乎轻车熟路，也无须转折过度。抚挑抹拂、飞分勾扣，冷泉瘦月在琴弦外掬捧而出，天光水色于指罅间飘荡而来，"灯火夜深回昼日，管弦声动起春风"。二十年间，他的学子达四百之众，有的考上了大学艺术系，有的进入专业艺术团体，有的通过专业考级，有的成为单位和企业的文艺骨干。桃李满天下的黄祖柏先生被誉为"惠州琵琶第一人"。

在众多的学徒中，主要是中小学生，也有工厂女工、农村大妈。最为人称道的，是三个女学员。一个是惠州南旋毛织厂来自河南的打工妹党雪娇，因学会弹琵琶，从车间被调入厂办，后来回到老家，当上了文化传播公司人

力资源部的经理。另两个是家乡革命老区和平县热水镇女学员，卖五金的廖清凉和卖青菜的罗雪英。廖清凉卖货之余，见缝插针练琴。罗雪英每天担着青菜，背上琵琶，在街头边卖菜边练琴，黄祖柏"种"下的琵琶在大山深处迎风开花。

我对黄祖柏先生早已闻名遐迩，有幸认识是在 1990 年调入惠州之后，依辈分与年龄差，我对他尊称柏叔。其实，我老家玉岭村与柏叔出生地塘背村，仅相隔几座山，五六华里的距离，曾属同一大队，是真正的老乡。我在柏叔所在的聚史学校，从小学三年级直至初中毕业。塘背村是我上学的必经之路，我在这条小路上走了六个寒冬盛夏。

碰巧的是我们同住一幢楼，因此就有了许多现场观赏他演奏琵琶的机会。方知道他一家是不折不扣的"艺术之家"，令我钦佩和景仰。我更推崇他的为人低调，内敛藏锋。但谈起腐败分子和腐败现象，他的温文尔雅瞬间变成一个怒目圆睁的战士，慈和的眼睛会忽然发出犀利威严的光。爱恨之间的快速变换，体现出一种嵌入骨髓的凛然正气。

柏叔在抚琴之余，倾情书笺，近年又恋上写作，并成为惠州市作家协会会员。2014 年他的第一本书《柏味集》出版之后，好评如潮，令柏叔笔耕不辍。现在他又将近年作品结集出版，在第二本文集中，柏叔回忆家乡山水田园，行走在彭寨十八围、滚水河；回首从艺之路，戏校同事的爽朗笑声响彻书里书外；解读经典名曲，让古曲余音萦绕读者耳际；倾叙带徒趣事，诲人不倦为学子成功乐而乐。文法朴实，情真意切，故事励志。写得最引人入胜的，是那篇《忆带枪的年代》，从梦枪、配枪、丢枪、打枪、换枪到交枪，环环相扣，跌宕起伏，颇有章回小说之余韵。柏叔的另一篇《琴缘》，从识琴、学琴、做琴、练琴、赠琴、教琴，琴韵浸润的字里行间，写尽了他的琵琶人生。

太阳向西月向东，时光荏苒不可收。柏叔将他的书名定为《夕阳箫鼓》，是一种闲庭信步的岁月回眸，是斜阳晚风中的豁达情怀。阅尽千帆，往事如

烟，"老骥骨奇心尚壮，青松岁岁色愈新"，择一事，终一生，是一福。愿柏叔的琴声，永远高歌"琵琶行"，长奏"春江花月夜"，弹奏出落霞满天，星光万里！

（2021 年 6 月 8 日于惠州东江之滨阳光名邸朝阳阁云岭书屋）

大美人生

——《九连山人刘惠传记》序

2016 年岁末，一个暖意融融的冬夜，收到《九连春秋》主编陈仰天先生的微信，请我为和平籍东江纵队老战士刘惠的传记写一篇序，我感到勉为其难。为人作序，属名家所为。我一个无名小辈，要为一个德高望重的老干部作序，让我情何以堪？

陈仰天先生最后提示我：请与刘惠的儿子刘小峰联系。问题是，我不认识刘小峰，也没有他的任何联系方式，让我上哪里找他？

人，有时终究拗不过命运的安排。春节前夕，我到惠东县出差，在县城一家酒店就餐时，看到酒店大门口有条横幅，上书："惠东县和平同乡会春节联欢晚会。"出于老乡的情感，我走进了二楼会场。问工作人员组织者是谁，她们将我带到了一位中年男人身边。

细谈之下，得知面前的这位和平同乡会会长，正是刘惠的儿子刘小峰。我们都惊叹，真乃天数注定。我们始信，

如果是有缘人，命运总要安排在某一天彼此相会。因为年龄接近，经历相似，不用过多的寒暄和过渡，几句话就让我们一见如故。

当晚，刘小峰将刘惠传记的资料传到我的手机上，浏览之后，有了总体印象。年前，刘小峰又将书稿纸质本带来惠州给我。春节期间，我便于夜深人静之际，认真翻阅这本书稿。

从书稿中得知，刘惠比我父亲小 5 岁，仍属我的父辈。刘小峰与我实是同龄人，我比他才大几个月。从这点上说，拉近了我与刘小峰父子之间的距离。

所幸，我之前见过刘惠老前辈。我在 1990 年调入惠州日报社，对刘惠于 20 世纪 80 年代创办的惠州市东贸公司声誉卓著耳有所闻。2001 年我调到市委老干部局工作，那段时间应是刘惠在东江纵队联谊会农口分会担任会长的日子。所恨我们没能有工作上的交集，失去了向刘惠当面讨教的机会。我与刘惠的见面，也记不清在什么时候哪个场合。其实这些都不重要，通过阅读，我已解读了刘惠从和平县九连山下那个偏僻的蔗坑塘村，到惠东县工作曲折多舛的生命轨迹，通读了他纷繁复杂而内涵丰富的感情世界，读懂了他业绩辉煌而又温情可人的一生。

刘惠的一生可歌可泣。在参加革命前夜的辗转反侧，第一次参加战斗的沉着从容，肩挎钢枪随军南下的坚定步履，为乡亲讨还货款严惩地痞的仗义执言，回到家乡为民谋利的不甘沉沦，平反复职后的青春焕发，从公社基层到市委农村部，从市乡镇企业管理处到主创东贸的风生水起，离休后华龄公司的再次创业，担当农口会长的金秋岁月，关心家乡的一往情深……

他永远是革命理想高于天，永远是青春浩气走千山，他就像一把熊熊燃起的生命之火，在时空里越举越高越点越亮；他更是一面鲜艳的旗帜，在不同的岗位里，在家乡的土地上，在亲人的心目中，高高飘扬，永远飘扬！在他炽热如火的人生辞典中，没有沮丧，没有苟且，没有悔怨，没有暮鼓。爱党，敬业，勤奋，奉公，廉洁，鞠躬尽瘁，一往无前……所有这些正能量的词，用在他身上，都那么地恰如其分，那么地名符其实，那么地当之无愧！

作为生活在现实中的人，纵使是一个革命战士，也食人间烟火，也有七情六欲，他对父亲的孝敬体贴，对兄弟的情同手足，对晚辈的一片爱心，都让人敬佩景仰。特别是书中描述他与儿子刘小峰从家乡去惠州"百里走单骑"的细节，尤其感人。为了找组织申诉不白之冤以期平反昭雪，但囊中羞涩无钱买车船票，父子俩只好轮流骑着一辆自行车，直往几百公里之外的惠州。晨露夕阳，风尘仆仆，父子俩如此近距离地身倚着身心贴着心，如此目标一致同心协力地向南向南。那是父子二人生命里程中的一段难忘之路，是刘惠第二次南下奔向幸福的重生之路，也是一段催人泪下悲喜交集的希望之路。

回顾刘惠 77 年的生命历程，他所经历的每一天，所做的每一件事，都不是为了他自己，他将自己的一生，将自己的一切，都交给了党，交给了事业，交给了家人，但最后却是完成了一个大我，成就了一个大美。

在他的亲人们撰写的怀念文章中，每一篇都是带着眼泪和微笑写就，这些饱含深情的回忆细节，有着许多打动我的地方。刘惠对子女儿媳孙辈的多方关心和严格要求，充满父爱的每一句话每一个细节，无不多角度、全方位、立体式地展示出刘惠对亲人的千般柔情，体现出刘惠不但是一位合格的共产党员，同时也是一位称职的父亲。细细读来，让我唏嘘，让我感叹，让我感动，让我落泪。

风从指尖轻轻滑过，太阳从肩头悄悄落下，往事从云烟间慢慢淡去，"唯有门前镜湖水，春风不改旧时波"。刘惠，随着他的走远，在后人的心目中，却一天天清晰，一天天高大，一天天走向永恒。

因此，这本书的编撰出版，就显得意义非凡。为刘惠出一本传记，永远怀念他的音容笑貌，永远纪念他的道德风范，永远感念他的恩德教诲，让他的业绩不因他的逝去而淡忘，亲情不因岁月流失而淡化，往事不因久远而淡却，于公于私，于先人于后人，都是一件值得为之的好事善事。我认为刘惠的后人做了一件功德无量、大智大慧的事。

初始我本不打算写序，认为内部家族式传记，并非要五官俱全，题跋完

整。但读完书稿，又改变了我的初衷。我作为一个服务于老干部十多年的工作人员，作为生长在同一片土地上的老乡，为我所尊敬的老前辈传记写篇序言，也不悖常理。

如小峰兄弟看得起我，认可我的文章，作为本书的序，也未尝不可，也是我对刘惠长辈致敬的一种方式罢。

（2017 年 3 月 3 日于惠州东江之滨）